Mord und alte Bücher

Norbert-Ullrich Neumann, Jahrgang 1947, Nervenarzt im Ruhestand, lebt mit seiner Frau in Bayern. Er hat weit mehr als hundert medizinisch-wissenschaftliche Arbeiten veröffentlicht. »Mord und alte Bücher« ist sein erster Kriminalroman. Neumann ist passionierter Leser, Läufer und Golfspieler und Italienliebhaber.

Zwei kunstsinnige Freunde aus München werden in Turin in mysteriöse Verbrechen verwickelt. Vieles dreht sich um ein altes Manuskript, welches Conte Antinori, neben zahlreichen anderen bibliophilen Kostbarkeiten, hinterlassen hat. Der Tod der Schwester und Erbin des Conte bleibt zunächst ebenso undurchsichtig, wie die Entführung des Kunsthändlers, der mit dem Verkauf und der Versteigerung der Hinterlassenschaft beauftragt worden war. Nach merkwürdigen Präliminarien fordern die Kidnapper die Übergabe der alten Handschrift. Die Lage scheint aussichtslos zu sein, da der Polizei das Original nicht zur Verfügung gestellt wird. Auch die Ermittlungen in Sachen der, höchstwahrscheinlich ermordeten, Erbin des Manuskripts, scheinen ergebnislos zu bleiben. Schließlich aber kommt es in beiden Fällen zu überraschenden Wendungen.

NORBERT-ULLRICH NEUMANN

Mord und alte Bücher

Ein Kriminalroman

Bibliografische Information der Deutschen Nationalbibliothek:
Die Deutsche Nationalbibliothek verzeichnet diese Publikation
in der Deutschen Nationalbibliografie; detaillierte bibliografische
Daten sind im Internet über
http://dnb.dnb.de abrufbar.

© 2019 Norbert-Ullrich Neumann
Druck und Verlag: BoD – Books on Demand
ISBN: 978-3-7494-0299-1

Einfachheit ist die höchste Stufe der Vollendung

Leonardo da Vinci

Erstes Kapitel

»Das hat sich gut getroffen«, dachte Dr. Thomas Berger, als er seine Jacke in der Garderobe abgab, denn das Treffen mit Hubert Wolfrum hatte er problemlos mit dem Besuch der Ausstellung »Spaniens goldene Zeit« in der Kunsthalle verbinden können. Sicherlich blieb später auch noch genügend Zeit, um bei Hugendubel und ein paar anderen Geschäften vorbeizuschauen. Selten, wenn er in der Stadt war, versäumte er es, eine Blick in die CD-Abteilung des Geschäfts nahe beim Rathaus zu werfen. Die Auswahl dort war sensationell.

Am Abend war er mit Franz zum Badminton verabredet. Das würde auf jeden Fall klappen. Im Moment stand er in der Kunsthalle und wendete seine Aufmerksamkeit einem Poster zu, welches in groben Zügen die Wechselfälle der spanischen Geschichte im 17. Jahrhundert beschrieb. Alleine drei Staatspleiten fielen in diese Zeit. »Das war ja noch schlimmer als heute«, dachte Berger und schmunzelte dabei. Das Halbdunkel der Ausstellungsräume, durch welche vornehmlich ältere Herrschaften – typische, pensionierte GymnasiallehrerInnen – schlichen, sollte wohl die Bedrückung seitens der Kirche, unter welcher Spanien im 17. Jahrhunderts zu leiden hatte, heraufbeschwören. Wahrhaft düster und beeindruckend, ja fast bedrückend, war Zurbarans überlebensgroßes Gemälde – »Der heilige Franziskus von Assisi nach der Vision von Papst Nikolaus V.« – vor dem Berger gebannt verharrte. Ein unglaubliches Bild. Erst nach minutenlanger Betrachtung fiel Berger der Fuß auf, der samt schmutziger Zehennägel unter der Kutte herauslugte.

Die Malerei von Velazquez, El Greco, Murillo etc. war nicht das, was Berger als schön und gefällig bezeichnen würde, aber sie war eindrucksvoll und alles andere als banal.

In aller Ruhe drehte er wiederholt seine Runden durch die verschiedenen Säle. Mit Wolfrum war er erst gegen 13:30 Uhr bei einem nahegelegenen Italiener verabredet.

Schließlich setzte er sich auf einen der unbequemen Hocker. Aber nicht um eines der Bilder intensiver zu betrachten, sondern, um ein weiteres Mal über das nachzudenken, was ihm Wolfrum gestern am Telefon erzählt hatte.

Wolfrum war kein Schwätzer. Mit seinem Kompagnon Gartner betrieb er erfolgreich ein alt eingeführtes Buch- und Kunstantiquariat in München. Er war ein großer Könner und Kenner in seinem Metier. Sie hatten sich vor Jahren verschiedentlich auf Auktionen getroffen, und sich im Laufe der Zeit angefreundet. Geholfen dabei hatte nicht nur die Liebe zu alten Büchern und Italien, sondern auch ihr gemeinsames Interesse an Musik und Fußball und nicht zuletzt auch ihre Abneigung gegen Geistloses und Neumodisches. Berger war 58, Wolfrum 60 Jahre alt und beide waren durchaus noch in Schuss. Es war nicht so, dass man sie als typische alte, weiße Männer hätte bezeichnen können, obwohl sie ein wenig zum Traditionellen neigten. Aber da beide sehr belesen und alles andere als dumm waren, hatten sie fraglos fundierte Meinungen über die Dinge der Welt.

Und diese Ansichten differierten in manchem von dem, was der politisch korrekte und digitale Zeitgeist vorschreiben wollte. Das rief natürlich nicht überall Begeisterung hervor. Aber Intoleranz war nicht ihr Ding. Sie waren, wenn es unumgänglich war, durchaus in der Lage sich in aller Ruhe den größten Blödsinn anzuhören, und diesen lapidar mit: »Wenn Sie meinen«, zu kommentieren. Von Freunden und Bekannten wurden sie gerne Bud Spencer und Terrence Hill genannt. Aus größerer Entfernung betrachtet, mochte das durchgehen. Tatsächlich aber bedurfte es schon einiger Phantasie, um Wolfrum für Spencer und Berger für Hill zu halten.

Bei allen Gemeinsamkeiten waren Berger und Wolfrum längst nicht in allem immer einer Meinung. Berger war Bayernfan und Wolfrum – als alter Münchner – Anhänger der »Sechzger«. Alleine dies führte oft zu lebhaften Debatten. Berger war aktiver Sportler, begeisterter Läufer und Badmintonspieler. Wolfrum war Sportfan vor dem Fernseher, neigte zur Bequemlichkeit und ein klein wenig zum Übergewicht.

Berger war Naturliebhaber und bevorzugte fleischarme mediterrane Kost. Gerne nörgelte er an Wolfrums reichlichem Fleisch- und Wurstkonsum herum. Dafür kritisierte Wolfrum ständig, dass Berger noch immer – wenn auch wenige – Zigaretten rauchte. Wolfrum selber hatte dem Tabakkonsum seit Jahren weitestgehend abgeschworen. Nur bei seltenen Gelegenheiten steckte er sich eine kleine Partagas an. Berger saß noch immer auf der Bank und sinnierte. Was Wolfrum ihm bei dem gestrigen Telefonat über ein kürzlich aufgetauchtes, bisher unbekanntes Manuskript, welches Thaddäus Xaverius Peregrinus Haenke zugeschrieben wurde, erzählt hatte, hatte wahrhaft abenteuerlich geklungen. Freilich kamen immer wieder Gerüchte über ganz erstaunliche Entdeckungen auf. Das war bei den Antiquaren nicht anders als bei den Kunstsammlern im allgemeinen. Aber diese Sache schien keine »Ente« zu sein.

Wolfrum, der besonders gute Verbindungen nach Italien hatte, war schon vor ein paar Wochen von einem Turiner Kollegen über einen bemerkenswerten Nachlass informiert worden. Von dem speziellen Exemplar war jedoch noch nicht die Rede gewesen. In und um Turin gab es viel »altes Geld« und daher auch viele Kunstliebhaber und Sammler. Das Manuskript soll in der Bibliothek eines alten piemontesischen Aristokraten entdeckt worden sein. Es sei zwar nicht die einzige Kostbarkeit gewesen, jedoch die spektakulärste. Thaddäus X. P. Haenke war Berger durchaus ein Begriff. Denn Bergers Spezialität waren Reiseberichte, ethnographische und geographische Bücher und Karten aus dem 18. und 19. Jahrhundert.

Bekannt waren ihm »*La Expedición Malaspina (1789– 1794) – Trabajos científicos y corespondencia de Tadeo Haenke*« und die »*Reliquiae Haenkeanae, seu descriptiones et icones plantarum, quas in America Meridionali et Boreali, in insulis Philippinis et Marianis collegit*« als Nachdruck der Prager Ausgabe von1830/31. Heankesche Originale waren ihm aber noch nicht über den Weg gekommen. Er hatte sich nach dem Telefonat mit Wolfrum im Internet noch einige Informationen über Haenke geholt

Haenke war ein Universalgelehrter gewesen, der auf Reisen durch Chile, Bolivien, Peru und Ecuador mehr als tausend Pflanzen und Insekten gesammelt hatte. Er erlernte und katalogisierte die Sprachen der Einheimischen, machte völkerkundliche und geographische Studien und bestieg als erster Europäer den Chimborazo. Im Auftrag der spanischen Vizekönige in Ecuador und Argentinien betrieb er breit gefächerte Forschungen auf geographischem, botanischem und zoologischem Gebiet. Darüber hinaus befasste er sich intensiv mit chemischen und pharmazeutischen Experimenten. Außerdem führte er Apotheken ähnliche Einrichtungen ein, die mit Produkten aus einer selbst aufgebauten pharmazeutischen Manufaktur beliefert wurden. Seine sehr guten Kontakte zur einheimischen Bevölkerung ermöglichten ihm genaue Einblicke in deren schamanisch-medizinischen Heilmethoden.

Das alles ging Berger durch den Kopf, während er noch immer auf der unbequemen Bank saß. Ein unbekanntes, gut erhaltenes Manuskript mit Heankeschen Originalberichten, Karten und Zeichnungen betreffend eine Reise durch das peruanische Amazonasgebiet, welches insbesondere auch hochinteressante, botanische Aufzeichnungen und Beschreibungen seltener bzw. unbekannter pflanzlicher Heilkräuter und Gifte enthielt, wäre wahrlich eine Sensation. An der Authentizität des Manuskripts soll, so meinte Wolfrum, kein Zweifel bestehen. Mit dem Inhalt hätten sich bereits Experten, u. a. auch Botaniker, befasst haben, die zu den erwähnten, erstaunlichen Ergebnissen gekommen sind.

Wolfrum hatte vergangene Woche von dem Turiner Kollegen Massimo Lorenzi – per E-mail – eine ausführliche Information über den verstorbenen Sammler und einen Überblick über die bibliophilen Kostbarkeiten erhalten. Offenbar wollten die Erben den besonders wertvollen Teil der Büchersammlung zu Geld machen. Wolfrum war sofort sehr interessiert gewesen. Sein renommiertes Kunst- und Buchantiquariat hatte eine durchaus zahlungskräftige und illustre Kundschaft. Schon sein Vater war mit vielen Kunstsinnigen, Wohlhabenden und Prominenten aus München und Umgebung gut bekannt gewesen.

Hinsichtlich der jetzige Angelegenheit, waren mögliche Interessenten von Wolfrum bereits in Kenntnis gesetzt worden.

Unter anderem hatte sich eine sehr vermögende Person, die auch wegen ihrer Anteile an bayerischen Traditionsunternehmen bekannt war, großes Interesse angemeldet. Wie schon des öfteren hatte sie Wolfrum quasi bevollmächtigt. Wolfrum verfolgte aber auch eigene Interessen.

Die Auktion sollte Anfang Juni in Turin, vielleicht auch in Zürich, über die Bühne gehen. Liebhaber – und derer gab es für bibliophile Kostbarkeiten genug – konnten sich natürlich im Internet kundig und sich auch rechtzeitig vor Ort ein Bild machen. Nicht immer erschienen alle annoncierten Objekte auf den Auktionen. Denn nicht selten machten die Anbieter bereits vorab lukrative Geschäfte. Es hieß also, sich beizeiten kundig zu machen und Interesse anzumelden. Nachdem was Wolfrum erfahren und gesehen hatte, schien es so, als wären unter dem Fundus nur wenig Exemplare, die für Berger erschwinglich, oder von Interesse sein würden. Dennoch wollten sie heute die Angelegenheit näher besprechen und den baldigen, gemeinsamen Flug nach Turin planen.

Berger saß immer noch auf der Bank, als sein Handy vibrierte. Er holte es aus der Hosentasche. Es war ein Anruf von Wolfrum. Von der Ausstellung hatte er genug gesehen. Es war erst 12:23 Uhr, er würde jetzt ohne Eile zur Garderobe und dann hinausgehen und zurückrufen.. Draußen suchte sich Berger eine ruhige Ecke und wählte Wolfrums Nummer. Er wurde mit der Mailbox verbunden. Anstatt etwas darauf zu sprechen, verfasste er eine kurze SMS.

Berger war gemächlich ein ein Stück weit auf der Theatinerstraße Richtung Rathausplatz gelaufen, als sein Handy erneut bimmelte. Es war ein Anruf von Wolfrum.

»Mensch Tom, ist das umständlich, Dich endlich an die Strippe zu bekommen«, fing Wolfrum an.

»Was heißt da umständlich, schon der zweite Anruf hat doch geklappt. Ich war in der Kunsthalle bei dieser Ausstellung der großen Spanier, da konnte ich ja wohl nicht telefonieren«, antwortete Berger.

»Egal jetzt«, meinte Wolfrum, »aus unserem Treffen bei Luigi wird leider nichts. Lorenzi hat heute gegen 9:00 Uhr einen obskuren Anruf getätigt. Ich solle schleunigst nach Turin kommen. Für morgen Vormittag sei eine Reihe wichtiger Interessenten zur Besichtigung eingeladen. Mich hätte er beinahe vergessen. Das Interesse an den Objekten, vor allem an dem Haenke, sei enorm. Selbst

Chinesen und eine Reihe offensichtlicher Strohmänner riefen ständig bei ihm an. Einige seien schon persönlich bei ihm aufgetaucht, ihm geradezu auf die Pelle gerückt. Es würden bereits satte Summen angeboten.«

Wolfrum machte eine kurze Pause und fuhr dann fort: »Lorenzi ist offenbar mehr als froh, dass er darauf verweisen kann, dass die Eigentümer der Sammlung auf der Auktion bestehen und, dass die wertvollsten Bücher sicher im Tresor lagern. Ich sitze im Taxi, wie du wohl schon gemerkt hast. Bin auf dem Weg zum Flughafen. Habe noch einen Platz in der 14:20 Uhr Maschine bekommen.«

»Das hört sich ja nach einer echten Räuberpistole an«, sagte Berger. »Melde dich auf jeden Fall, wenn Du angekommen bist. Und lass mich wissen, ob es Sinn macht, wenn ich auch runterkomme. Zu zweit fühlt man sich in einer etwas undurchsichtigen Situation einfach besser, wie Du weißt altes Haus«

»Alles klar, ich melde mich bald. Ciao Thomas.«

»Ciao Hubert«, sagte Berger und verstaute nachdenklich sein Handy.

»Na ja«, dachte er, »morgen werde ich bestimmt mehr erfahren. Könnte sich zu einer spannenden Geschichte entwickeln, alleine schon wegen des alten Haenke.«

Bergers Programm war erst einmal über den Haufen geworfen. Er hatte damit gerechnet, erst am späten Nachmittag nachhause zu fahren. Also blieb jetzt mehr als genug Zeit, um ein paar Geschäfte zu besuchen. Es war Ende April und noch kühl und obendrein ging ein unangenehmer Wind.

So war er froh, als er endlich in das Gebäude mit der eindrucksvollen CD-Abteilung kam. Seine Liebe zur Musik, vor allem Bachs Musik, war nicht geringer als seine Liebe zu alten Büchern. Er stöberte ausgiebig und fand schließlich eine CD mit Bachschen Toccaten, eingespielt von Glenn Gould. Einspielungen von Gould waren bei vielen Bachliebhabern Kult. In der besagten Musikabteilung und in einer Reihe weiterer Geschäfte verbrachte er mehr als zwei Stunden, ehe er sich zum Parkhaus am Elisenhof aufmachte.

Berger wohnte seit zwei Jahren in einer Kleinstadt westlich von München. Er war dort hingezogen, nachdem er den Arztberuf an den Nagel gehängt hatte und sich ganz, auch in kommerzieller Hinsicht, seiner bibliophilen Leidenschaft zugewandt hatte. Möglich gemacht hatte dies eine großzügige Schenkung seines Vaters.

Sein, jetzt 84jähriger Vater, war noch bis vor einem Jahr Sozius einer renommierten und erfolgreichen Münchner Anwaltskanzlei gewesen. Er hatte es zu einem beachtlichen Wohlstand gebracht, den er, wie er anlässlich seines 80. Geburtstages sagte, noch zu Lebzeiten mit seinen Kindern teilen wollte. So vermachte er seinem Sohn Thomas und seiner Tochter Marianne teils in Immobilien, teils in Aktien und Wertpapieren je einen ordentlichen Betrag.

Berger hatte nach Erhalt dieses Geldsegens lange überlegt, was zu tun sei. Er war zu dieser Zeit noch Oberarzt an der neurologischen Abteilung einer Münchner Klinik und mit seinem Beruf nicht direkt unzufrieden. Zwanzig Jahre früher war die berufliche Situation freilich noch wesentlich ersprießlicher gewesen. Kommerzielles Denken, blödsinnige Bürokratie und diagnostische Zauber-tricks hatten schon lange Einzug gefunden und redli-chem, rein Patienten orientiertem Handeln das Wasser abgegraben. Aus seiner Einstellung, dass die Medizin eine »beschissene Gesundheitsindustrie« geworden war, machte er kein Hehl. Bei den nichtärztlichen »Geschäfts-leuten« – Manager nennen sie sich heute – brachte ihm dies natürlich keine Sympathien ein. Er wusste, dass viele der Kolleginnen und Kollegen wie er dachten, in größe-rem Kreise aber lieber schwiegen.

Es wollte schon sehr gut bedacht sein, den Arztberuf aufzugeben. Aus dem Hobby der Bibliophilie einen Be-ruf zu machen, würde – rein formal – kein Problem sein. Um sich Antiquar zu nennen und als solcher tätig zu werden, bedurfte es keiner Ausbildung. Die finanzielle Seite der Medaille, glänzte allerdings keinesfalls unge-trübt. Ein Einkommen, welches seinem Oberarztgehalt entsprechen würde, war als kleiner Antiquar niemals zu erzielen. Berger hatte zwar keine besonderen finanziellen Verpflichtungen und keine Schulden, aber abgesehen von der väterlichen Schenkung auch keine nennenswerten Reichtümer.

Er besaß eine nette Eigentumswohnung in Allach und ein bescheidenes Aktiendepot. Seine Überlegung war, die Wohnung zu vermieten, ein möglichst günstiges Reihen-haus in der ländlichen Umgebung Münchens zu erwer-ben und den Rest des Geldes, bis auf einen Notgroschen, anzulegen. Die vermietete Wohnung und das Depot wür-den genug abwerfen, um über die Runden zu kommen. Wenn es ihm darüber hinaus gelänge, aus dem Antiquariatsgeschäft monatlich wenigstens ein paar Hunderter herauszuschlagen, könnte es reichen. »Untergehen« würde er auf keinen Fall, denn im Notfall standen sowohl die Rückkehr in den Arztberuf, wie sein Vater bereit. Nach reiflicher Überlegung und diversen Gesprächen mit seinem besten Freund Hubert Wolfrum, seinem Vater und seinem Sohn hatte er seine Pläne realisieren können.

Ausschlaggebend war gewesen, dass Wolfrum ihm einen Posten als freier Mitarbeiter angeboten hatte. Das hieß, recherchieren, Kontakte knüpfen, Angebote prüfen, Auktionen besuchen und viel herumfahren. Aber ein regelmäßiges Einkommen war damit gesichert.

Für alte Bücher hatte er sich schon in der Schulzeit begeistert. In späteren Jahren hatte er nach und nach einen beachtlichen Fundus alter Bücher – in verschiedenen Sprachen – mit Reiseberichten und Kriminalgeschichten angesammelt. Schließlich kamen auch noch ausgewählte Exemplare von Klassikern der Weltliteratur hinzu. Wann immer er im In- und Ausland unterwegs war, nutzte er jede Gelegenheit Antiquariate aufzusuchen.

Unter den Krimis befanden sich bemerkenswerte, alte Ausgaben von D. Sayers, A. Christie, R. Stout, S. S. van Dine, J. D. Carr und M. Innes. Seine Sammlung an Krimis beinhaltete aber auch zahlreiche Exemplare von eher geringem Wert. Dieser Fundus an älteren, gut erhaltenen Allerweltsausgaben bildete die Grundlage seiner eigenen Antiquariatsaktivität. Man musste schon über gutes Material verfügen, um mit den vielen Online-Angeboten leidlich mithalten zu können.

Natürlich hatte er eine Website – »antiquariat-berger.

de« – die speziell hinsichtlich der Angebote regelmäßig aktualisiert werden musste. Aber Berger war sicherlich kein »Nerd«. Daher war er sehr froh darüber, dass ihm Tobias, der Sohn eines Kollegen, bei der Pflege der Website behilflich war. Wolfrum hatte für solche Arbeiten natürlich auch jemanden zur Hand. Aber der war nicht billig und wurde nur im Notfall angefragt. Die echten Kostbarkeiten zierten sein Wohnzimmer, das Büro und das Gästezimmer. Die »Massenware« für den Online-Handel lagerte im Keller.

Vom Münchener Zentrum bis nachhause waren es zwar kaum 25 km, aber bei den bekannten Verkehrsverhältnissen in und um München benötigte Berger stets mehr als 30 Minuten ehe er vor der Haustüre stand. Noch war Zeit ein paar Dinge zu erledigen, denn zum Badminton war er mit Franz erst um 18:30 in Gilching verabredet. In jüngeren Jahren hatte Berger in einem Münchener Club aktiv gespielt. Seit fast zwanzig Jahren war er nur noch Gelegenheitsspieler. Mit Franz Brandner, einem ärztlichen Kollegen, sowie Helmut Schwarz und Gerd Auermann, zwei Sportfreunden aus der aktiven Zeit, traf er sich ein- zweimal im Monat.

Zuhause warf Berger einen Blick auf seine E-Mails. Dann rief er die Website des Turiner Kollegen auf; las Grundsätzliches und durchforstete die neuesten Objekte, die in Bälde versteigert werden sollten. Das Haenkesche Original war nicht darunter. Dann nahm er eine Kleinigkeit zu sich, packte seine Sportklamotten und fuhr nach Gilching. Der Abend war, wie fast immer, unterhaltsam, obwohl Berger zwei der drei Sätze verloren hatte.

Wieder zuhause, war er rechtschaffen müde. Ein Blick aufs Handy zeigte eine SMS von Wolfrum. Hubert war gut angekommen und im Holiday Inn City Centre abgestiegen. Berger nahm noch eine Dusche und trank ein kleines Bier, ehe er zu Bett ging.

Zweites Kapitel

Am nächsten Morgen war Berger gerade dabei sein Frühstück zu beenden, als sein Handy klingelte. Es war ein Anruf von Wolfrum.

»Ein Moment«, sagte Berger. Er nahm sich eine Zigarette und die Kaffeetasse und ging auf die Terrasse. »Alles klar, was gibt's«, fragte er.

»Ich kann Lorenzi nicht erreichen. Es meldet sich immer nur seine Mailbox. Eigentlich sollte ja heute um 10:30 Uhr die Besichtigung stattfinden. Aber der Herr ist offensichtlich nicht da. Selbst seine Sekretärin Antonella, wir haben sie letztes Jahr mit Lorenzi in Zürich getroffen, wenn du dich erinnerst, weiß nicht genau, wo er ist. Er hat sich telefonisch in aller Früh abgemeldet und entschuldigt. Angeblich habe er kurzfristig ganz dringende Geschäfte in Como zu erledigen, sei aber spätestens morgen Nachmittag wieder zurück. Er ließ ausrichten, dass ich unbedingt warten solle. Und er meinte, ich könne mir ja von Antonella oder Davide schon mal einiges zeigen lassen«, berichtete Wolfrum.

»Na ja, auf einen Tag mehr oder weniger wird es ja wohl nicht ankommen. Bin gespannt, was er da alles auf Lager hat und vor allem darauf, was du zu dem Heanke sagen wirst«, meinte Berger.

»Die ganz tollen Sachen sind vermutlich im Safe. Die werde ich dann wohl erst morgen sehen können. Egal, ich gehe dann mal zu Lorenzis Laden. Ist von hier ja nicht weit. Vielleicht zwanzig Minuten. Ciao Thomas, melde mich später nochmal, ciao«.

»Viel Vergnügen, ciao«, antwortete Berger.

Er rauchte in Ruhe seine Zigarette zu Ende und trank seinen Kaffee aus. Wieder im Haus warf er bei N-TV einen Blick auf die Börsenkurse. Dann machte er sich zu Fuß auf den Weg, um sich – wie immer wenn er zuhause war und Zeit dazu hatte – im nahe gelegenen Laden die Frankfurter Allgemeine zu holen.

Wieder zurück schnürte er die Laufschuhe, und begab sich auf eine seiner bewährten Joggingstrecken. Berger lief schon seit jungen Jahren oft und gerne. Von der Haustür war es nicht weit ins freie Gelände, wo sich mehrere schöne Wege auftaten. Auf dem Land zu laufen, fand er wesentlich erholsamer und angenehmer als in der Stadt, wo viel zu viel Menschen unterwegs waren.

Nach dem Lauf ging es unter die Dusche. Dann wurde in Ruhe Zeitung gelesen. Gegen 17:30 Uhr, nachdem Berger einige Einkäufe erledigt hatte, kam erneut ein Anruf von Wolfrum.

»Hallo Thomas, hier Hubert. Wo bist Du gerade? Muss etwas ausführlicher berichten«.

»Kein Problem, bin zuhause«, erwiderte Berger und setzte sich auf einen Küchenstuhl.

»Also die Geschichte ist wirklich merkwürdig«, erklärte Wolfrum. »»Weder die Sekretärin, noch Davide, noch Lorenzis Frau wissen genau, ob er in Lugano oder in Como ist. Antonella meinte zwar, dass Lorenzi, wenn er auf Reisen gehe, nicht immer alles offenlege, wenn er aber länger als einen Tag weg sei, teile er in aller Regel mit, wo er zu übernachten gedenke. Auch, dass er auf Anrufe nicht sofort reagiere, sei nicht ungewöhnlich«.

Nach einer kuren Pause fur er fort: »Ich denke, da es noch nicht mal 18:00 Uhr ist, wird er schon noch von sich hören lassen. Habe ihm eine SMS geschickt, mit der Bitte, sich heute noch bei mir zu melden.«

»Das wird sich schon klären«, meinte Berger. »Hast Du wenigstens einige der guten Objekte gesehen?«

»Davide hat mir einiges gezeigt. Es war auch ein gutes halbes Dutzend anderer Leute im Geschäft. Antonella sagte mir, dass es Herrschaften aus der Schweiz und aus Frankreich seien. Mir kam niemand bekannt vor. Zu den Angeboten muss ich sagen, dass neben Allerweltsobjekten durchaus erstaunliche Dinge dabei sind. Auch diverse Preziosen, die nicht auf der Website sind. Scheint aber noch nicht sicher zu sein, ob alles zur Auktion kommt«, , erklärte Wolfrum.

»Wirklich bemerkenswert«, fuhr er fort, »was der alte Conte Antinori angehäuft hat. Ich vermute stark, dass vieles schon länger in der Familie war. Alte Sachen, natürlich Erstausgaben von Goldoni, Alfieri, Manzoni und anderen Romanciers des 19. Jahrhunderts. Dann auch ziemlich gut erhaltene Berichte und Bücher von diversen Afrikareisenden und Forschern des 19. Jahrhunderts. Du wirst dich da besser auskennen. Gemerkt habe ich mir Giovanni Beltrame, James Chapman, und Louis Binger Noch nicht alle sind im Katalog«.

Sehr interessant«, warf Berger ein.

»Ein paar Enzyklopädisten«, machte Wolfrum weiter, »und vor allem, hör gut zu, echte Schmankerl von Voltaire. Wie beispielsweise die Tragödie *Les Loix de Minos* von 1773, dann *Le Crocheteur borgne* aus der Aprilausgabe 1774 des *Journal des Dames* und ein paar Flugschriften von 1771. Da staunst du, was? Einsehen konnte ich diese Sachen allerdings nicht. Sind, wie der Haenke, alle im Safe. Kommt nur Lorenzi persönlich dran.«

»Wahnsinn, das muss ja in der Szene ordentlich für Furore gesorgt haben«, meinte Berger bewundernd. »Kein Wunder, dass die Interessenten Lorenzi umschwärmen wie die Motten das Licht. Da wird noch einiges los sein in den nächsten Wochen.

»Manche Sachen werden leider auch für mich ein paar Nummern zu groß sein«, bemerkte Wolfrum. »Aber die Auktion soll ja erst im Juni starten. Davor werden wir beide den gesamten Fundus noch genauestens unter die Lupe nehmen. Und wenn ich Lorenzi morgen endlich treffe, wird man sehen, ob sich nicht doch das eine oder andere vorab verhandeln lässt«.

»Da steckt jedenfalls verdammt viel Kohle drin. Warum kommen diese Kostbarkeiten eigentlich unter den Hammer?«, fragte Berger.

»Entweder sind die Erben Banausen, oder sie brauchen dringend Geld«, antwortete Wolfrum.

»Ich werde auf jeden Fall versuchen mich bei Lorenzi kundig zu machen. Hoffe sehr, dass er morgen endlich auf der Matte steht. Ciao Thomas, melde mich morgen wieder.«

»Mach's gut Alter. Bin schon gespannt, was du zu berichten hast. Ciao«, sagte Berger.

Er saß noch eine Weile und dachte über die bemerkenswerten Neuigkeiten nach. Dann ging er auf die Terrasse und rief seinen Vater an, mit dem er Samstag ein Konzert im Gasteig besuchen wollte.

Erst gegen 17 Uhr am Donnerstag meldete sich Wolfrum wieder bei Berger. Am Vormittag hatte er Lorenzi endlich angetroffen. Den unauffälligen, dunkelhaariger Mann mittleren Alters, der seit geraumer Zeit in einem Cafe auf der anderen Straßenseite saß und sehr genau registrierte, wer Lorenzis Geschäft betrat, hatte Wolfrum natürlich nicht registriert. Später übernahm ein jüngerer, ebenso unauffälliger Mann diese Aufgabe. Bei dem Getriebe, welches in der Via Massena herrschte, fielen die beiden Herren, obwohl sie ziemlich lange in der Nähe des Antiquitätengeschäfts waren, nicht auf.

»Mach's dir bequem Thomas, ich habe einiges zu erzählen«.

»Na, da bin ich ja gespannt«, meinte Berger.

»Lorenzi ist am späten Vormittag endlich eingetrudelt. Er wirkte nervös und gestresst. Ob seine kurzfristige Reise nach Como oder Lugano etwas mit der aktuellen Situation zu tun hatte, ließ er sich nicht entlocken. Mir fiel noch auf, dass er seine Besucher sehr genau beobachtete und er ab und zu etwas n seinem Notizbuch vermerkte. Wie du weißt benutzt er ja so eine ganz spezielle Kladde. Einige Male ging er auch zum Telefonieren in sein Büro. Der war richtig beschäftigt«.

»Was soll daran verdächtig sein?«, fragte Berger.

»Eigentlich nichts«, erwiderte Wolfrum, »aber zwei Typen kamen mir komisch vor. Bei der Besichtigung, gegen

13:00 Uhr, waren wieder die Franzosen und die Schweizer, die ich gestern schon sah, da, und ein paar Italiener, Yankees und Briten. Aber da waren auch noch zwei typische italienische Angeber, die sich angeregt mit zwei Amerikanern unterhielten. Antonella sagte mir, dass dies Vater und Sohn Agostini, Schwiegersohn und Enkel des verstorbenen Conte, seien. Was die genau wollten, wusste sie aber auch nicht. Übrigens, Lorenzi hatte auch zwei Wachmänner im Hause. Die Lage scheint ernst zu sein«.

»Chinesen, Japaner oder Scheichs waren also nicht da. Das muss nichts bedeuten«, meinte Berger. »Wer weiß, ob die persönlich erscheinen. Ahnung von diesen Dingen haben die ohnehin nicht. Außerdem kaufen sie noch immer lieber jeden noch so fraglichen Impressionisten als das schönste Buch. Schon Courbet soll, so um 1875, mal gesagt haben, dass bereits 3000 seiner 1500 Werke in Amerika sind. Weitere 2000 sind mittlerweile sicherlich in Japan, China und Russland«.

»Du übertreibst ein wenig«, erwiderte Wolfrum.

»Die drei Stündchen mit diesen Herrschaften waren durchaus-interessant. Einer der Franzosen und einer der Amerikaner scheinen Botanik- bzw. Pharmaexperten gewesen zu sein. Man fragt sich schon, was solche Herren ins Antiquariat führt. Den Haenke konnte man im Original leider nicht sehen. Ich weiß nicht mal, ob der überhaupt bei Lorenzi ist. Aber man bekam sehr gute Abbildungen und eine sehr ausführliche Inhaltsangabe. Was die Authentizität betrifft, so liegen Expertisen zweier Koryphäen vor«, erzählte Wolfrum.

»Das Ding scheint echt zu sein. Ich habe mich natürlich,

soweit dies in dieser Situation möglich war, mit Lorenzi diskret unterhalten«, fuhr er fort.

»Neben echten Kostbarkeiten fanden sich in der Bibliothek des Conte auch Sachen, die für dich interessant sein könnten. Der Conte scheint ein Faible für Krimis gehabt zu haben. Man findet diese Marotte also nicht nur bei »einfachen« Medizinern, sondern auch bei Blaublütigen«, frozzelte Wolfrum.

»Was hat er denn so?«, fragte Berger interessiert.

»Da gab es nur eine, vermutlich unvollständige, Liste. Details wollte ich ohnehin dir überlassen«, , erklärte Wolfrum.

»Davide kümmert sich darum. In die Auktion kommt da wahrscheinlich ohnehin nichts. Wenn überhaupt werden sie vor Ort und im Internet angeboten. Es scheint sich vor allem um Erstausgaben zu handeln«, fuhr Wolfrum fort.

»Für dich sicherlich interessant, aber vielleicht eine Nummer zu groß. Die Sache ist aber insgesamt sehr, sehr spannend, daher meine ich, du solltest mit einem der nächsten Flieger runterkommen.«

»Gute Idee, ich mache mich schlau und melde mich sobald ich einen Flug habe. Bis später«, beendete Berger das Telefonat.

Erfreulicherweise bekam er einen Platz für den Flug am Nachmittag des nächsten Tages. Berger teilte dies Wolfrum unverzüglich mit, schnürte dann seine Laufschuhe und begab sich noch vor dem Abendessen auf eine lockere Runde.

Der Flug am nächsten Tag verlief problemlos und Wolfrum, der sich mittlerweile einen Mietwagen besorgt hatte, holte Berger am Turiner Flughafen »Sandro Pertini« ab. Die Zimmerreservierung für Berger hatte Wolfrum bereits erledigt, so dass sie sich entspannt auf die Fahrt zum Hotel machen konnten.

Noch am Vorabend und während des Fluges hatte sich Berger über exotische Gifte, Heilpflanzen und neue pflanzliche Medikamente kundig gemacht. Bewogen dazu hatte ihn, dass das ominöse, neu entdeckte Buch Haenkes Beschreibungen bisher unbekannter, exotischer Heilkräuter enthalten soll und der Umstand, dass sich offenbar Pharmakologen, vielleicht auch die Pharmaindustrie, für die Handschrift interessierten.

Von Berufs wegen war Berger natürlich über Phytopharmaka informiert, aber mit den neuesten Trends war er nicht vertraut. Vertraut war er allerdings mit den landläufigen Vorurteilen hinsichtlich pflanzlicher Substanzen und Medikamente.

Der scheinbar aufgeklärte Patient hat vorderhand lieber etwas »Sanftes«, Pflanzliches, wenn er nicht ohnehin gleich zu Globuli greift. Nun sind Pflanzen und pflanzliche Extrakte per se, wie beispielsweise Kokain, Opium, die Amatoxine und Phallatoxine des grünen Knollenblätterpilzes, und der gefleckte Schierling zeigen, nicht immer gesundheitsfördernd.

Auf der anderen Seite gibt es, richtig hergestellt und vernünftig angewandt, durchaus verträgliche und effektive Phytopharmaka. Über die Medien hatte Berger in der jüngeren Vergangenheit beiläufig aufgeschnappt, dass sich die Suche nach neuen pflanzlichen Substanzen deutlich intensiviert hatte. Bei seiner Recherche im Internet erfuhr er, dass einerseits bereits hunderte von Medikamenten aus – vornehmlich – tropischen Pflanzen entwickelt wurden, aber andrerseits höchstens zwei Prozent der rund 200.000 tropischen Pflanzenarten entsprechend untersucht sind.

Auf dem Weg zum Hotel machten sie Pläne für den Abend und die nächsten Tage. Bei Lorenzi konnten sie auf jeden Fall noch bei ihm vorbeischauen, denn der machte erst gegen 19.00 Uhr zu. Sie waren aber noch unentschlossen, ob sie diese Aktion komplett auf den nächsten Tag legen und den Rest des Tages lieber gemütlich verbringen sollten.

»Das Auto ist in Turin natürlich eher lästig«, sagte Wolfrum, »aber da wir schon mal hier sind, dachte ich, dass wir, je nachdem, wie die Dinge verlaufen, den einen oder anderen Ausflug machen könnten. Es gibt in der Umgebung, wie du weißt, wunderbare Städtchen wie beispielsweise Avigliana, Chieri, Rivoli, Moncalieri usw. und unbedingt anschauen sollten wir uns das Stupinigi.«

»Keine Frage, sehr gute Idee. Machen wir uns doch heute einen gemütlichen Nachmittag mit einem kleinen Bummel und einem Besuch im Bicerin oder Baratti und am Abend gehen wir in eines der netten, erschwinglichen Lokale in der Nähe des Hotels. Wir können dabei auch unsere Ausflugspläne in Ruhe überdenken«, meinte Berger mit deutlicher Begeisterung.

Ihr Hotel – Holiday Inn Turin City Centre – obwohl ziemlich zentral gelegen, verfügte immerhin über eine Garage, was Wolfrum schon bei der Buchung bedacht hatte. Berger bezog sein Zimmer, brachte seine Sachen unter, und den späten Nachmittag und den Abend gestalteten Berger und Wolfrum dann so entspannt, wie sie sich vorgenommen hatten.

Nach dem Frühstück am nächsten Morgen, kurz vor 9 Uhr, telefonierte Wolfrum mit Lorenzis Geschäft. Er erreichte aber nicht Lorenzi selber, sondern nur dessen Sekretärin Antonella.

Diese ließ ihn wissen, dass Signor Lorenzi noch nicht im Geschäft sei. Sie würde sich aber melden, sobald er eingetroffen sei.

Wolfrum hoffte, sich die Kostbarkeiten heute ein weiteres Mal in aller Ruhe anschauen zu können. Berger war auf diese natürlich auch gespannt, wobei sein ganz persönliches Interesse aber noch mehr der Sammlung alter Krimis galt. Die besagten Kriminalromane waren allerdings nicht in Lorenzis Buch- und Kunstantiquariat, auch nicht im Auktionshaus, sondern in der Villa des verblichenen Grafen zu bewundern.

Berger und Wolfrum hatten sich am Abend auch ausführlich über die Verhältnisse der Familie Antinori unterhalten. Der engere Kreis der Familie bestand, nach Wolfrums Informationen, aus der Tochter des Grafen, samt Schwiegersohn Guido Agostini, deren Sohn und Tochter, der Frau und dem Sohn des vor Jahren tödlich verunglückten Sohnes und zwei Schwestern des Grafen. Im Testament, so mutmaßte Lorenzi, sei vor allem der Enkelsohn, der den Namen des Grafen trug, bedacht worden, alle anderen erhielten kleinere Legate. Die Bibliothek sei, aus unbekannten Gründen, an die Schwester gegangen, die auch lebenslanges Wohnrecht in der Villa bei Orbassano habe. Insgesamt geht es um einige, ältere Immobilien, reichlich Landbesitz, darunter Weinberge und Wertpapiere. Genaueres dazu und wieso man sich von den bibliophilen Kostbarkeiten trennen wollte, hatte Wolfrum jedoch noch nicht erfahren können.

Die finanzielle Lage der diversen Familienmitglieder schien recht unterschiedlich zu sein. Lorenzi hatte Wolfrum diesbezüglich allerdings keine sehr präzisen Angaben machen können oder wollen. Gerüchteweise seien der Schwiegersohn Agostini und dessen Sohn von chronischen Geldnöten geplagt.

Beide betrieben mit ein paar weiteren Juristen eine mittelgroße Kanzlei in Turin und lebten auf »großem Fuße«. Heißt, Ferienhäuser in Ligurien und den Bergen und teure Autos. Die anderen Familienmitglieder, die alle im Piemont lebten, seien offenbar solide und wohlhabend. Was Wolfrum noch verwundert hatte, war der Umstand, dass sich, laut Lorenzi, der Schwiegersohn für ihn interessiert hatte. Warum ein schlichter deutscher Antiquar für den Avvocato Agostini von Interesse sein sollte, war ihm schleierhaft gewesen.

Wolfrum und Berger saßen in einem Cafe in der Nähe des Hotels und machten sich Gedanken, wie sie den Tag gestalten sollten. Solange sich Lorenzi nicht gemeldet hatte, hingen sie etwas in der Luft. Wolfrum hatte sich gerade den zweiten Espresso und ein süßes Stückchen bestellt, als sein Handy bimmelte.

Es war Lorenzi, der ihm wortreich erklärte, dass er

heute wieder mit »sehr wichtigen« Gästen zu tun habe, sich aber morgen Mittag speziell für ihn und Berger Zeit nehmen werde. Außerdem lade er beide für den Abend in sein kleines Wochenendhaus, wie er sich ausdrückte, nach Baldissero Torinese ein. Das sei schnell und leicht zu erreichen und sie könnten dort auch die Nacht über bleiben.

»Alles weitere können wir morgen noch ausführlich und in aller Ruhe besprechen. Ich bin sicher, dass Sie, als interessierter Kunstkenner, den heutigen Tag bestens gestalten werden. Buona giornata Signor Wolfrum, a domani«, beendete Lorenzi das Telefonat.

Wolfrum berichtete Berger kurz vom Inhalt des Gesprächs und meinte dann: »Ich hoffe sehr, dass das morgen auch klappt. Lorenzi ist ja geradezu hyperaktiv. Jetzt machen wir das beste daraus. Automuseum oder Stupinigi, das ist hier die Frage.«

»Beides sehr verlockend«, meinte Berger, »bei dem schönen Wetter steht mir der Sinn nach einem kleinen Ausflug, also zuerst Stupinigi dann eventuell noch Museum.«

»Einverstanden – und am Abend ins Ponte Vecchio. Dem Ausflug entsprechend, sollten wir uns vielleicht noch umziehen«, schlug Wolfrum vor.

Zur Palazzina di Caccia di Stupinigi brauchten die beiden etwa eine dreiviertel Stunde. Sie sahen sich im Schloss, speziell dem Museum für Möbelkunst, in aller Ausführlichkeit um und flanierten schließlich gemütlich durch die weitläufige Parkanlage. Mit der nämlichen Ruhe und Gelassenheit besichtigten sie am späteren Nachmittag das Museo Nazionale dell'Automobile. Das

Abendessen im Ponte Vecchio rundete einen perfekten Tag ab. So ruhig und friedlich sollte es jedoch nicht weitergehen.

Drittes Kapitel

Am nächsten Morgen gegen 9:00 Uhr trafen sie sich, wie vereinbart, mit Lorenzi in dessen großflächigen Geschäftsräumen in der Via Massena. Lorenzi & Rossi war ein altehrwürdiges Turiner Kunst- und Buchantiquariat und Auktionshaus.

Lorenzi plauderte munter drauflos und Antonella bot Wasser und Espresso an. Berger hörte sich den ersten Redeschwall geduldig an und sah sich dann, wobei ihn Davide begleitete, ein wenig um. Davide zeigte ihm Bücher von Manzoni und Alfieri und, was Berger besonders interessierte, wirklich schöne und zweifellos auch seltene Exemplare von Beltrame, Chapman, Nathan Davis und Romolo Gessi. Es war ein rein fachliches Interesse, denn Erschwingen, resp. Ersteigern, würde er solche Raritäten nicht können. Diese Bücher lagen sicherlich alle im fünfstelligen Eurobereich.

Vermutlich würde er am Montag mit Davide zur Villa des verstorbenen Grafen fahren, wo noch eine der Schwestern Antinoris wohnte, um die alten Krimis in Augenschein nehmen. Auch bestimmte alte Krimis, insbesondere Erstausgaben, erzielten oft enorme Preise. Erstausgaben von Chandlers »The big sleep« kamen regelmäßig auf über 5000 Dollar und Christies »The murder of Roger Ackroyd« locker auf 10000 Euro. Von solchen Erwerbungen konnte Berger natürlich nur träumen. Wolfrum unterhielt sich die ganze Zeit lebhaft mit Lorenzi. Schließlich war Berger nach einer Zigarette zumute.

Also stellte er sich mit seinem Tässchen vor das Geschäft, schlürfte seinen Espresso, qualmte gemächlich und beobachtete das Getriebe auf der Straße. Wenn Wolfrum sich alleine mit Lorenzi unterhielt, würde dieser vielleicht eher aus dem Nähkästchen plaudern, dachte er sich. Außerdem waren die ganz teuren Sachen ohnehin nicht sein Metier. Mit Davide wollte er sich aber noch weiter über den Krimifundus unterhalten.

Er ging er wieder in das Antiquariat und nahm sich Lorenzis Geschäftspartner beiseite. Wer von der Familie Antinori in der ganzen Angelegenheit eigentlich das Sagen habe, wollte Berger gerne wissen. Davide meinte dazu, dass seinem Eindruck nach die Schwiegertochter und die jüngere Schwester des Grafen den Ton angäben. Diese jüngere Schwester sei mit einem Braida, uralter piemontesischer Adel, verheiratet, wohne in der Nähe von Asti und habe offenbar mehr Geld als genug. Lorenzi käme mit der Schwiegertochter und dieser Braida nicht so gut aus. Er habe es mehr mit Agostini.

Die Braidas seien unter anderem als Großaktionäre bei Fiat und der Intesa Sanpaolo bekannt. Lorenzi habe ihm erzählt, dass die Contessa Braida dem verstorbenen Bruder bezüglich seiner wirtschaftlichen Angelegenheiten stets, wenn auch nicht immer mit Erfolg, auf die Finger geguckt habe. Der alte Conte sei nämlich eher Schöngeist und Philosoph als Geschäftsmann gewesen. Davide betonte aber, dass er für diese Informationen keinesfalls die Hand ins Feuer legen könne. Alles stamme nur vom Hörensagen. Lorenzi wisse sicherlich besser Bescheid.

Während Berger und Davide weiter über die Familie

Antinori plauderten, war Wolfrum mit Lorenzi in dessen Büro verschwunden. Berger bat Davide dann um eine Aufstellung bzw. Übersicht der Sammlung von Kriminalromanen.

»Was mit den Krimis und vielen anderen Büchern der umfangreichen Bibliothek geschieht, ist noch nicht ganz klar«, erklärte Davide dazu. »Die alte Contessa Alaria, die diese Sachen ja geerbt hat, scheint in echten Geldnöten zu stecken, daher sollen die wertvollsten Stücke versilbert werden. Das werden aber nur etwa 150 bis 200 Objekte sein. Diese werden allerdings einiges einbringen. Die wertvollsten Bücher sind allesamt nicht unter 3000 Euro taxiert. Heißt, dass bei der Auktion auch das Doppelte erzielt werden kann. Der Haenke ist ein Sonderfall.«

»Ich werde mal mit der Contessa Kontakt aufnehmen und abklären, ob wir sie kommende Woche besuchen und uns ein wenig umschauen können. Notfalls muss sich Lorenzi dahinter klemmen«, fuhr Davide fort.

»Das wäre sehr freundlich und hilfreich«, meinte Berger.

Dann suchte er Wolfrum in Lorenzis Büro, um ihm zu sagen, dass er eine kleine Pause machen und in eine der Bars in der Via Massena gehen wolle. Was er dann auch tat. Zwei Tische von Berger entfernt saß wieder der unauffällige Mann mittleren Alters, der schon seit ein paar Tagen Lorenzis Geschäft beobachtete. Aufmerksam studierte er die *Stampa* und ab und zu schlürfte er an seinem Cappuccino.

Nachdem die beiden Freunde sich von Lorenzi und Davide verabschiedet hatten, gingen sie zurück in ihr Hotel, um ein paar Sachen einzupacken. Denn sie würden, wie verabredet, die Nacht in Lorenzis »bescheidenem« Wochenendhaus verbringen.

Ehe sie gen Baldissero Torinese aufbrachen, sagten sie am Empfang noch Bescheid, dass sie über Nacht weg sein würden und erst im Laufe des Sonntags wieder zurück kommen würden.

Nach Baldissero Torinese war es nicht sehr weit, jedoch war die dorthin führende Straße für flottes Fahren absolut ungeeignet. Da sie aber nicht vor 19:00 Uhr bei Lorenzi eintreffen sollten, konnten sie es sehr gemütlich angehen lassen.

Das kleine Städtchen, von welchem aus man bis zur Superga blicken konnte, war eher ein größeres Dorf. Lorenzis Wochenendhaus befand sich am nordöstlichen Ortsrand. Es lag in einem großzügigen, mit alten Bäumen bewachsenen Garten, und war offenbar ein aufwendig renoviertes ehemaliges landwirtschaftliches Gebäude.

Es sollte ein sehr angenehmer und unterhaltsamer Abend werden. Getränke hielt Lorenzi in Hülle und Fülle bereit, die Versorgung mit Essen geschah über ein ortsansässiges Ristorante. Es gab diverse Antipasti und Salate und je nach Wunsch Pizza, Scaloppine oder Petti di Pollo.

Während des Essens sprach man ein weiteres Mal über die persönlichen und finanziellen Gegebenheiten der Familie Antinori. Dabei war zu erfahren, dass nicht nur Signor Agostini finanziell etwas »klamm« zu sein scheint, sondern auch die Hinterlassenschaft des Conte längst nicht so üppig ausgefallen war, wie viele gedacht hatten.

Die Turiner Immobilien beispielsweise, ebenso wie die außerhalb gelegene Villa, das Stammhaus sozusagen, seien in keinem guten Zustand und bedürften dringend der Renovierung. Bei Veräußerung im aktuellen Zustand kämen keinesfalls mehrere Millionen heraus.

Lorenzi verfügte über diese Informationen, da der Notar der Familie, einer seiner besten Freunde war. Finanziell in der Klemme, sei insbesondere die in der Villa lebende ältere Schwester des Verstorbenen, die Contessa Alaria de Maupassant. Diese habe in jüngeren Jahren in Frankreich gelebt. Ihr Mann sei früh verstorbenen und habe ihr wenig hinterlassen. Seit mehr als dreißig Jahren lebe sie wieder in Turin und sie finanziell stets von ihrem Bruder, dem Conte, unterstützt worden. Testamentarisch sei ihre nun ein lebenslanges Wohnrecht, eingeräumt worden. Da sie nach wie vor kaum über eigene Mittel verfüge, habe ihr der Bruder auch ein paar Wertpapiere und eben die Bibliothek, bzw. die alten Bücher, hinterlassen.

»Was genau aus dem gesamten Nachlass wird, ist noch unklar«, sagte Lorenzi.

»Ständig mischt sich, wie ich schon sagte, diese Braida ein. Auch wie es mit der Villa, die ja der Enkel gerbt hat, weitergeht, bleibt abzuwarten. Der Unterhalt ist beträchtlich, außerdem sind noch eine Haushälterin, ein Mädchen für alles und zwei Gärtner zu bezahlen. Der Erlös aus der Auktion der wertvollsten Bücher bringt sicherlich einen hohen sechsstelligen Betrag. Aber was sind heutzutage schon ein paar Hunderttausend Euro. »Allerdings ist da natürlich noch dieses famose Haenkemanuskript.«

Dann unterhielten sie sich ausführlich über diese antiquarische Rarität. Wolfrum war, wegen der nachmittäglichen Gespräche, die er mit Lorenzi gehabt hatte, schon leidlich informiert, für Berger war das meiste völlig neu.

Die Provenienz des gut erhaltenen Manuskripts war unklar. Es bestand durchaus der Verdacht, dass diese Kostbarkeit aus dem Besitz eines reichen jüdischen Bankiers stammen könnte. Bekanntlich erging es den meisten, der gut assimilierten italienischen Juden, in der Zeit des Faschismus ähnlich, wie den Juden in Deutschland und andernorts in Europa. Also sehr, sehr schlecht. Eindeutige Beweise für diese fragwürdige Provenienz der Haenkeschen Schrift, gebe es allerdings nicht, erklärte Lorenzi. Also galten Conte Antinori, bzw. seine Erben, als rechtmäßige Besitzer.

»Wir hatten das Manuskript von zwei Fachleuten prüfen lassen und dann bezüglich des Inhaltes einen renommierten Botaniker und einen Pharmakologen hinzugezogen«; erläuterte Lorenzi.

»An der Echtheit besteht kein Zweifel. Die Beschreibung einiger unbekannter Pflanzen bzw. Drogen könnte eine echte Sensation werden. Thomas du kennst (man war im Laufe des Abends zum Du übergegangen) ja sicherlich einige der berühmten, medizinisch relevanten, Wunderdrogen. Ich meine jetzt nicht Koks oder Opium, sondern etwa Curare, Reserpin, Digoxin oder Yohimbin.«

Lorenzi machte eine kurze Pause und holte die zweite Flasche eines sehr guten Barolos aus dem Keller.

Lorenzi und Wolfrum hatten sich mit dem Weinkonsum nicht zurück gehalten. Berger hatte sich bisher mit

Bier begnügt, wollte sich nun aber auch ein Gläschen Wein gönnen.

Nachdem Lorenzi alle versorgt hatte, fuhr er fort: »Vermutlich habt ihr mitbekommen, dass die pharmazeutische Industrie, seit Jahren, in gewisser Weise, die tropischen Wälder nach brauchbaren pflanzlichen Substanzen durchstreift. Für etwas Vielversprechendes würden die locker Millionen ausgeben. Nun kommt der Clou. Nach Meinung des Botanikers finden sich in dem Manuskript die Beschreibungen von mindestens einem Dutzend unbekannter Pflanzen samt ausführlicher Darstellung ihrer möglichen pharmakologischen Wirkungen. Haenke war bekanntlich pharmakologisch sehr versiert. Der Pharmakologe nannte die Daten immer wieder »very, very interesting«. Der Botaniker murmelte gar etwas von Lebenselixier und unglaublicher Entdeckung. Wir haben die Burschen natürlich nicht stundenlang über dem Manuskript brüten lassen und sie konnten auch nichts aufzeichnen oder fotografieren. Man kann da nicht vorsichtig genug sein.«

Nach einer kurzen Pause, in der sich Lorenzi eine Zigarre ansteckte und sein Weinglas füllte, fuhr er fort: »Haenke scheint diese Entdeckungen in den unendlichen Wäldern am Oberlauf des Amazonas, im heutigen Peru, gemacht zu haben. Vermutlich halfen ihm die guten Kontakte, die er immer wieder mit verschiedenen indigenen Stämmen aufbaute. Es spricht sogar einiges dafür, dass er die Pflanzen nicht selber entdeckt, sondern die entsprechenden Informationen, von den Indios erhalten hat.«

»Kannst du uns etwas genaueres über diese Pflanzen

bzw. Drogen erzählen«, fragte Berger, » oder ist das geheim?«

»Ich bin kein Fachmann und sicherlich wäre es auch nicht angebracht, diese Sache in allen Einzelheiten an die große Glocke zu hängen«, erwiderte Lorenzi

»So wie Haenke die Dinge beschreibt und wie sich die beiden Experten äußerten, dürfte es sich um analgetische, hypnotische und potenzsteigernde Substanzen und auch um solche, die man noch nicht einordnen kann, handeln. Wiederholt fielen die Begriffe: Alkaloide, Rauwolfia und Yohimbin ähnliche Substanzen. Yohimbin ist, ich habe mich da schlau gemacht, ja so eine Art Potenzmittel. Wenn es in diesem Bereich was Neues gäbe, verspräche dies natürlich tolle Geschäfte. Man denke nur daran, welche Summen, Asiaten für Nashornpulver und getrocknete Tigerhoden ausgeben. Ganz zu schweigen vom weltweiten Viagraumsatz.«

»Wirklich sehr, sehr spannend«, meinte Berger. »Apropos Rauwolfia, diese Pflanzenarten sind nach dem Augsburger Arzt und Botaniker Leonhard Rauwolf benannt, wie ihr sicherlich nicht wisst.«

»Wissen wir natürlich nicht, lieber Dr. Einstein«, meinte Wolfrum.

»Das ist jetzt aber auch nicht wichtig. Lieber wüsste, welche Interessenten vor der Tür stehen. Denn diese Angelegenheit dürfte auch dunkle und kriminelle Gestalten angelockt haben.«

»Zweifellos«, sagte Lorenzi. »Vor zwei Wochen wurde bereits versucht in unseren Laden einzubrechen. Jemand wollte recht geschickt über die Rückseite in unsere Räume kommen. Aber wir haben entsprechende Sicherheitsvorkehrungen getroffen. Maurizio, einer der Kellner von der Bar Centrale, erzählte mir auch, er habe den Eindruck, dass sich bestimmte, ihm unbekannte, Leute in letzter Zeit ungewöhnlich oft in der Nähe unsres Geschäfts aufhielten.«

Lorenzi fuhr dann fort: »Zu Haenke möchte ich noch sagen, dass leider viele seiner wissenschaftlichen Berichte, Pflanzen- und Tierzeichnungen und -präparate verloren gegangen sind. Wegen seines ungeklärten Todes während der Unabhängigkeitskämpfe in Cochabamba, und wegen der Intrigen um den Expeditionsleiter Malaspina wurden Haenkes Werke wenig bekannt und blieben lange Zeit nahezu unveröffentlicht. Er selbst geriet geradezu in Vergessenheit«.

»Wir kannten ihn bisher auch nicht«, warf Wolfrum ein.

»Seine nach Spanien gesandten Herbarien, Präparate und Zeichnungen sind in vielen Universitäten und Sammlungen über ganz Europa verteilt. Erst 1960 fand man einen großen Teil seiner Schriften im Archiv des »Real Jardin Botánico« in Madrid, diese wurden dann 1966 und 1992 in kommentierter Fassung veröffentlicht. Aber das uns vorliegende Manuskript scheint zweifellos ein Unikat zu sein«, erzählte Lorenzi weiter.

»Mich würde noch interessieren, wie hoch du den Wert des Manuskripts wirklich taxierst und ob schon ernsthafte Gebote gemacht wurden«, wollte Wolfrum wissen.

»Mein Lieber, das ist eine sehr delikate Angelegenheit«, meinte Lorenzi schmunzelnd, »es ist nicht das Manuskript an sich, welches den Wert ausmacht, es sind die höchstwahrscheinlich wertvollen Informationen über die Pflanzen, die den Preis bestimmen werden. In gewisser Weise kann man von pharmazeutischen Patenten sprechen, welche später viele Millionen einbringen können. Angebote wurden natürlich schon gemacht und um zum Geld auch noch etwas zu sagen«, Lorenzi machte eine kurze Pause, »ein sechsstelliger Betrag ist durchaus im Bereich des möglichen.«

»Da wäre die alte Dame ja aus dem Schneider«, sagte Wolfrum.

»Wenn es um viel Geld und alte Leute geht, muss man, das hat mich Agatha Christie schon als Teenager gelehrt«, warf Berger ein, »auch nach den Erben fragen.«

»Da bin ich im Moment leider überfragt. Ich könnte es aber, wenn es denn wirklich wichtig wäre, herausbekommen«, schaltete sich Lorenzi ein.

»Ich sehe schon, über diese Angelegenheiten müssen wir noch ausführlicher sprechen, aber jetzt sollten wir allmählich zum gemütlichen Teil des Tages übergehen«, sagte Wolfrum. Gemeint war damit die Eröffnung einer Runde Skat.

Ja, Lorenzi konnte Skat spielen. Sein, aus dem Rheinland stammender Schwager, hatte ihn schon vor Jahren mit diesem typisch deutschen Kartenspiel vertraut gemacht und im Laufe der Zeit hatte er es durchaus zu einer gewissen Könnerschaft gebracht. Wolfrum kannte diesen originellen Sachverhalt und so hatte man schon am Nachmittag Entsprechendes vereinbart.

Der Abend währte noch lange und eine dritte Flasche des guten Weins schwand mühelos dahin.

Fast im Sinne des Spruches –»more and better wine« – den einer der Trinkfreudigen, um den Begriff Alkoholiker zu vermeiden, aus der Churchillsippe geprägt haben soll.

Am folgenden Morgen – Sonntag – ließen es die drei Herren gemächlich angehen. Das war auch notwendig, denn Lorenzi und Wolfrum hatten ein, zwei Gläser zu viel getrunken und Berger hatte etwas zu viel geraucht. Aber auch die dicken Havannas, die Lorenzi und Wolfrum gepafft hatten, waren der Gesundheit sicherlich nicht uneingeschränkt zuträglich gewesen.

Erst gegen 10.00 Uhr erschien Lorenzi mit einigen Brioches. Schließlich brachten der starke Caffé, den er in einer Caffettiera selber fabrizierte, und einige Gläser Mineralwasser die Lebensgeister aller wieder leidlich zurück.

Man amüsierte sich noch einmal über einige Kapriolen des gestrigen Kartenspiels, bei dem vor allem Lorenzi ein paar Euro hatte berappen müssen und Wolfrum recht erfolgreich gewesen war. Dann verabredete man sich für Montag Morgen. Lorenzi persönlich wollte den Kontakt zu Contessa Alaria, der momentanen Herrin der Antinorischen Bibliothek, herstellen.

Die beiden Freunde meinten, dass sie auf Davides Begleitung verzichten könnten. Wenn Lorenzi alles geregelt hätte, würden sie sich alleine auf den Weg machen. Sie meinten, dass sie die Villa, die in der Nähe von Orbassano, einer Kleinstadt östlich von Turin, lag, auch ohne fremde Hilfe finden würden.

Wenig später verabschiedete man sich herzlich und

Wolfrum und Berger machten sie sich auf den Nachhauseweg.

Die vergangene Nacht war doch recht kurz gewesen, daher zogen sich beide erst noch einmal, wie sie es nannten, zu einer »kurzen Siesta« in ihre Zimmer zurück.

Nach dieser Erholungspause wollten sie zum Cafe Platti schlendern, die Neuigkeiten von gestern besprechen und einen Plan für den kommenden Tag entwerfen.

»Eines muss ich unbedingt noch sagen«, begann Berger. »Was nun mit dem Haenke wird, ist mir auch nach den gestrigen, ausführlichen Gesprächen, schleierhaft geblieben. Soll er nun verkauft, oder versteigert werden? Wer sind die Interessenten? Wo befindet sich das Ding zurzeit? Wem gehört es wirklich? Wer ist verantwortlich und hat Lorenzi tatsächlich Prokura? Und um wie viel Geld geht es wirklich? Auf diese wichtigen Fragen haben wir keine befriedigenden Antworten bekommen.«

»Thomas was erwartest du? Das ist eine ganz heiße Kiste und Lorenzi hat keinen Grund Geschäftsgeheimnisse aus zu plaudern. Wir entspannen jetzt und denken uns eine nette Unternehmung für morgen aus«, meinte Wolfrum.

Der Sonntag ging dann samt Abendessen gemütlich dahin. Aber schon der nächste Tag sollte eine sehr unerfreuliche Überraschung bringen.

Viertes Kapitel

Am Montag traf man sich gegen 10.00 Uhr bei Lorenzi.
Mit Contessa Alaria hatte er noch nicht telefoniert.

»Ältere hochgestellte Damen stört man keinesfalls vor
10.30 Uhr«, erklärte Lorenzi lächelnd.

Wenig später ließ er sich mit der Contessa bzw. mit der
Haushälterin, die wohl die Funktion der Hausdame und
Sekretärin inne hatte, verbinden.

Die Contessa erschien offenbar nicht persönlich am
Apparat und das Gespräch zog sich etwas in die Länge.

Schlussendlich konnte Lorenzi den beiden aber mitteilen, dass man sie um 15.30 Uhr empfangen werde. Es wurde
um Pünktlichkeit gebeten. Die Sorge wegen der Pünktlichkeit hatte Lorenzi bereits während des Telefonats zer-
streuen können, da die beiden Besucher ja Deutsche seien.

Berger und Wolfrum bedankten sich bei Lorenzi.

Dieser sagte dann: »Die Contessa wird euch sicherlich
die Möglichkeit geben die Kostbarkeiten der Kriminalliteratur ausführlich in Augenschein zu nehmen. Nehmt bitte
auch noch die neueste Liste mit, die Davide erstellt hat.
Und denkt daran, einzelne oder nur wenige Exemplare
werden wir, wir sind ja auch für diese Geschäfte verantwortlich, nur dann verkaufen, wenn es um nennenswerte
Beträge geht. Beim Erwerb eines größeren Kontingents,
sagen wir mal zehn Bände und mehr, ist freilich mit
Skonto zu rechnen.«

»Was verstehst Du denn unter nennenswerten Beträ-
gen«, fragte Berger.

»Mein lieber Thomas«, antwortete Lorenzi, »auch in dieser Spielklasse geht kaum etwas unter 500 Euro. Vielleicht findet ihr ja ein interessantes Konvolut, welches sich später kleinteilig und einträglich unter die Leute bringen lässt.«

»Kann man wirklich Kunstliebhaber, Bibliophile und Geschäftsmann in einem sein?«, fragte Berger schmunzelnd.

»Ja, das geht«, antwortete Lorenzi, « aber nur wenn man Südländer, bzw. Italiener ist.«

»Die Villa werdet ihr leicht finden, sie liegt noch vor Orbassano in dem Örtchen Tetti Valfre.«

»Stammen die Antinoris eigentlich aus dem Piemont«, fragte Wolfrum. »Der Name klingt irgendwie toskanisch.«

»Du kennst dich ja verdammt gut aus Hubert. Die Antinoris sind keine alten Piemonteser. Der Großvater des verstorbenen Grafen kam zu Zeiten von Umberto I. aus der Toskana. Er wurde ein sog. Großindustrieller, was in der Zeit vor dem 1. Weltkrieg für Adelige ungewöhnlich und auch nicht sehr ehrenvoll war. Damals galt es noch als besonders vornehm, nichts zu arbeiten und von seinen Ländereien und Besitzungen zu leben. Aber der Alte war seine Zeit voraus«, sagte Lorenzi.

»Es bestehen heute natürlich immer noch gute Verbindungen zur toskanischen Verwandtschaft.«

»Jetzt sind wir erst mal gespannt, was die alte Dame uns zu bieten hat«, warf Berger ein.

»Ich bin nicht sicher, ob sie sich persönlich um euch kümmern wird. Vermutlich überlässt sie das der Haushälterin, einer gewissen Signora Umberti«, erklärte Lorenzi. »Aber ihr werdet schon zurecht kommen.«

Berger und Wolfrum verabschiedeten sich und gingen zum Hotel zurück. Unterwegs leisteten sie sich in einer Bar noch je ein Stückchen kalte Pizza und zwei Caffé.

Der gemietete Punto verfügte immerhin über ein Navi, so dass sie sich entspannt auf die kurze Reise machen konnten. Sie rechneten mit maximal 45 Minuten Fahrtzeit, starteten aber beizeiten, denn der Verkehr in und um Turin konnte, ähnlich wie in München, mörderisch sein.

Turin über die A 55 Richtung Orbassano zu verlassen, wäre verführerisch aber falsch gewesen. Richtigerweise nahmen sie den Weg, den sie schon bei ihrem Besuch der Pallazzina di Caccia di Stupinigi gewählt hatten. Über die SP 143 kamen sie dann rasch und unkompliziert nach Tetti Valfre.

Die Villa lag, wie sie wussten, am nördlichen Ortsende Sie fuhren eine schmale Allee entlang, schließlich kam eine ziemlich hohe, teilweise ramponierte und mit Efeu bewachsene Steinmauer in Sicht. Am Straßenrand, in Nähe eines hohem schmiedeeisernen Tores, standen drei Autos, darunter war auch ein Alfa der Carabinieri.

»Was ist das denn?«, murmelte Wolfrum und parkte den Punto hinter dem Fahrzeug der Carabinieri. Beide sahen sich dann nachdenklich an.

»Die Contessa scheint Besuch zu haben«, scherzte Berger.

»Aber soweit ich mich erinnere, haben wir uns nicht mit den Carabinieri verabredet.«

Wolfrum schüttelte den Kopf und sagte: »Mach keine blöden Witze.«

Berger zündete sich eine Zigarette an, dann gingen sie langsam durch das hohe, offen stehende Tor. Zur Villa, die gut fünfzig Meter vom Tor entfernt lag, führte ein breiter Kiesweg. Der Garten, soweit er überblickbar war, war mit Ausnahme der zahlreichen Pflanztröge vor dem Gebäude und am Wegrand, nicht typisch italienisch. Der Rasen, die Büsche und die hohen Bäume entsprachen mehr dem Stil eines englischen Gartens. Vor der Villa standen drei weitere Autos, ein Sanka, ein großer schwarzer Audi und ein Porsche Cabriolet. Wolfrum und Berger sahen sich kurz an und gingen langsam auf die Villa zu.

»Da scheint offensichtlich etwas nicht Alltägliches passiert zu sein«, meinte Berger.

Als sie vor dem breiten, einstöckigen, ockerfarbenen Gebäude mit den vielen grünlichen Fensterläden standen, zögerten sie. Die massive Eingangstür, zu der eine ausladende, halbrunde Steintreppe hinaufführte, war geschlossen.

»Ich bin mir nicht ganz sicher, ob wir jetzt wirklich sehr willkommen sind. Aber ich würde schon verdammt gerne wissen, was hier abgeht«, sagte Wolfrum.

»Wir können ja mal klopfen, oder klingeln, oder einfach reingehen. Im schlimmsten Falle werden wir wieder rausgeschmissen«, schlug Berger vor.

»Vielleicht sollten wir erst mal Lorenzi anrufen. Der ist mit der Familie und den Dingen hier eindeutig besser vertraut als wir«, sagte Wolfrum.

»Ach was, wir versuchen einfach unser Glück«, meinte Berger und betätigte entschlossen den altmodischen

Klingelzug, um dann, überraschender Weise, im Inneren des Hauses angenehme, melodische Töne zu hören.

Wenig später öffnete ein Carabinieri die schwere Tür.

»Was wollen sie?«, waren seine wenig höflichen Worte.

Die beiden Freunde zögerten zunächst, ehe Wolfrum sehr höflich und in seinem besten Italienisch zu erklären versuchte, was es mit ihrem Besuch auf sich habe. Der Carabinieri schien von den sprachlichen Fähigkeiten des Ausländers beeindruckt zu sein und wollte Signora Umberti, der Haushälterin, Bescheid geben. Die neugierige Frage Bergers, was den vorgefallen sei, überhörte er gänzlich und wies die beiden an vor der Tür zu warten.

»Nun bin ich aber sehr gespannt, wie das hier weitergeht«, murmelte Wolfrum, während er sein Handy inspizierte. Noch ehe er den Kontakt zu Lorenzi herstellen konnte, öffnete sich die Tür und es erschien eine etwa sechzigjährige, bekümmert blickende, leicht ergraute und schlicht gekleidete Dame.

»Guten Tag meine Herren, ich bin Signora Umberti«, erklärte sie höflich. »Ich nehme an, sie sind die Herren aus Deutschland. Leider ist etwa Schreckliches geschehen«. Sie schluckte und rang um Fassung.

Dann fuhr sie fort: »Ich weiß nicht, was ich ihnen sagen soll. Ich weiß nicht, ob es richtig ist. Die Contessa, die Contessa, es ist unbegreiflich –, die Contessa ist tot. Niemand weiß wieso, oh Gott, oh mein Gott.«

Wolfrum und Berger sahen sich betreten an und schwiegen zunächst. Berger zündete sich eine weitere Zigarette an, Wolfrum hätte es ihm am liebsten nachgemacht.

»Aber treten sie doch näher, wenn sie schon mal da sind.

Sie können ja nichts dafür. Das wäre ja geradezu unhöflich, sie einfach wieder wegzuschicken«, , sagte Signora Umberti und trat beiseite.

»Werte Signora, wir wollen natürlich nicht stören und keine Umstände machen ... äh in ... in dieser Situation«, beeilte sich Wolfrum zu sagen. Berger suchte nach einer Möglichkeit seine Zigarette zu entsorgen, was Signora Umberti bemerkte.

»Ein Aschenbecher ist in der Halle. Wir sind nicht so neumodisch, das Rauchen zu verteufeln. Der Conte liebte seine Zigarren. Auch die Contessa, die Arme, genehmigte sich nach dem Essen und zum Caffé stets eine Zigarette.«

»Sehr freundlich, wirklich sehr freundlich«, sagte Berger.

Die großzügige Eingangsbereich war heller, als man vermutet hätte. Vor allem von hinten, durch eine große offene Tür, die offenbar auf eine Terrasse führte, und von oben fiel Licht in die Halle. Linker Hand führte eine breite Holztreppe hinauf zu einer Galerie, rechter Hand befand sich eine kleine Sitzgruppe und eine Art Garderobe. Decken und Wände waren zum Teil holzgetäfelt. Die wenigen Möbel und die Bilder, die den Eingangsbereich schmückten, waren erkennbar von Wert und erlesener Qualität.

Der Carabinieri, der zunächst an der Tür erschienen war, stand am Aufgang der Treppe. Von oben hörte man Stimmen. In einem Kitschroman würde es heißen, »die Atmosphäre war bedrückend.« Aber sie war es tatsächlich.

Signora Umberti führte die beiden in einen hellen, mittelgroßen Raum auf der rechten Seite, der so etwas sein mochte wie ein Besucherzimmer. Der Raum hatte den nämlichen Steinboden, wie die Eingangshalle und war mit wertvollen Teppichen belegt. Zwei großzügige Sitzgruppen, Bücherregale und ein offener Kamin vermittelten den Eindruck gediegener Gemütlichkeit. Auf einem Intarsientischchen stand eine Anzahl ausgesuchter Alkoholika. Signora Umberti bot Caffé an. Die Freunde sagten nicht nein und die Signora verließ den Raum.

»Die Frau ist ja erstaunlich höflich. Allzumal, wenn man bedenkt, was vorgefallen ist«, sagte Berger.

»Noblesse oblige«, antwortete Wolfrum.

»Wenn auch nur Haushälterin, so pflegt sie doch den feinen Stil des Hauses. Aber im Ernst, wir sind hier eigentlich fehl am Platz und werden uns nach dem Caffé höflich verabschieden«, fuhr er fort.

»Du hast recht. Dennoch würde mich brennend interessieren, was denn genau passiert ist und wieso die Polizei im Haus ist«, meinte Berger.

Dann brachte Signora Umberti die beiden Caffé und sagte: »Ich weiß, dass sie wegen der Bücher gekommen sind, aber darum können wir uns jetzt natürlich nicht kümmern. Es ist alles so schrecklich. Man weiß gar nicht, wie es weiter gehen soll. Ich habe kurz mit den Damen gesprochen, mit Signora Agostini, der Nichte und auch mit der jungen Contessa Antinori. Die Besichtigung der Bücher und sonstige geschäftliche Dinge seien im Moment ganz nebensächlich, meinten beide. Sie lassen sich entschuldigen und können auch noch nicht sagen wie es mit dieser ganzen Bücherangelegenheit weitergeht«.

Die beiden bedankten sich für den Caffé und die freundliche Auskunft und verließen dann wieder die Villa. Vor dem Gebäude stand mittlerweile ein weiteres Fahrzeug, ein großer BMW.

Nachdenklich gingen sie Richtung Einfahrt. Kurz davor blieb Berger stehen, wandte sich um und sagte: »Auf den ersten Blick sieht das Ding eigentlich recht gut aus. Nachdem was Lorenzi sagte, hätte ich es mir deutlich baufälliger vorgestellt. Mit Architektur bin ich nicht besonders vertraut. Was meinst du, ist das 18. oder 19.Jahrhundert?«

»Meines Erachtens ist die Villa nicht sehr alt. Der Stil ist mir aber nicht ganz klar. Vielleicht ist es so etwas wie Neorenaissance. Er erinnert mich, obwohl das Gemäuer ziemlich schlicht gehalten ist, auch an das, was wir bei uns Gründerzeit nennen, also spätes 19. Jahrhundert«, antwortete Wolfrum.

Als sie wieder im Auto saßen, rief Wolfrum Lorenzi an und berichtete ihm von der Situation.

Erstaunlicherweise war Lorenzi bereits informiert. Offenbar hatte Agostini ihn schon umfassend ins Bild gesetzt. Wolfrum ließ er wissen, dass sich die Contessa am Vormittag zweifellos noch bester Gesundheit erfreute. Agostini selbst, der sie kurz besucht hatte, konnte das bezeugen, aber natürlich auch Signora Umberti. Letztere habe Contessa Alaria, nachdem diese zum Pranzo, um 13 Uhr, nicht erschienen sei, gesucht und tot in ihrem Zimmer aufgefunden. Nachdem sich der Arzt des Hauses hinsichtlich der Todesursache völlig unsicher gewesen sei, habe er die Polizei informiert. Agostini habe dafür keinerlei Verständnis gehabt. Schließlich sei Alaria seit

Jahren insulinpflichtige Diabetikerin und auch nicht mehr die Jüngste gewesen. Zwei leichte Infarkte habe sie auch schon hinter sich gehabt. Da spräche doch alles für einen dritten Infarkt, also für einen natürlichen Tod Jetzt sei jedenfalls der Ärger, sprich die Polizei im Hause. Abschliessend schlug Lorenzi vor, dass man sich morgen Mittag bei ihm treffen sollte.

»Mit unserem Büchergeschäft wird es wohl vorerst nichts«, sagte Wolfrum. »Wir könnten auch nachhause reisen. Aber irgendwie habe ich das Gefühl, die ganze Sache wird noch spannender, als sie ohnehin schon ist. Würde mich auch nicht wundern, wenn bei dem plötzliche Ableben der alten Dame nicht alles mit rechten Dingen zugegangen wäre. Was meinst du?«

»Üble Geschichten in alten Familien sind – zumindest in Krimis – keine Seltenheit. Aber im Ernst, die ganze Angelegenheit ist schon obskur Ich hatte auch den Eindruck, dass Lorenzi uns etwas verbirgt. Gut, es geht bei dem Haenke ganz offensichtlich um viel Geld. Aber das alleine ist es nicht. Wie du habe ich das Gefühl, dass etwas nicht stimmt. Schluss um, wir bleiben noch und warten auf jeden Fall ab, was über den Tod der Contessa zu erfahren ist«, meinte Berger. Dann fuhren sie zurück nach Turin.

Fünftes Kapitel

Commissario Andretti war ein leicht übergewichtiger Mitfünfziger. Seine Kollegen nannten in »Pirlo«. Das kam wohl daher, weil er früher ein recht guter Fußballer war und eine Menge dunkler Haare auf dem Kopf hatte. Beides gehörte der Vergangenheit an.

Es war Dienstagnachmittag. Andretti saß an seinem Schreibtisch und sinnierte über den Fall der Contessa Alaria de Maupassant. Die Obduktion hatte ergeben, dass die Contessa an einem Herzinfarkt verstorben ist. Dieser wiederum war, mit hoher Sicherheit, durch ein hypoglykämisches Koma, oder zumindest eine ausgeprägte Hypoglykämie, hervorgerufen worden. Außerdem fand man in ihrem Blut gewisse Mengen an Glimepirid, einem oralen Antidiabetikum, und Diazepam, ein bekanntes Beruhigungsmittel. Glimepirid nahm die Contessa regelmäßig, Diazepam nur gelegentlich zum Schlafen ein. Die gefundene Menge Diazepam sprach aber dafür, dass das Medikament nicht am Vorabend, sondern eher am Vormittag eingenommen worden war. Die Contessa war mit ihrer Insulinbehandlung bestens vertraut. Ein Versehen, was das Insulin und das Glimepirid betraf, war demnach sehr unwahrscheinlich. Ein Suizid war mit letzter Sicherheit nicht auszuschließen. Aber sowohl die Aussagen der diversen Zeugen, wie die Umstände des Ablebens, sprachen eindeutig gegen einen Selbstmord.

»Also Mord«, dachte Andretti zum wiederholten Male. Als er sich ein Bild über die finanzielle Situation der alten

Dame gemacht hatte, war er natürlich auch über die anstehenden Verkäufe und Versteigerungen wertvoller Bücher und Manuskripte gestolpert. Signora Umberti und die Nichte, die junge Contessa Antinori, hatten freimütig auch über die spannende Geschichte des wertvollen Manuskripts gesprochen. Signor Agostini, der Contessa Alaria noch am Vormittag des Unglückstags besucht hatte, gab sich bei der Vernehmung deutlich uninformierter und zurückhaltender, als die beiden Damen.

Agostini hatte die Contessa seit dem Tod des Grafen schon des öfteren besucht, hatte Andretti erfahren. Früher sei er sehr viel seltener gekommen und wenn, dann habe er den alten Herrn besucht. Agostini sei nicht gerne gesehen gewesen; der Conte habe ihn nicht gemocht. Er habe ihn als Parvenu und Mitgiftjäger bezeichnet. Das sei er ja wohl auch, hatte Signora Umberti mit spitzer Zunge bekräftigt.

Diesen Agostini musste er im Auge behalten, dachte sich der Commissario. Agostini hatte bei ihm den Eindruck eines Großsprechers mit schlechten Nerven hinterlassen. Andretti wollte ihm bei nächster Gelegenheit noch gewaltig auf den Zahn fühlen. Die Contessa war ermordet worden, davon war Andretti überzeugt. Die Sache sollte lösbar sein, denn die Zahl der Verdächtigen war sehr überschaubar. Da waren Luisa Umberti, das Hausmädchen Chiara, der alte Gärtner, die junge Contessa Beatrice, Avoccato Agostini und ein obskurer Heizungsmonteur. Den Lieferanten, der um die Mittagszeit zwei Pakete abgeliefert hatte, und das Haus nicht betreten hatte, konnte man als Täter getrost ausschließen. Andretti wollte natürlich keine voreiligen Schlüsse ziehen, dafür war er viel zu klug und erfahren, aber nach ruhiger und gründlicher Überlegung lief alles auf Agostini hinaus.

Nach Andrettis äußerst exakten Recherchen hatten der Gärtner und das Hausmädchen weder Motiv noch Gelegenheit. Die ausgesprochen freundlich und anständig wirkende Signora Umberti war seit nahezu 17 Jahren im Hause Antinori, gehörte praktisch zur Familie und war, dass hatten sowohl die Nichten als auch der alte Gärtner und das Hausmädchen bekräftigt, der alten Contessa treu ergeben. Nun gut, sie hatte von der Verblichenen ein kleines, sicherlich nicht mehr als zehn- bis zwanzigtausend Euro ausmachendes, Legat zu erwarten. Aber das war in diesem Falle sicherlich ein sehr schwaches Motiv.

Ein Problem war noch der Heizungsmonteur. Zwar war tatsächlich eine Firma beauftragt und ein Termin für Montagvormittag vereinbart worden, aber der Handwerker, der tatsächlich erschienen war, war bei der Firma nicht bekannt. Der »echte« Monteur, der den Auftrag hätte erledigen sollen, hatte gegen neun Uhr dreißig angerufen, sich entschuldigt und einen neuen Termin für Dienstag vereinbart. Das hatte sich im wesentlichen eindeutig rekonstruieren lassen. Chiara, das Hausmädchen, hatte den Anruf entgegen genommen, aber vergessen Bescheid zu geben. Dass dann doch ein Monteur erschien, habe niemanden verwundert. Der Monteur habe sich aber, wie Signora Umberti und Chiara versicherten, nur in den Kellerräumen aufgehalten und das nicht besonders lange. Die Sache mit dem »falschen Monteur« blieb dennoch rätselhaft. Den Ablauf der Dinge am Montag

Vormittag hatte Andretti, mit Hilfe zweier Mitarbeiter, haarklein rekonstruiert.

Die Contessa war, wie üblich, um sieben Uhr aufgestanden, hatte ihre Morgengymnastik absolviert und war etwa um 7.45 Uhr in der Küche erschienen. Dort hatte sie ihr bescheidenes Frühstück eingenommen, und sich dann mit einer heißen Schokolade und der Zeitung, der *Stampa*, in die Bibliothek begeben. Die junge Contessa hatte sich gegen neun Uhr telefonisch gemeldet und war ziemlich genau eine halbe Stunde später eingetroffen. Die beiden Damen hatten sich bis gegen 10.15 Uhr unterhalten. Contessa Beatrice war gleich nach dem Gespräch wieder nach Turin gefahren. Es sei um Absprachen wegen eines geplanten Familientreffens gegangen.

Agostini hatte sich schon am Vortag für 10.30 Uhr angemeldet. Von Contessa Alaria sei er in deren Zimmer empfangen worden. Laut Agostini, habe man ausführlich über Einzelheiten der geplanten Buchverkäufe und -versteigerungen gesprochen. Agostini habe sich, da er zum einen Jurist und zum anderen mit Lorenzi sehr gut bekannt sei, für diese Angelegenheit interessiert und auch juristischen Rat gegeben. Signora Umberti hatte dazu gesagt, dass Contessa Alaria Agostinis Aktivitäten eher als aufdringlich empfunden habe. Etwa um 12.15 Uhr hatte Agostini, wie er sagte, die Villa, mit dem Hinweis, dass die Contessa nicht gestört werden wolle, wieder verlassen. Die Umberti hatte dies bestätigt. Die Contessa habe sich, so Agostini, vermutlich nicht ganz wohl gefühlt, sei etwas matt und blass gewesen.

Der ominöse Monteur sei kurz nach Agostini erschienen, habe sich aber nur im Keller aufgehalten und das Haus etwa um 12 Uhr wieder verlassen. Signora Umberti hatte die Contessa zuletzt offenbar 11.15 Uhr gesehen, als sie den Herrschaften Caffé gebracht hatte. Das Hausmädchen hatte die Contessa nur ganz kurz während des Frühstücks gesehen. Der alte Gärtner war mit ihr an dem besagten Tag überhaupt nicht in Kontakt gekommen.

Alle genannten Personen, mit Ausnahme des Monteurs, den man noch nicht ausfindig gemacht hatte, bestritten – natürlich – vehement, etwas mit dem Tod der alten Dame zu tun zu haben. Die Geschichte mit dem falschen Monteur galt es unbedingt noch zu klären, obwohl Commissario Andretti nicht glaubte, das dieser etwas mit dem Tod der Contessa zu tun hatte. Er vermutete eher, dass der echte und der falsche Monteur in eine ganz andere, fadenscheinige Geschichte verwickelt waren.

Im wesentlichen galt es Agostini zu durchleuchten und in die Mangel zu nehmen. Andretti hatte schon in Erfahrung gebracht, dass Agostini wiederholt in zwielichtige Geschäfte verwickelt war. Außerdem befand er sich, so hieß es, chronisch in Geldnöten, was angesichts seines verschwenderischen Lebensstils kein Wunder war. Unter Kollegen war er nicht beliebt, er galt als egozentrisch und unzuverlässig. Es ging das Gerücht, er habe schon Gelder von Mandanten veruntreut und sein Schwiegervater, der verstorbene Conte, habe ihm aus der Klemme helfen müssen.

Alles in allem war Agostini offenbar ein großspuriger Typ mit einer gewissen kriminellen Energie. All diese Tatsachen und Erkenntnisse reichten allerdings im Moment bei weitem nicht aus, um Guido Agostini festzunageln. Bei der zweiten Vernehmung, auf einen Rechtsbeistand hatte er wiederum verzichtet, war Agostini zwar etwas ins Schwitzen gekommen, aber er wusste offenbar sehr genau, dass Andretti nichts Stichhaltiges gegen ihn in der Hand hatte.

Gegen Ende dieser Vernehmung war er sogar frech geworden, indem er sagte: »Werter Commissario, gute Ermittlungsarbeit, lässt sich nicht durch haltlose Verdächtigungen ersetzten.« Andretti hatte sehr an sich halten müssen.

Natürlich war da auch der bemerkenswerte Umstand, dass Contessa Alaria anscheinend den Agostinisohn Matteo zum Haupterben gemacht hatte. Bis vor kurzem wäre das ohne Belang gewesen, aber seit Alaria ihren Bruder beerbt hatte und die Auktion der teuren Bücher anstand, ging es nicht mehr nur um Kleinigkeiten. Ganz geklärt war diese Erbangelegenheit allerdings noch nicht.

So wenig Alaria Agostini mochte, so vernarrt war sie in dessen Sohn Matteo gewesen, hatte Signora Umberti zu dieser Angelegenheit berichtet. Es schien so, als würde nach dem Ableben der alten Dame in Bälde wieder etwas Geld in die leeren Kassen der Familie Agostini fließen. Sollte, was der Commissario für sehr wahrscheinlich hielt, Agostini tatsächlich für den Tod der Contessa verantwortlich sein, musste er aktuell in üblen Schwierigkeiten stecken. Denn ein skrupelloser, aber nicht ausgesprochen kaltschnäuziger Typ, wie Agostini, würde sich ein kapitales Verbrechen doppelt und dreifach überlegen, dachte Andretti. Wenn er ein starkes Motiv des Hauptverdächtigen vorweisen könnte, wäre er in dieser Sache ein gutes Stück weiter.

Als nächstes wollte sich Andretti noch einmal mit Signora Agostini und auch mit Lorenzi unterhalten. Zum einen war Lorenzi ein guter Bekannter Agostinis und der ganzen Familie Antinori und zum anderen war er mit den aktuellen Auktions- und Verkaufsgeschäften bestens vertraut.

Von Dottor Cremonese hatte er sich die Grundzüge der Diabetesbehandlung, wie sie die Contessa praktizierte, erklären lassen. Alaria spritzte nur zweimal täglich, vor dem Frühstück und dem Abendessen, eine eher niedrige Dosis Mischinsulin. Das orale Glimepirid war nach Ansicht des Dottore, wegen des Hypoglykämierisikos, nicht optimal und nicht ungefährlich. Einem unbedarften Opfer Glimepirid unauffällig beizubringen, sei über Getränke oder Essbares, leicht möglich, hatte Dottor Cremonese erklärt. Die maximale Wirkung trete etwa zweieinhalb Stunden nach der Einnahme ein. Dieses Glimepirid galt es im Auge zu behalten, dachte Andretti.

Sechstes Kapitel

Berger und Wolfrum hatten den Dienstagvormittag bei Lorenzi verbracht, ohne irgendetwas Neues in der Mordsache Contessa Alaria zu erfahren. Man hatte alle möglichen Mutmaßungen angestellt und reichlich Caffé getrunken. Natürlich verfügte auch Lorenzi nur über begrenzte Informationen, aber offenbar hatte ihm sein Freund Guido Agostini eine ganze Menge mitgeteilt. Berger und Wolfrum kamen angesichts der bekannten Tatsachen nicht umhin, Agostini für verdächtig zu halten und sagten das auch.

»Das ist ungeheuerlich. Das sind vollkommen haltlose Unterstellungen. So etwas solltet ihr nicht mal denken und keinesfalls irgendwo rumerzählen«, hatte sich Lorenzi ereifert

»Verständlich, dass du deinen Freund in Schutz nimmst, aber dass die Contessa um die Ecke gebracht wurde, dürfte ja wohl klar sein«, hatte Berger eingewandt.

»Und so weit wir informiert sind, ist die Zahl der Verdächtigen sehr überschaubar. Mehr noch, wenn stimmt, was du uns erzählt hast, bleibt als Täter eigentlich nur Agostini. So weit müsstest du doch auch denken können. Ich verstehe gar nicht, warum du dich so aufregst.«

»Natürlich rege ich mich auf. Es gibt nicht den geringsten Beweis für Guidos Täterschaft, es gibt gar nichts. Es sind alles nur, ich wiederhole mich, dämliche Vermutungen und Unterstellungen. Ich will dazu nichts mehr hören«, hatte Lorenzi lautstark erwidert.

»OK, lassen wir das, es bringt ja doch nichts und wir geraten uns nur in die Haare«, hatte Wolfrum beschwichtigt. Danach hatte man sich einigermaßen höflich verabschiedet. Berger und Wolfrum waren dann ins Museo Egizio, wo sie mehr als drei Stunden verbrachten, gegangen. Gespräche über den »Fall Alaria«, wie sie die Angelegenheit nannten, wurden bewusst vermieden.

Beim Abendessen im l'Acino aber hatten sie alles was diesen obskuren Fall betraf, intensiv diskutiert; auch die Sache mit dem Haenkemanuskript und die eigenartige, ja verdächtige, Aufregung Lorenzis. Freilich waren sie zu keiner Lösung gekommen, aber ihre Neugier war geweckt und ein weiteres Mal beschlossen sie, Turin noch nicht zu verlassen.

So war der Dienstag vergangen. Im Moment, also am Mittwoch Vormittag, saßen sie im altehrwürdigen und hoch dekorativen Caffé Mulassano, wo angeblich das Tramezzino erfunden worden war. Ausnahmsweise hatten sie nicht Caffé, sondern Cappuccino bestellt. Wolfrum hatte sich dann noch ein ordentliches Stück Schokoladenkuchen, Berger ein kleines Stück Obstkuchen geleistet. Im Moment schlürfte Wolfrum seinen zweiten Cappuccino, Berger einen San Bitter.

»Die Sache stinkt, die Sache stinkt gewaltig«; erklärte Wolfrum. »Das sieht doch ein Blinder mit dem Krückstock, dass Agostini der Hauptverdächtige ist. Das Getue von Lorenzi ist mir unverständlich. Fast könnte man meinen, dass auch er Dreck am Stecken hat.«

»Kann gut sein«, meinte Berger. »Mir kam schon recht

merkwürdig vor, als er zuletzt erzählte, dass das Haenkemanuskript höchstwahrscheinlich, auf speziellen Wunsch der alten Contessa, vorerst weder verkauft, noch versteigert werden sollte. Das kann er jetzt gut erzählen, nachdem die alte Dame nicht mehr ist. Noch am Samstag hatte er ausführlich dargestellt, dass sie dringend Geld bräuchte. Also was nun?«

»Ich habe heute schon mit Fontana telefoniert, Lorenzi war nicht erreichbar. Wollte wissen, ob in absehbarer Zeit hinsichtlich der Bücher irgendetwas vorangehen würde«, sagte Wolfrum

»Fontana meinte, solange die Angelegenheit mit dem Tod der Contessa völlig in der Schwebe sei, seien die Geschäfte auf Eis gelegt. Innerhalb der Familie gäbe es außerdem deutliche Meinungsverschiedenheiten. Im wesentlichen lägen sich Agostini und seine Schwägerin in den Haaren. Auch Contessa Braida opponiere deutlich gegen die Agostinisippe.«

»Sagte Davide etwas zu Lorenzis Abwesenheit?«, fragte Berger

»Lorenzi ist offenbar den ganzen Tag unterwegs. Was er unternimmt, ist nicht bekannt«, antwortete Wolfrum.

»Unser Freund ist erstaunlich oft in geheimer Mission unterwegs«, meinte Berger schmunzelnd. »Man vermutet fast schon, dass er in dunkle Machenschaften verstrickt ist.«

»Ja, ja ... merkwürdig«, brummelte Wolfrum.

»Aber was anderes«, fuhr er dann fort. »Lass uns mal überlegen, was wir konkret machen können, um dem Geheimnis des Haenkemanuskripts, denn in dieser Sache hat Lorenzi sicherlich nicht mit offenen Karten gespielt, auf die Spur zu kommen. Der Mordsache Alaria sollten wir uns, mit dem uns eigenen Geschick, auch näher widmen. Mich hat das Jagdfieber gepackt.«

Wolfrum schmunzelte. »Wir sind ja auch keine Anfänger in der Verbrecherjagd. Ich erinnere nur an die gefälschten Helmans und die Sache mit den getürkten Möbeln des zwielichtigen französischen Adeligen.«

»Darauf einen Averna«, sagte Berger.

Der bittersüße sizilianische Klosterlikör, eigentlich ein Digestif, wurde mit Eis bestellt. Averna hatte für die beiden, da sie ihn vor Jahren bei ihrem ersten gemeinsamen Abendessen in Arezzo genossen hatten, eine besondere Bedeutung.

»Wir sollten mal mit der jungen Contessa Beatrice und Signora Umberti sprechen. Schließlich sind wir ja Kunstexperten und ernsthafte Interessenten. Da machen wir uns nicht verdächtig«, schlug Berger vor.

»Zwar wird sich Agostini, da sein Sohn ja angeblich geerbt hat, jetzt als großer Macker aufspielen, aber die Antinoris scheinen keine Weicheier zu sein. Alarias ungeklärter Tod dürfte sie gewaltig aufgerüttelt haben«, meinte Berger.

»Ganz bestimmt wird die gesamte Antinori- und Braidagesellschaft auf der Matte stehen und auf Klärung drängen. Da fällt mir ein, es gibt da auch noch einen jüngeren Bruder des verstorbenen Conte, einen renommierten Weinproduzenten im Chianti. Davide hatte mir davon erzählt. Offenbar ist der gestern angereist«, sagte Wolfrum.

»Interessant, für uns aber aktuell unerheblich. Wir sollten uns, wie gesagt, zunächst mal an die Contessa Beatrice Antinori und die Umberti halten«, fügte Berger an.

»OK, ich versuche mal mein Glück«, schlug Wolfrum vor. »Zunächst aber zahlen wir. Ich möchte hier keine ausführlichen Telefonate absetzen. Die Nummer der Umberti habe ich. Wegen der Nummer der Contessa Antinori rufe ich dann gleich Davide an.«

Wolfrum suchte außerhalb des Caffes eine ruhige Ecke. Davide war nicht erreichbar, aber Antonella konnte ihm weiterhelfen und ihm die Rufnummer der Contessa Beatrice Antinori geben. Dann rief er Signora Umberti an, die er schließlich auch ans Telefon bekam. Die Umberti war einem Gespräch durchaus nicht abgeneigt, wollte die beiden aber ungern in der Villa empfangen.

Nun war das Dorf Tetti Valfre' so klein, dass man sich auch dort nicht unbeobachtet treffen konnte. Im nahe gelegenen Städtchen Orbassano hingegen war eine ungezwungene Zusammenkunft durchaus möglich. Signora Umberti hielt sich dort ohnehin des öfteren auf. Also vereinbarte man ein Treffen im Caffé Charlotte – die beiden Freunde würden es mühelos finden, meinte Signora Umberti – für zehn Uhr am kommenden Vormittag.

Wolfrum wollte nicht überaktiv werden, daher verzichtete er auf einen Anruf bei der Contessa Beatrice. Erst wollten sie sich einmal ausführlich mit der »getreuen« Umberti unterhalten.

»Wir sollten unsere kleinen, grauen Zellen nicht völlig unsystematisch arbeiten lassen«, sagte Berger. Wir besorgen uns jetzt jeder eine Molskinekladde und so etwas wie einen Flipchart und machen eine Übersicht und einen Plan. Oder sagt man seit Schröder eine Agenda? Aufgabenliste sagt bestimmt kein Mensch mehr. Aber eigentlich ist der Begriff total zutreffend«, meinte Berger lächelnd.

Wolfrum kam auf den Gedanken, dass sie einen Flipchart im Hotel, welches ja auch Tagungsräume besaß, bekommen könnten. Er rief dort an und ein Flipchart wurde ihm problemlos zugesagt.

Die Kladden und ein paar Filzstifte besorgten sie sich auf dem Weg zum Hotel. Dort angekommen »funktionierten« sie Wolfrums Zimmer, dieses war ein wenig größer als Bergers, in gewisser Weise zu ihrer »Kommandozentrale« um. Eifrig begannen sie die bekannten Fakten und die beteiligten Personen aufzumalen. Insbesondere fassten sie auch zusammen, was ihnen über die Haenkesche Handschrift tatsächlich bekannt war.

Die Expertisen, die Wolfrum in der Hand hatte, sprachen von einem gut erhaltenen, 158 Seiten umfassenden Werk, das vermutlich im Jahre 1798 entstanden ist. Es enthalte geographische, ethnologische, zoologische und botanische Beschreibungen und zahlreiche, auch kolorierte, Zeichnungen zu den genannten Themen. Die Texte seien mit Tinte verfasst, die Seiten hätten eine schon etwas brüchige Klebebindung. Das ganze befinde sich in einem losen Ledereinband mit Knebelverschluss. An dem Umstand, dass es sich um ein alte Handschrift und zwar um eine des Thaddäus Xaverius Peregrinus Haenke handle, bestünde kein vernünftiger Zweifel.

»Das ist alles schön und gut«, meinte Berger«, allerdings wissen wir weder, wo das Ding zurzeit ist, noch wissen wir Genaues über den Inhalt und wir wissen auch nichts über die Art, Zahl und Bonität der Interessenten. Ich bin mehr denn je der Meinung, dass uns Lorenzi dazu Halbwahrheiten und Märchen erzählt hat. Mich würde mitnichten wundern, wenn Lorenzi in dieser Sache auch die verstorbene, besser gesagt ermordete, Contessa und ihre Sekundantinnen an der Nase herumgeführt hätte.«

»Na ja«, erwiderte Wolfrum, »Lorenzi ist zwar ein gewiefter Geschäftsmann vom levatinischen Typ, aber für so richtig kriminell habe ich ihn bisher nicht gehalten. Natürlich kann es sein, dass es in dieser Angelegenheit um sehr verführerische Summen geht und Schmiergelder im sechsstelligen Bereich wären natürlich auch für Lorenzi keine Peanuts.«

»Ich fürchte, dass wir, wenn wir uns nun dem Fall Alaria zuwenden, weniger präzise Daten haben, als im Fall des Manuskripts. Fast alles, was wir wissen stammt von Lorenzi bzw. Agostini«, und denen traue ich nicht über den Weg«, begann Berger.

»Wir wissen, dass sie tot ist und ziemlich sicher wissen wir, dass sie an einer Überdosis Insulin oder einem Antidiabetikum verstorben ist. Aber ob es ein Unfall, Mord oder Selbstmord war, das wissen wir nicht. Wir haben natürlich auch keine Chance, an die polizeilichen Ermittlungsakten zu kommen. Wenn wir dort auftauchten und dumme Fragen stellten, würde man uns rausschmeißen oder gar als Tatverdächtige verhaften.«

»Stimmt leider«, räumte Wolfrum ein. »Aber wir haben noch das, was uns die Umberti vorgestern sagte und das deckt sich mit Lorenzis Angaben. Eine vorläufige Liste möglicher Täter, wenn es, wie die Profis sagen, ein »Fremdverschulden« gab, können wir problemlos erstellen. Da sind Agostini, Beatrice, die Nichte 2. Grades, um ganz korrekt zu sein, das Hausmädchen, die Umberti, vielleicht einer der Gärtner und der oder die große Unbekannte. Wenn wir uns morgen mit der Umberti treffen, erfahren wir vielleicht, welche Personen die Polizei im Blick hat und ob jemand ganz besonders unter Druck steht.«

»Eines hätten wir beinahe übersehen«, ergänzte Berger. »Da gibt es noch die Sache mit dem missglückten Einbruch und dann erzählte Lorenzi noch etwas von zwielichtigen Gestalten, die vor seinem Laden herumlungerten. Ein Cameriere habe ihn darauf aufmerksam gemacht.«

»Sehr richtig«, betonte Wolfrum. »Wenn wir uns jetzt unsere Aufzeichnungen ansehen, könnte man meinen, dass zwei oder drei Täter oder Tätergruppen in Sachen Haenkes Manuskript ihr Unwesen treiben. Ausgesprochen erfolgreich scheint aber noch niemand gewesen zu sein.«

Nach einer kurzen Pause fügte er an: »Mich würde es nicht wundern, wenn in Kürze wieder etwas passieren würde.«

»Was soll denn passieren?«, fragte Berger. »Wir haben doch schon eine Leiche.«

»Ich vermute, dass bestimmte Kräfte mit viel Geld oder aller Gewalt an die Handschrift kommen wollen. Und ich bin auch ziemlich sicher, dass das verdammte Manuskript nicht in Lorenzis Laden ist. Das hat er in Sicherheit gebracht oder mittlerweile gar schon versilbert«, , erklärte Wolfrum.

»Ich meine auch, dass er in dieser Sache mit Agostini unter einer Decke steckt und, dass sie die alte Contessa irgendwie und sehr raffiniert gemeinsam um die Ecke gebracht haben, um den unrechtmäßigen Verkauf des Manuskripts zu decken. Denn nun können sie behaupten mit der Contessa geheime Vereinbarungen getroffen zu haben. Und niemand kann das Gegenteil beweisen.«

»Hört sich an wie aus dem Lehrbuch des Krimi-Enthusiasten«, vermerkte Berger schmunzelnd und zündete sich eine Zigarette an.

»Deine schöne Theorie ist allerdings voller Spekulationen. Wir könnten vielleicht ein wenig weiter kommen, wenn uns Lorenzi das Manuskript tatsächlich vorlegen würde. Wenn er sich mit fadenscheinigen Begründungen beharrlich weigerte dich, als gutem Bekannte, Fachmann und potentem Interessenten, einen Blick auf das Ding werfen zu lassen, wäre das schon ausgesprochen verdächtig. Würden wir andrerseits das Ding zu Gesicht bekommen, könntest du dir deine schöne Theorie an den Hut stecken.«

Die beiden diskutierten noch geraume Zeit und entschlossen sich dann im Ristorante des Hotels eine Kleinigkeit zu Mittag zu essen.

Am Nachmittag statteten sie dann der Galleria Sabauda einen ausführlichen Besuch ab. Sie waren sichtlich beeindruckt von der Ansammlung hochrangiger Werke niederländischer und französischer Meister des 15. bis 17. Jahrhunderts. Noch mehr erfreuten sie sich allerdings an Werken großer Italiener, wie Botticelli, Tizian, Veronese, Tiepolo und Tintoretto.

»Es ist einfach immer wieder unglaublich, was man von Verona, über Bologna und Florenz bis nach Rom und von Turin bis Venedig zu sehen bekommt. Da halten die Leute den Palazzo Pitti oder die Uffizien für das Non plus ultra und dann das hier«, schwärmte Berger.

Die Zeit im Museum verging wie im Fluge. Beide waren aber etwas müde geworden und beschlossen sich im Hotel ein wenig hinzulegen. Vor dem, für Berger »ungeheuer wichtigen« Champions-Leaguespiel der »Bayern« gegen Barca, wollten sie das Abendessen im Hotel einzunehmen. Das Fußballspiel war für Berger kein Vergnügen. Die 0:3 Niederlage war schrecklich und auch mit vier Zigaretten, einem Bier und zwei Grappa kaum zu ertragen gewesen.

Später absolvierte Berger noch die üblichen Telefonate mit Susanne und seinem Vater. Susanne Lindner war Bergers Freundin; bzw. Lebensgefährtin. Die beiden lebten, obwohl nicht im gemeinsamen Hausstand, seit drei Jahren durchaus eng zusammen. Susanne war eine intelligente, hübsche, sportliche und in jeder Hinsicht attraktive Frau von fünfzig Jahren mit besonders schönen, hellgrünen Augen.

In der ersten Euphorie wäre man seinerzeit beinahe zusammengezogen, aber Berger war nicht nur intelligent, sondern auch sensibel und vorsichtig. Angesichts Susanne Lindners nicht ganz unproblematische Vorgeschichte, auch was Beziehungen anbelangte, hatte er nichts überstürzen wollen. Da er in einem Alter war, in dem man den Wert von Liebesschwüren und -versprechungen nüchterner einschätzte als mit fünfundzwanzig, hatte er sich auch von dieser Seite nicht überrumpeln lassen. Unabhängig davon war die Beziehung aus Bergers Sicht, Susanne Lindner würde vermutlich ähnlich urteilen, sehr glücklich und zufriedenstellend.

Während der Telefonate, alle Beteiligten waren notorische Bayernfans, wurde zunächst über das Spiel lamentiert, dann berichtete Berger jeweils kurz vom »Turiner Abenteuer«. Zuletzt informierte er noch seinen Freund Schwarz über die Lage in Turin und entschuldigte schließlich sein Fehlen beim morgigen Badminton Match.

Siebtes Kapitel

Commissario Andretti war mittlerweile natürlich längst auf die Idee gekommen, dass die famose Handschrift von Thaddäus Xaverius Pellegrino Heanke eine wichtige Rolle im Falle Alaria spielen dürfte. Um sich schlau zu machen, hatte er versucht ein Treffen mit Lorenzi zu vereinbaren. Es ging ihm allerdings nicht besser als Berger und Wolfrum, denn Lorenzi war auch für ihn nicht greifbar gewesen. Dass selbst seine engsten Mitarbeiter nicht sagen konnten, wo er war und auch nicht sagen konnten, wann mit seiner Rückkehr zu rechnen sei, hatte ihn sehr stutzig gemacht.

Antonella hatte ihm erklärt, dass das Kunst- und Antiquariatsgeschäft eine äußerst sensible und verschwiegene Sache sei. Geheime Unternehmungen und geheime Treffen seien, wenn es um Neuentdeckungen oder besondere Raritäten gehe, keine Seltenheit.

Wiederholte Anrufe bei Lorenzi waren sämtliche auf der Mailbox gelandet. Das sei kein Anlass zur Sorge hatte die Sekretärin erklärt, wenn es ganz dringlich sei, würde sich ihr Chef schon rechtzeitig melden. Lorenzi meldete sich allerdings den ganzen Tag nicht. Ein Gespräch mit Commissario Andretti schien Lorenzi nicht für dringlich zu halten. Andretti hatte sich nicht wenig geärgert und unmissverständlich klar gemacht, dass er Lorenzi so bald wie irgend möglich zu sprechen wünsche. Immerhin gehe es um Fragen in einer Mordsache. Gegebenenfalls werde er ihn vorladen lassen, hatte der Commissario der sichtlich verstörten Antonella lautstark erklärt.

Natürlich war Agostini noch immer sein »Favorit«, aber zum einen hatte Andretti nichts eindeutig Belastendes gegen diesen ermitteln können. Außerdem hatten die forensischen Experten erklärt, dass sowohl eine akzindentielle, also eine unglückliche und zufällige, Hypoglykämie mit Todesfolge als auch ein Suizid nicht mit hinreichender Sicherheit auszuschließen seien. Anders formuliert könnte das bedeuten, dass er sich seine Mördersuche sparen konnte.

Während Commissario Andretti übellaunig das Kunst- und Buchantiquariat von Lorenzi verließ, um sich in der Bar nebenan bei einem Caffé zu entspannen, waren die beiden Freunde auf dem Weg nach Orbassano. Sie waren frühzeitig losgefahren, da sie Signora Umberti keinesfalls warten lassen wollten. Außerdem waren sie wegen der Parkplatzsituation in Orbassano skeptisch gewesen. Auch in kleineren italienischen Städtchen, Orbassano hatte etwa 28000 Einwohner, ging es oft chaotisch zu. Unterwegs hatte es kräftig zu regnen begonnen. Aber noch ehe sie in das Örtchen einfuhren, ließ der Regen nach und die Sonne kam wieder zum Vorschein.

»Gott sei Dank«, meinte Berger», wir haben ja nicht einmal Schirme dabei«.

Wie befürchtet, war in dem Städtchen ordentlich was los, und zunächst war keinerlei Parkmöglichkeit in Sicht. Nach zwei umständlichen Runden, die sie beide Male in die Nähe der Caffetteria Charlotte brachten, fanden sie glücklicherweise, in einer Seitenstraße der Strada Stupinigi, einen Parkplatz.

»Gut, dass wir so zeitig dran waren, jetzt kommen wir

locker und pünktlich zu unserem Treffen«, stöhnte Wolfrum.

Zur Caffetteria waren es weniger als 200 Meter und als sie eintraten sahen sie Luisa Umberti sofort, die an einem der weißen Tischchen links hinten saß. Wie es bei den meisten italienischen Damen höheren Alters üblich ist, hatte sie sich richtig chic gemacht.

Man begrüßte sich freundlich, aber mit einer gewissen Zurückhaltung. Wolfrum erklärte ihr Interesse in dieser Angelegenheit und hob speziell hervor, dass sie als Buchliebhaber, Kunsthändler und ernsthafte Interessenten den Herren Lorenzi und Agostini nicht mehr recht trauten. Er, Wolfrum, vertrete die Interessen sehr kaufkräftiger Kunden. Der zur Auktion anstehende Fundus sei für seine Kunden im allgemeinen außerordentlich interessant und speziell die Handschrift Haenkes natürlich von höchster Bedeutung.

»Das verstehe ich gut Signor Wolfrum, aber mir ist wirklich nicht klar, wie ich ihnen in dieser Sache weiterhelfen könnte«, sagte Signora Umberti und nahm ein Schlückchen von ihrer heißen Schokolade.

»Verehrte Signora, ich nehme an, dass sie eine ausgesprochene Vertrauensperson der verstorbenen Contessa waren«, sagte Wolfrum und die Umberti nickte leicht mit dem Kopf.

»Möglicherweise hat sie, da sie ja nun die Erbin und Eigentümerin der kostbaren Bücher war, gelegentlich mit ihnen über ihre Pläne und Absichten gesprochen. Von Signor Lorenzi erfuhren wir zuletzt, dass der Verkauf oder die Auktion der überaus wertvollen, Handschrift gar nicht mehr beabsichtigt sei. Auch ist uns das Original niemals zu Gesicht gekommen«, fuhr Wolfrum fort.

»Meine lieben Signori, natürlich werde ich keine familiären Geheimnisse oder wirklich vertrauliche Dinge ausplaudern«, erklärte die Umberti. »Aber zu ihren Problemen kann ich schon etwas sagen. Die Contessa brauchte dringend Geld, das wird ihnen Signor Lorenzi sicherlich erzählt haben. Sie hoffte sehr darauf, mit der Auktion, natürlich auch der Auktion dieses besonderen Manuskripts, ein ... wie soll ich sagen, ... ein gutes Geschäft zu machen. Das Leben ist sehr teuer und der Unterhalt der Villa ist noch mehr als sehr teuer.«

Die Umberti winkte der Bedienung und bestellte ein Glas Wasser und eine Brioche. Berger und Wolfrum orderten den zweiten Caffé und Wolfrum außerdem eine Torta die Mela – mit Sahne.

Dann fuhr die Umberti fort: »Davon, dass die wertvolle Handschrift nicht versteigert oder verkauft werden sollte, weiß ich überhaupt nichts. Im Gegenteil, die arme Contessa schwärmte mir bis zum Schluss vor, dass sie wohl bald recht viel Geld bekommen werde und das Leben in der Villa wie in alten Zeiten weiter gehen könne.«

»Dass klingt allerdings ganz anders, als das was uns Lorenzi erzählt hat. Fast könnte man meinen der gute Mann wollte uns belügen«, murmelte Berger.

»Für uns wäre auch von Interesse zu erfahren, wo sich das Manuskript zurzeit befindet«, fuhr er fort.

»Natürlich wollen wir es uns nicht, äh ... ...wie soll ich sagen, widerrechtlich aneignen. Aber so wie die Dinge zuletzt gehandhabt wurden, hatten wir schon den Verdacht, die Kostbarkeit könnte bereits, sozusagen klammheimlich, veräußert worden sein. Zahlungskräftige Interessenten scheint es ja reichlich zu geben und gegeben zu haben.«

»Verehrte Signori, ganz ausgeschlossen ist das natürlich nicht. Was alles besprochen wurde, bekam ich natürlich nur gelegentlich und am Rande mit. Die Contessa Alaria erzählte mir einiges und ein paar Mal durfte ich an einem Gespräch teilnehmen, welches die beiden Damen, Contessa Alaria und Beatrice führten. Beatrice ärgerte sich immer, wenn Agostini sich in die Angelegenheiten der alten Dame einmischte. Auch gegen Lorenzi hatte sie Vorbehalte. Es wurde auch darüber gesprochen, die Handschrift ganz besonders sicher, also nicht bei Lorenzi, unterzubringen. Ich erinnere mich, dass von der Hausbank der Antinoris – der Intesa San Paolo – die Rede war. Aber ob es wirklich dort ist, kann ich natürlich nicht sagen. Contessa Beatrice wird wissen, wo das Ding ist«.

»Das hilft uns schon ein bisschen weiter«, meinte Wolfrum.

»Gerüchteweise hörten wir, dass der junge Agostini die Contessa beerben wird. Wenn dem so ist, wird es ja bald kein Geheimnis mehr sein. Vielleicht können sie uns dazu etwas sagen?«

Signora Umberti aß erst den Rest ihrer Brioche.

»Natürlich sind das vertrauliche Dinge, zu denen ich eigentlich nichts sagen möchte. Aber vermutlich ist es kein Vergehen, wenn ich ihnen sage, dass Contessa Alaria, nachdem sie vom alten Herren, ihrem Bruder, geerbt hatte, ein neues Testament aufsetzen ließ. Es geht jetzt um ganz andere Werte, hatte sie dazu gesagt. Agostini wird das geahnt haben. Deswegen war er wohl auch an dem schrecklichen Tag im Hause. Die Contessa wollte ihn eigentlich gar nicht sehen. Und als er ging, hat er ein ganz dummes Gesicht gemacht. Noch dümmer als gewöhnlich.«

»Olala«, entfuhr es Wolfrum, obwohl er noch ein Stück Kuchen im Mund hatte, »da tut sich ja ein ganz neuer Aspekt auf.«

Zu Berger gewandt, fügte er – auf deutsch – hinzu: »Es wird eine immer abenteuerlichere Räuberpistole.«

Signora Umberti erklärte er: »Entschuldigen sie Signora, ich sagte eben zu meinem Freund, dass wir bald aufbrechen müssen.«

»Signora, erlauben sie noch eine Frage«, kam es von Berger.

»Sie waren mit der Contessa seit vielen Jahren bekannt und vertraut, halten sie denn einen Selbstmord für möglich?«

»Einen Selbstmord halte ich für vollkommen ausgeschlossen. Die Contessa war guter Dinge, neigte nie in ihrem Leben zu solch abscheulichen Ideen und außerdem war die Contessa tief in ihrem Glauben verwurzelt. Selbstmord? Vollkommen ausgeschlossen!«, beinahe wäre Signora Umberti laut geworden.

»Sie glauben, dass sie umgebracht wurde?«, fragte Wolfrum.

»Da zu möchte ich mich nicht äußern«, antwortet die Umberti.

»Verehrte Signori, wenn sie keine weiteren Fragen mehr

haben, würde ich unser Gespräch jetzt gerne beenden. Ich habe noch ein paar Dinge zu erledigen. Ich hoffe, ich konnte ihnen ein wenig helfen.«

Man verabschiedete sich höflich und wortreich und Signora Umberti wollte ihre Zeche unbedingt selber begleichen. Wolfrum gab der Umberti – vorsichtshalber – noch seine Handynummer.

Als Luisa Umberti die Caffetteria verlassen hatte, setzten sich die beiden Freunde wieder und beide hatten das Gefühl, dass sie wichtige Dinge erfahren hatten und ihnen jetzt ein Campari oder ein Grappa ins Konzept passen würde. Wenig später verließen auch sie die Caffetteria Charlotte und machten sich auf den Heimweg. In Turin würde eine ganz erstaunliche Neuigkeit auf sie warten.

Achtes Kapitel

Commissario Andretti mampfte gerade eine kalte Pizza und war, wie so oft, schlecht gelaunt, als ihn sein Kollege De Santis anrief.

»Was gibt's«, bellte Andretti.

»Hör mal Pirlo, du bist doch mit der Sache der alte Gräfin«, er machte eine kurze Pause«, wie heißt sie gleich..., de Maupassant, ...genau, Alaria de Maupassant behaftet.«

»Ja und?«, antwortet Andretti mit vollem Mund.

»Ich bin da drüber gestolpert, weil bei uns etwas in mit einem gewissen Lorenzi ansteht. Als ich die Daten eingab, fand ich, dass dieser Lorenzi auch in deiner Angelegenheit auftaucht. Dieser Lorenzi ist seit gestern verschwunden. Heute, gegen neun Uhr dreißig, bekam seine Frau einen Anruf in dem es hieß, man habe ihren Mann entführt. Man wolle ein bestimmtes Buch. Die Polizei dürfe nicht eingeschaltet werden, sonst wäre es aus mit ihrem Mann. Das Übliche eben. Um genau zu sein, geht es um irgendeine alte Handschrift von einem Hanke, Henke oder so ähnlich. Das Ding scheint sehr wertvoll zu sein. Mittlerweile habe ich auch mit zwei Leuten von diesem Lorenzi gesprochen.«

»Moment mal, das ist ja ein Ding!«, unterbrach ihn Andretti.

»Natürlich kenne ich diesen Lorenzi und ich mache mir schon seit Tagen Gedanken, ob er in meiner Sache drin hängt. Und nun taucht er als Entführungsopfer auf.«

»Ich komme in einer halben Stunde zu dir rüber, dann

können wir unsere Daten austauschen und eine gemeinsame Strategie entwerfen. Ich hab' aktuell noch drei Leute an der Hand. Wer hilft dir zurzeit?«, fragte De Santis.

»Giorgio und Maurizio, aber die sind gerade unterwegs. Ich werde sie anrufen. Sobald ich weiß, wann wir alle an Bord sind, gebe ich dir Bescheid«, antwortete Andretti.

»So viel kann ich dir jetzt schon sagen, dass der Anruf bei Lorenzis Frau aus einer Telefonzelle in Orbassano kam. Signora Lorenzi meinte, die Stimme, vermutlich eine Männerstimme, habe sehr verzerrt geklungen. Wenn sie das Buch, äh ... das Manuskript habe und zur Übergabe bereit sei, solle sie eine Annonce, des Inhalts *spanisches Manuskript zu verkaufen,* in der *Stampa* schalten«.

»Das ist ja wie im Film«, warf Andretti ein.

»Die Frau ist natürlich fix und fertig. Aber immerhin hat sie sich gleich an uns gewandt. Sie kam in Begleitung eines Mitarbeiter ihres Mannes und zweier Anwälte Einer davon war in Ordnung. Der andere, dieser Agostini, den du ja aus dem Fall der alten Contessa kennst, ist ein wirklich unsympathischer Schwätzer und Stronzo«, berichtete De Santis.

»Stronzo ist noch harmlos, also bis später«, schloss Andretti das Telefonat ab.

»Es kommt Bewegung in die Sache«, dachte er.

Aber der Entführungsfall Lorenzi warf seine Überlegungen im Falle der alten Gräfin vollständig über den Haufen. Bisher dachte er, Lorenzi und Agostini seien die Halunken, die sich das Manuskript unter den Nagel gerissen hatten oder reißen wollten und nun tauchen ganz neue Ganoven auf. Ob es die gleichen sein würden, die den Einbruchsversuch gestartet hatten? Auf jeden Fall würde jetzt wohl endlich aufgeklärt, wo sich das Manuskript aktuell befindet.

Agostini und Lorenzis Mitarbeiter hatten ja so getan, als wüssten sie von nichts und Lorenzi war nicht greifbar gewesen. Ganz ausgeschlossen war allerdings auch nicht, dass jemand von der Antinorisippe, beispielsweise diese Beatrice oder die Braida, das Ding in Sicherheit geschafft hat. Zu einer entsprechenden Auskunft waren sie ja nicht verpflichtet.

Damit schloss Commissario Andretti seine Überlegungen ab und begab sich in eine Bar um die Ecke, um eine Caffé und eine Zigarette zu genießen. Zuvor besorgte er sich aber noch die Gazzetta dello Sport.

Als Andretti seinen Caffé schlürfte, übrigens war es bereits der zweite, waren die beiden Freunde fast an ihrem Hotel angelangt. Unterwegs hatten sie sich bereits eine Plan für den Nachmittag zurecht gelegt. Als erstes wollten sie sich nach Lorenzi erkundigen, dann Kontakt mit Contessa Beatrice aufnehmen.

Wolfrum rief also Davide an. Während des Telefonats wurde sein Gesicht immer länger und ein: »Wie? ... ... was? ... wo? unglaublich! ... bist du ganz sicher? ... das ist ja nicht zu fassen ... was hat der gesagt?«, folgte dem anderen.

Berger stand gespannt daneben und hatte zunächst natürlich keine Ahnung um was es ging. Offenbar war irgend etwas mit Lorenzi passiert, aber Berger musste sich gedulden, bis Wolfrum das Telefonat endlich beendete.

»Sag schon endlich, was ist da los?«, drängte er Wolfrum.

»Wenn du nicht schon sitzen würdest, würde ich jetzt sagen, setz' dich erst mal hin. Lorenzi ist offenbar entführt worden. Seine Frau hat sich schon an die Polizei gewandt. Wie Davide sagte, riet Agostini dazu, erst einmal abzuwarten. Er, Davide und der Anwalt der Lorenzis, ein gewisser Manzini, hätten jedoch darauf gedrungen, unverzüglich die Polizei einzuschalten. Offenbar wollen da Schwerkriminelle unbedingt an das Manuskript kommen. Die Forderung erfolgte per Anruf.«

»Das ist ja ein Ding!«, rief Berger. »Das hat man ja noch nie gehört, dass auf dem Kunst- und Antiquariatsmarkt mit Entführungen gearbeitet wird. Raub und Diebstahl sind an der Tagesordnung, aber so was? Aber wer hat das Manuskript denn nun eigentlich? Hat Davide dazu auch etwas gesagt?«

»Davide weiß dazu anscheinend nichts. Wenn, wie wir schon vermuteten, Lorenzi und Agostini das Ding noch nicht versilbert haben, wird es jetzt schon irgendwo auftauchen. Wenn es allerdings schon weg wäre, könnte das für Lorenzi ganz bitter werden«.

Nach einer kurzen Pause fuhr er fort: »Ich will nicht gemein sein, aber ich hatte schon seit längerem den Eindruck, dass sich Lorenzi möglicherweise mit den falschen Leuten eingelassen hat. Die angebliche Reise nach Como, die Gestalten im Geschäft etc..Da hat er nun die Quittung. Bleibt nur zu hoffen, dass er da wieder heil rauskommt. Die Herrschaften, die jetzt mit solchen Mitteln Druck machen, sind sicherlich keine Chorknaben. Das hört sich verdammt nach Mafia an. Auch wenn er ein Schlawiner ist, der arme Lorenzi kann einem leid tun«.

»So traurig und spannend das mit unserem Lorenzi auch ist, fürchte ich, dass wir in dieser Angelegenheit momentan nichts machen können«, bemerkte Berger, »und, ob es Sinn macht, jetzt mit der jungen Contessa Kontakt aufzunehmen, weiß ich auch nicht.«

»Ich überlege gerade, wie wir am besten mehr und aktuelle Informationen zur Entführungssache bekommen können«; grummelte Wolfrum. »Jetzt gehen wir erst mal um die Ecke in diese brauchbare Pizzeria und schieben uns etwas hinter die Kiemen. Oder ist dir der Appetit vergangen«, fügte er an.

»Du wirst wohl nie satt. Du hattest doch erst dieses riesige Stück Apfelkuchen. Aber von mir aus, ich muss ja nicht unbedingt viel essen«, meinte Berger.

»Mit leerem Magen kann ich nicht denken«, sagte Wolfrum. »Das ist die perfekte Verdrehung der alten Weisheit – *plenus venter non studet libenter* – falls dir das noch etwas sagt«, beendete Berger den kurzen Disput. Dann verließen sie ihr Hotel.

In der besagten Pizzeria bestellten sie ein Quartino Vino sfuso und ein Wasser. Wolfum leistete sich eine Pizza capricciosa, Berger begnügte sich mit einer Insalatone. Kaum dass sie die Bestellung aufgegeben hatten, bimmelte Wolfrums Smartphone. Es meldete sich Signora Umberti.

»Un attimo«, sagte Wolfrum, an Berger gewandt, flüsterte er: »Die Umberti«. Dann ging er vor die Tür, um in Ruhe sprechen zu können.

Nach wenigen Minuten kam er zurück und erzählte: »Der Umberti war noch eingefallen, dass Alaria und Beatrice vor ein paar Wochen zweimal Besuch empfangen hatten. Beide Male seien es zwei sehr distinguierte Herren, vermutlich Engländer oder Amerikaner, gewesen. Auf jeden Fall habe man Englisch gesprochen, heimlich getan und sich sehr lange unterhalten. Schon damals habe sie gedacht, dass es um das Manuskript gegangen sei. Im nach hinein sei sie sich ziemlich sicher, dass es darum ging. Denn als sie einmal ungebeten ins Zimmer kam, um zu fragen ob die Herrschaften noch Wünsche hätten, sei das Gespräch abrupt verstummt. Sie habe aber noch die Worte *valuable manuscript* oder so ähnlich aufgeschnappt.«

»Na ja«, meinte Berger, « das wundert einen nicht mehr, dass die verschiedenen Fraktionen mit dem Ding heimlich Geschäfte machen wollten. Allerdings wissen wir immer noch nicht, ob das Manuskript nun wirklich schon versilbert wurde, und wenn nicht, wer es denn im Moment wo versteckt hat. Für Lorenzi kann man nur hoffen, dass es noch da ist.«

»Stimmt«, pflichtete ihm Wolfrum bei. »Aber jetzt essen wir mal, dann versuchen wir es bei Beatrice und auf jeden Fall, gehen wir mal bei Lorenzis Laden vorbei. Vielleicht gibt es schon Neuigkeiten.«

Neuntes Kapitel

Sie hatten sich im Besprechungszimmer der Mordkommission zusammengefunden, Andretti, seine beiden Mitarbeiter, De Santis und Ispettore Fabri.

»Wir wissen, dass der Anruf aus Orbassano kam, das hat uns aber nicht weitergeholfen«, erläuterte De Santis. »Der Anruf ging übrigens auf das Telefonino der Signora. Sie werden diese Nummer von Lorenzi bekommen haben. Die Lorenzis haben auch eine Festnetznummer. Die werden wir natürlich überwachen. Aber wenn der nächste Anruf wieder aufs Telefonino kommt, können wir nicht immer sofort zugreifen. Da müsste jemand die Signora Tag und Nacht begleiten.«

»Alles klar«, meinte Andretti. »Wichtiger ist im Moment wohl, dieses alte Ding, ... dieses Manuskript zu besorgen.«

»Stimmt«, antwortete De Santis. »Da scheint sich ein gewaltiges Problem auf zu tun. Denn Lorenzis Frau, die Mitarbeiter und der famose Agostini scheinen keinen Schimmer zu haben, wo das Ding ist. Angeblich wurde es schon vor mehr als drei Wochen, nachdem die Expertisen gelaufen waren, an diese mittlerweile ja verstorbene Alte zurückgegeben«.

»Dann wird Verwandtschaft schon wissen, wo es ist«, meinte De Santis.

»Hoffentlich«, sagte Andretti. »Von diesem Mitarbeiter oder Teilhaber, oder was der ist, also von diesem Fontana war auch zu erfahren, dass zuletzt von Versteigerung nicht mehr die Rede war. Offenbar hatten sich schon sehr verbindliche und ernsthafte Verkaufsgespräche, komplett an Lorenzi vorbei, abgespielt. Die Schwester, eine Braida, falls euch das was sagt, und die Nichte Beatrice Antinori, auch so eine Contessa, scheinen dabei gewaltig mitgemischt zu haben.«

»Braida, das sind doch diese stinkreichen Oberadeligen, die auch mit den Agnellis so dicke sind«, warf Ispettore Fabri, ein magerer, verkniffener Typ, ein.

»Nur kein Neid du Obersozi«, ließ Andrettis, chic gekleideter Mitarbeiter Longo vernehmen.

»Schluss mit Klassenkampf«, brüllte De Santis.

»Da die alte Contessa tot ist, müssen wir so rasch wie möglich an diese Beatrice Antinori ran kommen. Denn ohne Manuskript sieht es für Lorenzi zappenduster aus. Ohne das alte Ding könnten wir nur ein hochriskantes Täuschungsmanöver starten. Sollte Lorenzi dabei unter die Räder kommen, haben wir die Arschkarte. Natürlich ist ohnehin fraglich, ob er unbeschadet davon kommt. Die Antinori war nicht zuhause. Wir haben sie aber telefonisch erreicht. Sie versprach, gegen sechzehn Uhr hier aufzutauchen. Danach wissen wir mehr.«

Die Diskussion ging dann noch eine Weile hin und her und man vereinbarte in dieser Sache, unter Leitung von De Santis, eng zusammen zu arbeiten. Andrettis Fall schien etwas in den Hintergrund zu treten. Er konnte das leicht Verschmerzen, . denn möglicherweise lieferte die Arbeit in Sachen Lorenzi wertvolle Hinweise zur Lösung des Falles Alaria de Maupassant, falls es überhaupt ein Fall war.

Mittlerweile hatten unsere Freunde ihr Mittagsmahl beendet und waren auf dem Weg zu Lorenzis Antiquariat. Vorsichtshalber hatte Wolfrum mit Antonella telefoniert, denn angesichts der momentanen Situation, hätte das Geschäft auch geschlossen sein können.

»Zumachen bringt uns auch nicht weiter«, hatte Antonella lapidar festgestellt. Dann versuchte Wolfrum noch Contessa Beatrice zu erreichen. Unter der Handynummer, diese und auch die Festnetznummer hatte er von Signora Umberti bekommen, meldete sich nur die Mailbox.

Unter der Festnetznummer meldete sich eine sympathische, jugendliche Frauenstimme. Wie sich herausstellte, war es das Hausmädchen der Contessa Antinori. Wolfrum stellte sich vor und bekam die Auskunft, dass die Contessa nicht im Hause und wohl erst am Abend wieder erreichbar sei.

Wolfrum bat um baldigen Rückruf. Die junge Frau erklärte freundlich, dass sie der Contessa Bescheid geben werde. Er könne dann ja vielleicht sogar persönlich vorbeikommen. Ob er wisse, wo die Contessa wohne, wollte sie noch wissen. Wolfrum bejahte die Frage. Die beiden Freunde hatten schon von Davide und dann noch einmal von Signora Umberti die Adresse von Beatrice bekommen. Sie wohnte in einem der vornehmen großen Häuser in der Nähe der Piazza Solferino. Das Haus gehörte natürlich der Familie Antinori. Wolfrum beendete das Telefonat und sie marschierten los.

Berger war froh endlich wieder ein paar Schritte gehen zu können, allzumal er seine ausgedehnten geliebten Joggingrunden schon seit Tagen vermisste.

»Sag mal Hubert«, fing er an, während er sich eine Zigarette ansteckte, »schon seit längerem verzichtest du auf dein geliebtes Eis, dein *solito gelato*, was ist los?«

»Mein Lieber«, antwortet Wolfrum, »ich habe schon bemerkt, wie du in den letzten Tagen jeden kleine Bissen, den ich mir gegönnte habe, aufmerksam beobachtete hast. Da wollte ich mir deine intelligenten Sprüche zu meinem Eis ersparen.«

»So hart solltest du nicht zu dir sein. Gerade jetzt, da gute Nerven gefragt sind«, erwiderte Berger schmunzelnd.

»Du hast recht«, sagte Wolfrum. »Da vorne kommt eine Gelateria. Da werde ich mir ein ordentliches Eis leisten. Immer noch besser, als deine dämlichen, ungesunden Glimmstengel.«

Auf dem weiteren Weg ließ sich Wolfrum sein Eis schmecken und allmählich kamen sie in die Nähe von Lorenzis Galerie.

Ein jüngerer gut gekleideter Herr, der, mit einem Reiseführer in der schon zum wiederholten Male durch die Via Massena schlenderte, beobachtete aufmerksam, wie die beiden die Galerie betraten und zog dann sein Handy aus der Tasche.

»Wir sind fix und fertig«, wurden die beiden von Antonella empfangen. Davide war im Gespräch mit jemandem, der wie ein Polizeibeamter aussah.

»Gibt es Neuigkeiten«, fragte Wolfrum. »Ich weiß von nichts«, antwortete Antonella. »Noch immer scheint man nicht zu wissen, wer das verdammte Manuskript hat. Dabei brauchen wir es unbedingt. Ich mache mir solche Sorgen um den Chef. Man weiß ja leider, dass Entführungen längst nicht immer gut ausgehen. Diese Schwerbrecher heutzutage sind unberechenbar und brutal. Auch wenn das Manuskript übergeben wird, kann der Chef ... ...kann dem Chef was passieren. Vielleicht lebt er schon nicht mehr. Oh Gott, es ist so schrecklich!«

»Meine Liebe, es ist wahrhaft schrecklich, aber wir sollten davon ausgehen, dass die Geschichte ein gutes Ende nimmt. Nur gut, dass man sofort die Polizei eingeschaltet hat, ein Entführungsfall ist wahrlich nichts für Laien und Amateure«, sagte Wolfrum und drückte beide Hände von Antonella

»Man wird das Manuskript schon auftreiben, aber leider wäre das Problem damit noch nicht gelöst«, fuhr er fort.

»Wieso?, warum? ... die werden dem Chef doch nichts tun, wenn sie das verdammte Ding bekommen«, erwiderte Antonella mit angstvoller Miene.

»Das wollen wir hoffen, aber erst muss man mal den momentanen Eigentümer überreden, sich von dem Manuskript zu trennen – und zwar endgültig«, erklärte Wolfrum.

»Wie sie wissen, ist das alte Ding verdammt wertvoll. Möglicherweise geht es um mehr als eine Million Euro. Und wer verschenkt schon gerne so viel Geld. Der aktuelle Eigentümer wird, falls er sich zur Herausgabe überreden lässt, bestimmt, Sicherheiten verlangen. Und ich bin sehr im Zweifel, ob Lorenzi Sicherheiten in dieser Höhe bieten kann.«

»Aber es geht doch um sein Leben«, meinte Antonella verzweifelt.

»So ist es wohl, aber dennoch kann niemand, kein Richter, nicht der Staatsanwalt und nicht die Polizei, dass Manuskript, also fremdes Eigentum, konfiszieren«, erläuterte Berger achselzuckend.

»Mein Gott«, seufzte Antonella und schlug die Hände vors Gesicht. Inzwischen hatte Davide seinen Gesprächspartner verabschiedet.

»Das war jemand von der Polizei, wie ihr höchstwahrscheinlich schon vermutet habt«, sagte er. »Der Ispettore wollte sich noch einmal versichern, ob wir wirklich keine Ahnung haben, welche Geschäfte Lorenzi für den Montag geplant hatte. Dann wollte er eine Liste der Leute, die sich in den letzten Wochen ernsthaft für den Haenke interessiert haben und vor allem eine Liste derer, die den Haenke im Original gesehen haben. Schließlich informierte er mich davon, dass unsere Telefonleitung überwacht wird. Lawful interception nennen die das heute.«

»Sag mal Davide, hast du wirklich keine Ahnung, wo das Manuskrpit zurzeit ist«, fragte Berger.

»Wir haben es auf jeden Fall nicht«, antwortete er. »Lorenzi hat sich in dieser Sache erstaunlich bedeckt gehalten. Aber ich weiß, dass es vor etwas mehr als einer Woche einen heftigen Disput mit Beatrice Antinori gab. Ich nehme an, dass sie auf Veranlassung oder zumindest mit Einwilligung der alten Alaria, das Manuskript abgeholt hat. Es lag seit Anfang April in unserem Safe. Ich habe es dort mehrfach gesehen.«

»Das deckt sich mit unserer Vermutung«, sagte Wolfrum kopf nickend.

»Wir können nur hoffen und warten«, meinte Davide.

»Natürlich ist der ganze Betrieb durcheinander gekommen«, fuhr er fort, »auch die Vorbereitung der Auktion liegt auf Eis; allzumal wir noch nicht mal ganz genau wissen, wer nach dem Tod der alten Contessa unser Ansprechpartner ist. Vermutlich ist es Beatrice. Jedenfalls sagte sie mir gestern am Telefon, sie werde sich jetzt um alles weitere kümmern. Aber auch Agostini hat sich ähnlich geäußert. Ich kann mir aber nicht vorstellen, dass der wirklich was zu sagen hat«.

»Ich nehme fest an, Beatrice hat das Sagen. Schon alleine deswegen, weil ihr Sohn in zweifacher Hinsicht Haupterbe ist. Er selber wird ja nichts machen können, da er in den Staaten ist. Beatrice wird allmählich überhaupt zur einer wichtigen Figur. Hoffe, dass wir sie möglichst bald sprechen können«, meinte Wolfrum.

»Hör mal Davide«, fuhr er fort, »können wir eine Kopie der Liste der Interessenten bekommen?«

»Ich mache mich gleich an die Aufstellung. Natürlich bekommt ihr eine Kopie. Die Bullen müssen ja nichts davon erfahren.«

»Allerdings haben wir nicht von allen Anrufern entsprechende Daten«, fügte Davide an.

»Die wirklich ernsthaften Kunden, vermutlich nicht viel mehr als ein halbes Dutzend, werde ich bestimmt rasch zusammen bekommen. Aber wer da alles telefoniert hat, das bringe ich nicht mehr auf die Reihe. Nachdem diese Sache mit dem Haenke durch die Presse ging, war hier natürlich die Hölle los. Wenn die Medien jetzt Wind von der Entführung bekommen, geht das vermutlich schon wieder los. Mamma mia!«

»Besten Dank und halt uns bitte uns auf dem Laufenden. Wie du weißt, sind wir talentierte Privatschnüffler, das bringt schon der Beruf mit sich«, scherzte Berger, ehe sich die beiden verabschiedeten. Während die beiden das Geschäft verließen, erhielt Davide einen Anruf, er kam aus dem Süden Italiens, der ihn sichtlich beunruhigte.

Vor der Türe sagte Berger zu Wolfrum:« Ich denke, wir gehen jetzt erst mal nachhause und sortieren unsere Gedanken«.

Zehntes Kapitel

Beatrice war mit ihrem Anwalt, einem sehr distinguierten Gentleman, erschienen. De Santis hatte Andretti dazu gerufen. Neben De Santis saß der verkniffene Fabri. Andretti hielt sich im Hintergrund. Nachdem man sich vorgestellt hatte, ging es rasch zur Sache.

»Contessa«, begann De Santis, »es handelt sich um eine außerordentlich brisante Angelegenheit. Vermutlich wissen sie noch nicht, dass der, ihnen gut bekannte, Kunsthändler Massimo Lorenzi entführt worden ist.«

Ehe De Santis fortfahren konnte, warf Beatrice ein: « Ich weiß darüber Bescheid. Ich weiß auch, dass die Entführer dieses wertvolle Manuskript von Thaddäus Haenke haben wollen. Wir sind mit Lorenzi und seinen Mitarbeitern schon recht lange gut bekannt. Sein Geschäftspartner Fontana hat mir telefonisch in groben Zügen mitgeteilt, was passiert ist.«

»Gut, dann wissen sie also, dass es um dieses Manuskript geht, welches angeblich in ihrem Besitz ist«, fuhr De Santis fort.

Beatrice sagte zunächst nichts. »Das Manuskript ist doch in ihrem Besitz?«, fragte De Santis etwas zögerlich.

Beatrice sah zu ihrem Anwalt – Avvocato Morelli – und nickte.

»Nun meine Herren, in gewisser Weise ist das Objekt im Besitz der Contessa, aber die Sache ist etwas kompliziert, um nicht zu sagen hoch kompliziert«, erklärte dieser. »Die leider verblichene, ursprüngliche Besitzerin,

Contessa Alaria, hatte Contessa Beatrice, nachdem sie Lorenzi nicht mehr traute, mit dem Verkauf des Manuskripts beauftragt. Informiert von diesem Vorgang waren nur noch die Schwägerin der alten Contessa und ihr Neffe Stefano, der Sohn von Contessa Beatrice. Stefano wurde von Alaria zuletzt auch als Haupterbe, speziell als Erbe der alten Bücher, bestimmt. Lorenzi war in diese Dinge nicht eingeweiht, aber er vermutete etwas.«

»Alles sehr interessant«, unterbrach ihn De Santis, »aber was ist nun mit dem Manuskript?«

»Ein wenig Geduld werter Commissario, ein wenig Geduld«, ergriff Avvocato Morelli wieder das Wort. »Contessa Beatrice war also bevollmächtigt den Verkauf abzuwickeln. Darüber hinaus ist, wie ich schon sagte, das Objekt in den Besitz ihres Sohnes gelangt.«

»Was heißt abgewickelt, was heißt, ist gelangt«, echauffierte sich Fabri ein wenig. De Santis sah ihn strafend an, Fabri schluckte ein paar Mal und schwieg.

De Santis sagte dann: »Hört sich ganz so an, als wäre das Manuskript verkauft, also nicht mehr greifbar – oder?«

Alle schwiegen eine Weile. De Santis sah in Richtung Andretti. Dieser machte sich gerade ein paar Notizen.

Dann ergriff Morelli wieder das Wort: »Es gab Angebote, höchst ansprechende Angebote sehr seriöser Unternehmen. Mit einem dieser Unternehmen wurde ein Vorvertrag abgeschlossen. Es geht um eine erhebliche Summe. Wir können von diesem Vorvertrag nicht zurücktreten, ohne eine beträchtliche Konventionalstrafe zu riskieren.«

»Es ist ihnen aber schon klar, dass Lorenzis Leben davon abhängen kann, ob die Entführer das verdammte Ding kriegen oder nicht?«, wurde De Santis etwas heftig.

»Das ist freilich ein scheußliches, moralisches Dilemma«, meldete sich jetzt Beatrice zu Wort. »Aber wir haben natürlich keinerlei Verpflichtung, in einer Sache, die uns persönlich nicht betrifft, unser Eigentum an irgendwelche Verbrecher auszuliefern. Allzumal dies für uns den Verlust eines siebenstelligen Betrags bedeuten würde. Ich glaube kaum, dass uns irgend jemand diesen Verlust ersetzen würde.«

Zunächst herrschte betretenes Schweigen. Fabbri kaute an den Fingernägeln und wollte offenbar etwas sagen, aber De Santis Blick gebot ihm zu schweigen.

»Ich verstehe ihre Lage«, sagte De Santis. »Es ist in jedem Falle eine vertrackte und gefährliche Situation. Gefährlich natürlich in aller erster Linie für Signor Lorenzi. Denn, wenn wir das Manuskript nicht anbieten können, wird die Situation für ihn sehr, sehr ungemütlich werden. Den Ganoven wird es schei … « – er verbesserte sich sofort – »wird es egal sein, ob und wie wir, bzw. Signora Lorenzi, an das Ding kommen. Hauptsache, es wird geliefert.«

An Beatrice gewandt, fuhr er fort: »Momentan kommen wir vermutlich nicht weiter, sollten sie ihre Meinung ändern, informieren sie uns bitte unverzüglich. Und bitte behalten sie die Sache mit dem Manuskript unbedingt für sich. Niemand darf erfahren, dass wir es vermutlich nicht liefern könne.«

Dann verabschiedete man sich sehr förmlich.

Auf der Straße vor der Questura sprachen Beatrice und

Avvoctao Morelli noch ein paar leise Worte. »So ist es ganz in Ordnung Contessa. Mehr müssen die nicht wissen«, flüsterte der Avvocato.

»Ganz wohl ist mir nicht bei der Sache. Es wäre mir auch lieber gewesen, wir hätten bei der Wahrheit bleiben können. Ich hasse Unaufrichtigkeit. Aber mehrere Millionen einfach so wegzuschmeißen, das kann man natürlich auch nicht von uns verlangen«, erwiderte Beatrice leise.

Tatsächlich war das Geschäft mit dem wertvollen Manuskript noch nicht endgültig abgewickelt. Avvocato Morelli und seine Kollegen standen aktuell in ernsthaften Verhandlungen mit einem schweizerischen und einem US-amerikanischen Unternehmen. Es ging um fünf bis sechs Millionen Euro.

»Das ist wahrlich eine beschissene Situation«, meldete sich Andretti als erster zu Wort, als die Beamten wieder unter sich waren. »Abgesehen davon, dass du«, sagte er an De Santis gewandt, »ganz schön in der Tinte sitzt, bringt mich das in meiner Sache auch kein Stück weiter. Denn, dass diese Beatrice etwas mit dem Tod der alten Dame zu tun hat, glaube ich auf keinen Fall.«

»So ist es, aber wir müssen dennoch was machen«, sagte De Santis. » Lorenzis Frau sagen wir, dass alles klar ist und sie die Annonce aufgeben kann. Im weiteren müssen wir Himmel und Hölle in Bewegung setzten, um den Burschen auf die Spur zu kommen und wir müssen uns überlegen, wie es ohne das Manuskript, genauer gesagt ohne das echte Manuskript, weitergehen kann.«

Er machte eine kurze Pause und sagte dann zu Andretti: »Die Antinoris machen offenbar eine Menge Geld mit der alten Kladde. Ich dachte, die haben schon mehr als genug. Es heißt ja immer, folge der Spur des Geldes. Pirlo, vielleicht hilft dir das doch weiter. Das mit dem geänderten Testament ist doch auch interessant. Ansonsten kann ich nur sagen, du musst in deiner Sache verdammt vorsichtig und clever sein. Bis bald und viel Glück.«

Andretti verließ dann das Kommissariat und ging ein Stück die Straße runter in eine Bar, nicht in seine Stammkneipe, und genehmigte sich eine Caffé coretto. Draußen, bei der zweiten Zigarette, kamen ihm zwei interessante Gedanken.

Die beiden Freunde waren gemütlich zum Hotel zurück geschlendert. Unterwegs hatten sie noch die *Stampa* und die *Frankfurter Allgemeine* gekauft, in einer Buchhandlung gestöbert und Cappuccino getrunken. Jetzt saßen sie in Wolfrums Zimmer vor dem Flipchart und räsonierten.

»Man muss in dieser Angelegenheit auch an das Unmögliche denken«, begann Berger.

»Das hört sich ganz nach Sherlock Holmes an«, unterbrach ihn Wolfrum schmunzelnd.

»Im Ernst«, fuhr Berger fort, »es klingt makaber, aber völlig ausgeschlossen ist es doch nicht, dass die Entführung von Lorenzi getürkt ist. Vielleicht hat er, nachdem die Felle davon zu schwimmen drohten, mit diesem famosen Agostini und noch jemand anderem, ein Ding gedreht.«

»Falls die Polizei auch nur den geringsten Anhalt für einen solchen Coup hat, wird sie sich schon entsprechend verhalten. Vermutlich sind diese Burschen nicht viel dümmer als wir«, erwiderte Wolfrum.

»Und wenn es ein solcher Trick wäre, müssten Lorenzi und seine Helfer, diesen erst mal durchziehen. Meines Erachtens haben weder Lorenzi, noch Agostini dafür das nötige Format.« »Egal, wir sollten diese Möglichkeit dennoch nicht völlig außer Acht lassen«, meinte Berger.

»Wir müssen unbedingt mit dieser Beatrice sprechen, sonst stochern wir ständig im Nebel. Heute noch einmal anzurufen, würde aufdringlich erscheinen. Aber wenn wir auch morgen nichts von ihr hören, versuchen wir nochmal unser Glück«, schlug Wolfrum vor.

Sie diskutierten eifrig weiter über den Fall und es war mittlerweile schon nach 18 Uhr, als Wolfrums Smartphone bimmelte. Auf den Display zeigte sich Beatrices Festnetznummer.

»Na endlich«, murmelte er und zu Berger gewandt, »unsere Contessa«.

»Pronto«, meldete er sich dann.

Am anderen Ende erklang die Stimme des sympathischen Hausmädchens, welches mitteilte, dass Contessa Antinori die beiden Herren morgen um 10.30 Uhr bei sich zuhause, am Corso Giacomo Matteotti, empfangen werde.

Wolfrum reichte diese Information an Berger weiter und sagte, nachdem er sein Handy auf den Tisch gelegt hatte: »Na also, ich bin schon sehr gespannt, was die vornehme Gräfin uns zu sagen hat. Freilich müssen wir sehr diplomatisch vorgehen und dürfen keinesfalls den Eindruck erwecken, als würden wir uns um Dinge kümmern, die uns eigentlich nichts angehen.«

»Kein Problem«, meinte Berger. »Diplomatie ist eine unserer größten Stärken.«

Später nahmen sie ein kleines, aber ansprechendes Essen im Hotelrestaurant zu sich und um 20.30 Uhr besuchten sie das *Auditorium Rai Arturo Toscanini,* wo Stücke von Dvorak, Rachmaninow und Elgar gespielt wurden.

Elftes Kapitel

Commissario De Santis hatte Signora Lorenzi angerufen und sie gebeten, die besagte Annonce aufzugeben. Bei ihr hatte sich zwischenzeitlich niemand mehr gemeldet. Ihre bange Fragen, ob mit dem Manuskript alles in Ordnung sei, und was man im weiteren zu tun gedenke, versuchte De Santis mit professioneller Coolness zu behandeln. Wirklich zu beruhigen war die arme Frau allerdings nicht.

Jetzt saß er mit Fabri, Maldini und der recht ansehnlichen Signorina Costa in seinem Büro und man zerbrach sich die Köpfe über den Fall Lorenzi.

»Auch wenn es euch langweilt, muss ich zum wiederholten Male sagen, dass wir nichts über die Entführer wissen«, sagte er.

»Das allerwichtigste ist jetzt zu überlegen, was wir, wenn es denn so weit ist, anstelle des echten Manuskripts anbieten können. Ich hatte gestern schon gesagt, das wir uns nach einem Experten, am besten einem Kenner von diesem ... äh ... Hanke, so heißt der Bursche doch, umsehen müssen«

»In Turin gibt es sicherlich eine ganze Reihe Fachleute für alte Schriften. Aber ich nehme an, keiner von uns kennt einen davon. Warum also wenden wir ins nicht an Lorenzis Kompagnon. Der ist doch vom Fach«, schlug Signorina Costa vor.

»Gute Idee Maria«, meinte De Santis, »das übernimmst du. Sobald wir hier fertig sind, nimmst du Kontakt mit dem Herrn auf.«

Zu Fabri und Maldini gewandt, fuhr er fort: »Wenn ich euch richtig verstanden habe, finden sich unter Lorenzis Kunden, speziell unter den wenigen, die das alte Ding tatsächlich gesehen haben, nur seriöse Herrschaften. Offenbar ist da niemand, dem man so ein Ding zutrauen würde«.

Er schaute die beiden forschend an. Sie nickten wortlos.

»Ausschließen sollten wir aber nichts. Nun sind uns leider nicht alle, die Interesse bekundet haben, bekannt. Das macht die Sache nicht einfacher.«

»Ich habe inzwischen alle besseren Hotels in und um Turin abgefragt. Ich bin nur auf sieben der Namen die auf Fontanas Liste stehen, gestoßen«, berichtete Maldini.

»Da sind ein Franzose und zwei Briten, alle drei hochrangige Mitarbeiter renommierter Pharmakonzerne, zwei ältere Amerikaner, Kunstliebhaber und Millionäre von untadeligem Ruf und zwei Deutsche, die beruflich in der Kunst- und Antiquariatsbranche tätig sind, gegen die offenbar auch nichts vorliegt. Auch eine Anfrage in München, daher stammen die Herren, bestätigte, dass es sich um unbescholtene, ehrbare Herren handelt.«

»Egal, wir müssen über all diese Herren mehr Informationen einziehen. Ihr beide«, er sah zu Costa und Maldini, »macht das. Am besten nehmt ihr euch noch jemanden dazu. Ich werde dem Vice Questore sagen, dass wir Verstärkung brauchen.«

»Darf ich nochmal auf das zurückkommen, was wir schon ganz zu Anfang erwogen haben. Nämlich, dass Lorenzi zusammen mit ein, zwei Typen, zum Beispiel mit Agostini, das Ding selber gedreht hat«, meldete sich die Costa.

»Was mit dem Manuskript zwischenzeitlich geschehen ist, wissen, beziehungsweise wussten, sie ja nicht. Lorenzi konnte auch damit gerechnet haben, dass seine Frau, speziell unter Agostinis Einfluss, nicht zu uns kommen würde. Ich meine, darüber sollten wir unbedingt noch einmal nachdenken.«

»Ganz außer Acht habe ich das natürlich nicht gelassen. Es hat mich ein verdammtes Stück Arbeit gekostet, den Boss und Richter Varesi davon zu überzeugen, dass wir auch die Telefonverbindungen von Agostini brauchen«, sagte De Santis.

»Mit den uns bekannten Nummern, gab es leider keine obskuren Anrufe oder Kontakte. Die Überwachung auf die gesamte Familie Agostini auszudehnen, dürfte legal nicht möglich sein.«

»Na ja, wir machen gelegentlich ja Dinge, die nicht hundertprozentig astrein, aber sehr nützlich sind«, sagte Maldini schmunzelnd.

»Stimmt«, erwiderte De Santis, »aber ich muss mir das noch sehr genau überlegen. Manches ist leider nicht mehr ganz so einfach wie in den alten Zeiten.«

Nach einer kleinen Pause fuhr er fort: »Richtig spannend wird es erst, wenn die Burschen sich wieder gemeldet haben. Für den Moment ist die Arbeit verteilt. Jeder weiß, was zu tun ist. Also macht euch auf die Socken.«

Für die beiden Freunde war es spät geworden. Sie hatten bei dem gestrigen Konzert zwei ausgesprochen sympathische Paare getroffen mit denen sie in einer netten Bar, die auch für ältere Herrschaften geeignet war, »versackt«

waren. Entsprechend hatten sie den Tag sehr langsam angehen lassen. Ihre Verabredung um 10.30 Uhr würden sie dennoch keinesfalls verpassen. Denn bis zum Corso Giacomo Matteotti waren es zu Fuß kaum zehn Minuten.

Schon während des Frühstücks hatten sie sich einen »Schlachtplan« zurecht gelegt. Es würde ein Leichtes sein, wenn sie sich, was sie ja tatsächlich waren, als Antiquare und Kunstliebhaber einführten. Ihr grundsätzliches Interesse am zur Auktion anstehenden Bücherfundus, und spezielles Interesse an Haenkes Handschrift, würde vollkommen glaubwürdig erscheinen. Sie würden erklären, dass sie von Davide Fontana erfahren hatten, dass sie – die Contessa Antinori – nunmehr die kompetente Ansprechpartnerin in der Bücherangelegenheit sei. Wie sich Beatrice einlassen würde, würde man abwarten müssen. Aber ein derartiger Einstieg ins Gespräch wäre sicherlich gänzlich unverdächtig.

Unterwegs rauchte Berger seine obligatorische »Nach-dem Frühstück-Zigarette«, während Wolfrum mit seinem Geschäftspartner in München telefonierte.

Wenig später standen sie vor dem eindrucksvollen, neo-klassizistischen, viergeschossigen Gebäude, in dessen zweiter Etage die Contessa wohnte. Nach dem Klingeln, hörte man über die Sprechanlage, die schon bekannte jugendliche Stimme des Hausmädchens. Nachdem Wolfrum sich gemeldet hatte, ertönte der Türöffner und sie traten ein. Wolfrum ging schon in Richtung Aufzug, als Berger sagte: »Die paar Schritte in die erste Etage wirst auch du noch schaffen.«

Wolfrum schüttelt nur kurz den Kopf und ging dann hinter Berger die breite Marmortreppe mit dem schönen, dunklen Holzlauf nach oben. Im Bereich der ersten Etage gab es drei große, diskret verzierte Holztüren. In einer davon stand eine hübsche, junge, dunkelblonde Frau. Mit einem freundlichen und ungezwungenen Lächeln stellte sie sich als Signorina De Luca, Alessandra De Luca, vor.

»Die Contessa erwartet sie schon in der Sala di Ricevimento«, sagte sie. Wolfrum und Berger grüßten ebenfalls freundlich und stellten sich kurz vor. Sie betraten eine breite sehr geschmackvoll ausgestattete Diele und wurden von der jungen Frau zu einer halboffenen Tür auf der linken Seite geführt.

Die junge Frau klopfte, eine dunkle Frauenstimme rief: »Avanti!«

Signorina De Luca hielt die Tür auf und die beiden Freunde betraten einen großzügigen, hellen Raum. Der Raum war mit einer Reihe offensichtlich wertvoller Möbel und Teppiche ausgestattet, aber nicht überladen. An den Wänden hingen mehrere Landschaftsbilder. Einige davon waren erkennbar Produkte der jüngeren Vergangenheit, einige davon stammten vermutlich aus dem 18. Jahrhundert.

Linker Hand befand sich an einem mittelgroßen, flachen Tisch eine stilsicher zusammengestellte Sitzgruppe. Die unterschiedlichen Sitzmöbel – eine zweisitzige Recamiere, drei Sessel mit hölzernen Armlehnen und ein Art Bank – waren mit lindgrünen Bezügen und solchen in Sonnenblumengelb versehen. Auf dem Tisch stand eine schwere Kristallvase mit weißen Pfingstrosen, außerdem lagen dort ein paar Bücher, und zu seiner Überraschung sah Berger einen kristallenen Aschenbecher mit zwei Kippen.

In einem der gelben Sessel saß, völlig entspannt Zeitung lesend, eine sehr attraktive, dunkelhaarige Dame von vielleicht 42 Jahren in Jeans und Pullover. Offensichtlich handelte es sich um Contessa Beatrice, und sie war so, wie Berger sie sich vorgestellt hatte. Die beiden Freunde zögerten kurz, so als ob sie die Dame nicht beim Lesen stören wollten, aber im selben Moment unterbrach die Contessa ihre Lektüre, stand auf und ging ein paar Schritte auf die beiden zu. Man begrüßte sich höflich, die Contessa bat die beiden dann Platz zu nehmen und fragte, ob sie Tee, Caffé, Cappuccino oder Wasser wollten. Beide entschieden sich für Caffé und stilles Wasser.

Zu Alessandra, die zwischenzeitlich gewartet hatte, sagte die Contessa dann: »Mach' das bitte, und bringe mir auch noch einen Caffé.«

Zu den beiden Freunden gewandt fuhr sie fort: »Meine Herren, ich weiß, dass sie bei Lorenzi gut bekannt sind, aber ich weiß natürlich nicht, wie weit sie über die«, sie zögerte kurz, »momentane schwierige Lage informiert sind.«

»Nun Contessa«, hob Wolfrum an. »Signora Antinori genügt«, unterbrach ihn Beatrice.

Wolfrum schluckte kurz und sah zu Berger und fuhr dann fort: »Nun Signora Antinori, wir wissen, das Lorenzi entführt worden ist und, dass es um jenes wertvolle Manuskript geht, von dem aber niemand zu wissen scheint, wo es sich aktuell befindet. Gekommen sind wir aber nicht wegen dieser, wie soll ich sagen ... ... , Probleme. Wir kommen wegen des Interesses an den bibliophilen Kostbarkeiten, die ihr Schwiegervater hinterlassen hat. Man sagte uns, dass sie nun die verantwortliche, beziehungsweise kompetente, Person in der gesamten Angelegenheit sind. Im Auftrag einer Kundin, einer sehr begüterten Kundin, gilt mein Interesse natürlich auch dem Manuskript von Thaddäus Haenke. Ich hoffe, dass sie uns darüber etwas sagen können.«

Gerade als die Contessa zu einer Antwort ansetzte, kam die junge Frau mit den Getränken in den Raum und stellte diese, nachdem die Contessa ein paar Bücher zur Seite geräumt hatte, auf dem Tisch ab. Man bediente sich und die Contessa zündete sich eine Zigarette an. Berger überlegte kurz, ließ seine Zigaretten dann aber in der Tasche.

»Wie es mit dem allgemeinen Bücherfundus, nachdem tragischer Weise dieses mit Lorenzi passiert ist, weitergeht, weiß ich noch nicht. Möglicherweise werden wir Koller in Zürich mit der Sache beauftragen. Vielleicht werden wir die alten Sachen auch alle behalten. Aber das hat noch keine Eile. Was den Haenke betrifft; der ist sicher verwahrt und mehr oder wenige bereits veräußert. Nun wusste ich bis heute nichts von ihrer speziellen Kundin Signor Wolfrum. Wir hatten eine ganze Reihe interessanter Angebote und haben uns schon vor einiger Zeit für eines entschieden. Es ist, beziehungsweise war, natürlich auch eine Frage des Preises. Ich kann ihnen so viel sagen, als dass es bei den Verhandlungen mit den reputierlichen Kunden stets um siebenstellige Beträge ging.«

Wolfrum nahm einen Schluck Wasser, sah für einen

Moment zu Berger und sagte dann: »Das ist sehr freundlich von ihnen Con ... äh ... Signora Antinori, dass sie uns diese offensichtlich sehr vertraulichen Informationen geben. Wenn ich sie richtig verstanden habe, bestehen keine Aussichten mehr, dass ich das Manuskript für meine Klientin erwerben könnte. Ich muss natürlich auch sagen, das ein siebenstelliger Betrag enorm ist. Aus rein bibliophilem und antiquarischem Interesse ist ein solcher Betrag allerdings unverständlich. Ich nehme an, dass Interessenten einer bestimmten industriellen Branche auf sie zugekommen sind.«

»Da liegen sie nicht ganz falsch Signor Wolfrum. Aber sicherlich werden sie verstehen, dass ich dazu nicht mehr sagen möchte«, erwiderte die Contessa.

Inzwischen hatte sich Berger, ohne um Erlaubnis zu bitten, doch eine Zigarette angezündet. Beide Freunde hatten mittlerweile ihren Caffé getrunken und die Contessa fragte, ob ein weiterer gewünscht sei. Beide sagten dass sie gerne noch eine Tasse Caffé hätten und die Contessa verließ kurz den Raum. Wolfrum und Berger tauschten vielsagende Blicke aus und Berger sagte leise: »Immerhin, ein bisschen was haben wir erfahren. Kurz darauf kam die Contessa mit der Bemerkung, »Caffé kommt gleich«, wieder zurück

»Haben sie zu den Büchern noch weitere Fragen oder gibt es sonst etwas, wobei ich ihnen helfen könnte«, fragte Beatrice und zündete sich eine neue Zigarette an.

»Sehr freundlich von ihnen, Signora Antinori, dass sie uns ihre Hilfe anbieten. Für uns, als große Liebhaber alter Bücher, wäre es natürlich sehr bedauerlich, wenn uns von diesem fantastischen Fundus nichts zur Verfügung stände; egal ob über eine Auktion oder unmittelbar über Sie«, sagte Wolfrum. »Mein Freund, Dottor Berger, ist unter anderem ein begeisterter Sammler alter Kriminalromane. Wir hatten gehofft, wenigstens einen Blick auf diese Bücher werfen zu können. Aber dann kam ja dieses schreckliche Unglück mit ihrer Tante dazwischen.«

Beatrice sah abwechselnd zu beiden, während sie sagte: »Nun das mit den Kriminalromanen war ohnehin nur als inoffizielle Aktion für ausgewählte Interessenten gedacht. Signor Fontana, den sie ja kennen, betreibt diese Krimisammlerei sozusagen als Hobby und kennt eine Menge Gleichgesinnter«.

Sie sah die beiden lächelnd an und fuhr dann fort: »An der alten Villa sind eine ganze Reihe von Umbauarbeiten notwendig und geplant. In diesem Zusammenhang wird die Bibliothek auf jeden Fall verkleinert. Also ist mit dem Verkauf, gegebenenfalls auch mit der Versteigerung einiger Bücher, auch einer bestimmten Anzahl von Kriminalromanen, immer noch zu rechnen. Im Moment sind wir natürlich sehr mit den Vorbereitungen der Beerdigung unsere lieben Tante beschäftigt. Aber das Leben geht weiter. Wenn sie möchten, werde ich Signora Umberti fragen, ob sie morgen etwas Zeit für sie hat. Sie kennen Signora Umberti ja schon, und den Weg zur Villa kennen sie auch.«

»Das ist wirklich ungeheuer freundlich von ihnen verehrte Contessa«, sagte Wolfrum. »Dann hätte sich wenigstens in diesem Punkte unser verlängerter Aufenthalt gelohnt.«

»Ich werde versuchen sie zu erreichen«, erklärte Beatrice während sie aufstand, »bin gleich wieder zurück.«

»Ich bin nicht sicher, ob uns ein weiterer Besuch in der Villa weiterbringt, »flüsterte Berger, »aber wenigstens können wir dann in Ruhe diese Kostbarkeiten der Kriminalliteratur genießen.«

»Wer weiß, wer weiß, vielleicht gibt es noch etwas anderes zu erfahren«, erwiderte Wolfrum.

Dann kam die Contessa Antinori zurück und erklärte, dass sich Luisa Umberti noch heute für die beiden ab fünfzehn Uhr Zeit nehmen werde.

Es sah schon so aus, als wollte man sich verabschieden, als Berger noch eine Frage stellte: »Verzeihen sie Signora Antinori. Es mag unpassend, ja neugierig erscheinen, aber weil sie vorhin den Tod ihrer Tante erwähnten, drängt sich mir die Frage auf, ob es denn neue Erkenntnisse in dieser traurigen Angelegenheit gibt?«

»Ein wenig neugierig ist ihre Frage schon«, erwiderte die Contessa mit dem Hauch eines Lächelns, das sofort wieder verschwand, »aber da sie so nahe an diesem ... .äh ... Vorfall im besonderen und an den Geschehnissen der letzten Tage im allgemeinen dran waren, verstehe ich Interesse.«

Nach einer kurzen Pause, in der sie beide kurz forschend anblickte, fuhr sie fort: »Es gibt leider keine neuen Erkenntnisse, beziehungsweise keine Erkenntnisse, von denen ich wüsste. Am Ende wird es wohl doch ein .... wie soll ich sagen ... .ein tragischer Unfall gewesen sein. Tante Alaria war mit ihrem Diabetes und ihren Medikamenten nicht immer so vorsichtig, wie man es sich gewünscht hätte.«

»Vielen Dank für ihre freundliche Auskunft und entschuldigen sie nochmal meine Neugier«, sagte Berger ein wenig verlegen. »Keine Ursache«, erwiderte Beatrice.

Dann verabschiedete man sich ausgesprochen freundlich und die Contessa betonte noch, dass sie den sympathischen Herren viel Erfolg bei der Suche nach bibliophilen Kostbarkeiten wünsche.

Wieder auf dem Corso Matteotti ergriff Berger, nachdem er sich eine Zigarette angesteckt hatte, als erster das Wort: »Mein lieber Hubert, das ist alte Schule, eine ausgesprochen attraktive und intelligente Frau. Und wie die aussieht? Wenn man bedenkt, dass die angeblich schon 49 Jahre alt sein soll. Neben der verblasst ja fast jede passable Frau, die zehn Jahre jünger ist.«

»Gemach, gemach mein lieber Hastings«, sagte Wolfrum. »Diese Beatrice hat dir ja derart den Kopf verdreht, dass man dich von den weiteren Ermittlungen ausschließen müsste. Und denke daran, auch in deinem hohen Alter gilt immer noch: Liebe macht blind, und mach' dir keine falschen Hoffnungen«.

Berger zögerte kurz und antwortete dann: »D'accord Poirot, du hast recht. Man darf sich von solchen Eindrücken nicht das Hirn vernebeln lassen. Aber falsche Hoffnungen ist eine superblöde Bemerkung, denn intelligente, gebildete und sportliche Männer kommen immer gut an. Aber mal im Ernst, siehst du denn irgendwelche Anhaltspunkte dafür, dass die Contessa in dieser ganzen Angelegenheit irgendeine dunkle Rolle spielen könnte?«

»Die sehe ich sehr wohl mein Lieber. Schon der Umstand, dass sie, mit wessen Hilfe und Zustimmung auch immer, das vermaledeite Manuskript für viel Kohle versilbert hat, ist anrüchig genug. Hinzu kommt noch, dass ihr Kronsohn ordentlich geerbt hat und, dass sie an jenem fatalen Tag die nicht mehr unter uns weilende Tante Alaria, besuchte. Das muss man doch sehen.«

»Verdammt, das muss man tatsächlich sehen. Ich bin entsetzt von mir. Im allgemeinen, wenn ich das sagen darf, bin ich doch der, der Überblick behält«, sagte Berger.

»Lassen wir das mal dahingestellt sein«, ergriff wieder Wolfrum wieder das Wort. »Es gibt einen ganz wichtigen Punkt, über den wir uns Klarheit verschaffen müssen. Ich weiß aber noch nicht, wie das gelingen kann«.

Wolfrum schwieg kurz und wackelte mit den Händen.

»Es geht um viel Geld. Nun ist es zwar nicht so, dass die, die schon viel haben, nicht gerne noch mehr hätten. Aber ich denke immer wieder darüber nach, wieso Beatrice Antinori, von der es hieß, sie sei begütert, auf das Verscherbeln des Manuskripts so erpicht war«.

»Stimmt«, warf Berger ein.

»Wie kommen wir an verlässliche Informationen hinsichtlich der finanziellen Lage von Mutter und Sohn Antinori? Dass die alte Alaria, Gott sei ihrer Seele gnädig, finanziell nicht auf Rosen gebetet war, dürfte stimmen. Das ist nicht das Problem.«

»Vielleicht können wir, du bist ja ein Meister darin Harmlosigkeit auszustrahlen, die Umberti in dieser Sache etwas aushorchen. Die Bediensteten, das war schon in den alten Kriminalromanen so, wissen über alles immer am besten Bescheid«, schlug Berger vor.

»Noch haben wir genügend Zeit«, fuhr er fort. »Also sollten wir uns in der netten Pizzeria am Corso Vittorio Emanuelle II eine Kleinigkeit leisten. Für dich kann es natürlich auch etwas Größeres sein. Wenn wir uns gegen 14 Uhr auf die Socken machen, muss die Umberti sicherlich nicht auf uns warten«.

»Gute Idee«, antwortete Wolfrum. »Dann noch folgendes zum Essen: Wenn du dir Gedanken über solche Klassefrauen wie diese Beatrice machst, solltest du auch schauen, dass du bei Kräften bleibst. Mit deinem Vogelfutter geht dir sonst ganz schnell die Luft aus.« Beide lachten herzlich und Berger schlug Wolfrum leicht auf den Bauch.

Zwölftes Kapitel

Andretti saß zusammen mit Maurizio Longo, dem schicken Ispettore, in seinem Büro und man war dabei die Gedanken, die Andretti seit gestern verfolgten, hin und her zu wälzen.

Da war zum einen die Sache mit der heißen Schokolade, welche die verstorbene Alaria bei der morgendlichen Zeitungslektüre in der Bibliothek, zu trinken pflegte. Leider hatte das Hausmädchen diese Tasse abgeräumt und zum Abwasch gegeben. In der Bibliothek hatte Alaria nur Beatrice empfangen. Danach war sie in ihr Zimmer gegangen und dort hatte Agostini sie besucht. In Alarias Zimmer hatte man keine Trinkgefäße, gleich welcher Art, gefunden. Dass hatten die Umberti und das Hausmädchen unabhängig voneinander ausgesagt.

Das Hausmädchen hatte aber auch gesagt, dass Contessa Antinori sie ausdrücklich auf das Abräumen der beiden Tassen, die Contessa hatte auch etwas getrunken, hingewiesen hatte. Das wäre überhaupt nicht nötig gewesen, hatte das Mädchen betont, denn sie räume das benutzte Geschirr immer sofort auf. Man könnte also meinen, Beatrice Antinori sei es wichtig gewesen, dass die Tassen ganz sicher zum Abwasch kamen. Diese Geschichte mit der Tasse von Alaria sei natürlich deswegen so wichtig, hatte Andretti Longo erklärt, weil jenes Diabetesmittel welches möglicherweise zum Tod der Alten beigetragen hatte, ihr mit der heißen Schokolade beigebracht worden sein könnte. Den Ermittlungen nach, hätte – seitens der Besuchern – lediglich Beatrice die Möglichkeit gehabt, irgendetwas in die Schokolade zu geben.

»Wir müssen in dieser Hinsicht zwei Spuren verfolgen«, erklärte Andretti. »Du kennst die alte Leier: Motiv, Mittel und Gelegenheit. Gelegenheit hatte die edle Dame, Motiv und Mittel sind noch unklar. Heißt, wir müssen die finanzielle Lage von Mutter und Sohn Antinori genauestens durchleuchten und wir müssen klären, ob und wie die Contessa an dieses Zeug, an diese Diabetestabletten, hätte gelangen können«.

»Ich weiß, man muss immer alle Spuren verfolgen. Aber mal ehrlich, diese Contessa ist sicherlich nicht unsere Hauptverdächtige«, unterbrach ihn Longo.

»Unterbrich mich nicht«, knurrte Andretti

»Wenn es so war, wie ich vermute, müssen die tödlichen Tabletten von außer Haus gekommen sein. Denn die Umberti, die immer ein waches Auge auf den Tabletten hatte, könnte fast beschwören, dass in der Schachtel der alten Contessa keine fehlten. Hat natürlich nur Bedeutung, wenn wir die Umberti als Tatverdächtige ausschließen. Aber soweit sind wir noch nicht. Zurück zu den Finanzen der Antinoris. Mauro, du machst dich mit Giorgio auf den Weg und ihr bringt Licht ins Dunkel. Wenn es bei euren Recherchen Probleme gibt, sagt mir Bescheid. Ich habe mich schon beim Questore und beim Staatsanwalt versichert, dass wir ihre volle Unterstützung bei diesen Ermittlungen haben«.

»Alles klar Chef«, sagte Longo. »Sieht so aus, als käme endlich Bewegung in diese Angelegenheit«.

»Das wollen wir mal hoffen«, erwiderte Andretti.

»Schließlich wäre noch die Sache mit diesem Monteur zu klären. Zwar spricht überhaupt nichts dafür, dass der was mit dem ungeklärten Ableben der Alten zu tun hat, aber wir können uns keinerlei Nachlässigkeiten erlauben. Ich werde mir den Burschen, der eigentlich kommen sollte und den wir ja kennen, noch einmal zur Brust nehmen. Schlage vor, wir gehen jetzt noch kurz zu Federico und leisten uns einen Caffé und dann geht's an die Arbeit.«

»Manchmal hast du wirklich gute Ideen Chef«, spottete Longe und entging knapp einem Schlag Andrettis.

Berger und Wolfrum hatten ganz gemütlich gespeist und geplaudert. Auf dem Weg zum Hotel hatte sich Berger, der ein notorischer Zeitungsleser war, den *Corriere della sera,* gekauft und Wolfrum sich ein Eis genehmigt. Gegen 14 Uhr waren sie unterwegs nach Tetti Valfre'. Sie hofften, diesmal alle lebend anzutreffen.

Es war ein ausgesprochen warmer und schöner Tag und Wolfrum schwärmte: »Wenn ich jetzt mein Cabrio (er besaß ein sehr gepflegtes BMW 3er Cabrio Baujahr 98) dabei hätte, käme ich mir vor wie im Film«.

»An welchen Film denkst du?«, fragte Berger.

»An diese süße Geschichte mit der Hepburn und Gregory Peck«, erwiderte Wolfrum.

»Mein lieber Hubert, in »*Ein Herz und eine Krone*« fahren die aber nicht mit dem Cabrio, sondern mit der Vespa.«

»Egal«, meinte Wolfrum und hielt dabei den Arm aus dem Fenster, »ob Roller oder Cabrio, Hauptsache man hat den Himmel und die Sonne von *Bella Italia* direkt über dem Kopf.« Nach einer kurzen Pause führte er noch an:

»Außerdem ist das ein zauberhafter Film. So was kriegen die heute, wie so vieles andere, einfach nicht mehr zustande.«

Dann lachten sie beide und begannen das Brindisi aus *La Traviata:* »Libiamo ne' lieti calici ... «, zu schmettern.

Als sie diesmal vor der Villa ankamen, parkten keine Autos auf der Straße. Die Einfahrt stand offen. Wolfrum zögerte kurz und sagte: »Wir sind ja geladenen Gäste, da fahren wir doch einfach mal vor«.

Während sie einbogen sahen sie vor dem herrschaftlichen Gebäude nur einen schwarzen Golf älteren Baujahrs stehen.

Berger meinte: »Das ist gut so, da fallen wir mit unserem Fiat weder ab, noch auf.«

Kaum, dass sie ausgestiegen waren, erschien Signora Umberti und bat die beiden in das, ihnen schon bekannte, Besucherzimmer. Nachdem sie gebeten worden waren Platz zu nehmen, fragte die Umberti nach den Getränkewünschen. Beide entschieden sich, wie so häufig, für Caffé und stilles Wasser.

Die Umberti rief nach dem Hausmädchen, gab die Bestellung auf und sagte: »Nun meine Herren wir werden natürlich nicht die Zeit haben alle Bücher, die für sie von Interesse sein könnten, zu betrachten. Aber da Contessa Antinori mir sagte, dass Sie, Dottor' Berger, ganz besonders an alten Kriminalromanen interessiert sind, habe ich für sie einen kleinen Katalog, parat. Der gnädige Herr hatte immer alles sehr sorgfältig katalogisiert.«

Sie zögerte einen Augenblick, sah dann zu Wolfrum

und fuhr fort: »Entschuldigung Herr Wolfrum, für sie habe ich natürlich auch diese Listen. Ich habe auch schon kleine Auswahl, etwa 60 Bände, zurechtgelegt.«

Inzwischen hatte das Hausmädchen die Getränke gebracht und Berger dachte über eine Zigarette nach. Signora Umberti, als ob sie Gedanken lesen könnte, sagte sehr freundlich zu ihm: »Dottore natürlich dürfen Sie hier zum Caffé gerne eine Zigarette rauchen. In der Bibliothek aber bitte nicht.«

Man trank dann den Caffé und sprach einige Belanglosigkeiten, ehe man Richtung Bibliothek ging. Diese befand sich linker Hand am Ende des Flurs der ersten Etage. Der helle 50 bis 60 m² große Raum war, entsprechend seiner Verwendung, an drei Seiten mit raumhohen Regalen aus feinem Kirschholz versehen, die natürlich alle volle Bücher waren. Da es sich um ein Eckzimmer handelte, waren zwei der Regalwände von hohen Fenstern durchbrochen. Links von der Tür befand sich ein offener Kamin, davor standen ein kleiner Tisch und drei, sehr gebraucht aussehend, Ledersessel mit hoher Lehne. In der Mitte des Raums fand sich ein sehr alter, großer Tisch.

Vermutlich handelte es sich um einen sogenannten Refrektoriumstisch. Um diesen alten Tisch standen sechs ebenfalls sehr alte Stühle mit hoher Lehne. Auf dem Tisch lagen, fein säuberlich gestapelt, jene Bücher, die Signora Umberti für die zwei Freunde heraus gelegt hatte.

Berger und Wolfrum sahen sich zunächst interessiert und aufmerksam um. Sie waren von der dekorativen Schlichtheit dieser Bibliothek, die sowohl die Atmosphäre eines alten, englischen Herrenhauses, wie die eines klösterlichen Raumes atmete, sichtlich beeindruckt.

Signora Umberti drückte beiden die versprochenen Kataloge in die Hände und sagte: »Sie können jetzt ungestört schmökern. Bei den Büchern, die ich ihnen zurechtgelegt habe, handelt es ausnahmslos um gut erhaltene Erstausgaben. Über den gesamten Fundus an Kriminalromanen informiert sie der kleine Katalog.«

Sie deutete dann noch kurz auf den Tisch und fuhr fort: »Handschuhe liegen auf dem Tisch bereit. Wenn sie etwas, auch etwas zu Trinken, benötigen, dann betätigen sie bitte diese Klingel neben der Tür. Chiara, das Hausmädchen, ist ständig erreichbar. Ich habe noch zu tun.Es wäre sehr freundlich von ihnen, wenn sie gegen 17 Uhr, also in etwa zwei Stunden, mit dem Studium der Bücher fertig wären.«

Berger und Wolfrum bedankten sich und versprachen, spätestens um 17 Uhr fertig zu sein.

Wolfrum blätterte zunächst ein wenig in dem Katalog. Berger nahm, fast ehrfurchtsvoll eines der Bücher, einen Kriminalroman von S. S. van Dine vom Tisch und lächelte dabei. Beide nahmen dann je eine ganze Reihe von Büchern von den kleinen Stapeln und legten sie einzeln vor sich auf den Tisch.

Wie die Umberti schon gesagt hatte, handelte es sich um gut erhaltenen Erstausgaben und zwar um solche der Creme de la Creme der Krimiautorautoren des 20 Jahrhunderts. Da waren Bücher von Eric Ambler, John Dickson Carr, Dashiell Hammett, Michael Innes, Rex Stout, und Dorothy Sayers bis zu S.S.van Dine

Während der gründlichen Durchsicht, sprachen die beiden nicht viel. Immer wieder machten sie sich Notizen und schlugen in ihren Katalogen nach. Bei dieser spannenden Beschäftigung verging die Zeit wie im Fluge. Als gegen 16.20 Uhr Wolfrums Handy klingelte, schraken beide fast auf und wunderten sich, dass es schon so spät geworden war.

»Pronto«, meldete sich Wolfrum.

Am anderen Ende war Commissario De Santis. Dieser erkundigte sich, ob er mit Signor Wolfrum, dem Kunsthändler aus München, verbunden sei. Wolfrum bestätigte dies und fragte, worum es denn gehe.

De Santis erklärte, es handle sich um eine Routineangelegenheit in der Sache Lorenzi. Da er wisse, dass die beiden Herren, Wolfrum und Dottor Berger, in den letzten Tagen viel Kontakt mit Lorenzi gehabt hätten, hätte er ein paar Fragen an die Signori. Er wäre ihnen sehr verbunden, wenn sie, morgen um 10.15 Uhr auf die Questura kommen könnten.

Wolfrum sagte: »Un attimo«, und besprach sich kurz mit Berger. Sie waren sich rasch einig, dass sie den morgigen Termin wahrnehmen würden. Wolfrum gab De Santis entsprechend Bescheid und beendete dann das Telefonat.

»Was dieser De Santis wirklich von uns will, ist mir nicht klar, aber ich denke, uns kann es nur recht sein, wenn wir dorthin kommen, wo die wirklich wichtigen Informationen sind«, sagte Wolfrum.

»Stimmt mein Lieber«, meinte Berger, »denn wenn der Commissario von uns auch nichts Erhellendes erfahren wird, so ist noch nicht gesagt, das wir nichts von ihm erfahren werden. Du übst ja heute schon mal bei der Umberti deine Rolle des harmlosen Unwissenden und kannst dann morgen dein Meisterstück abliefern.«

Dann wendeten sie sich wieder den Büchern zu. Die verbliebene Zeit war rasch vorbei gegangen und Berger klingelte nach dem Hausmädchen, um Bescheid zu geben. Sie gingen dann nach unten, wo Sigonra Umberti sie bereits erwartete und nochmal ins Besucherzimmer bat. Wolfrum und Berger äußerten sich begeistert über das, was sie gesehen hatten und die Umberti war sichtlich geschmeichelt.

Diskret versuchte Wolfrum das Thema auf den Wert der Sammlung zu lenken. Er meinte, dass es doch erstaunlich wäre, wenn der zukünftige Eigentümer, der junge Signor Antinori, sich von so einem Schatz trennen wollte. Pekuniäre Gründe, wie es bei Contessa Alaria der Fall gewesen wäre, könnten doch in diesem Falle keine Rolle spielen.

»Um Finanzielles geht es sicherlich nicht«, sagte die Umberti, »falls ein Teil der alten Bücher wirklich verkauft oder versteigert wird. Contessa Beatrice, und der junge Stefano leben in mehr als gesicherten Verhältnissen. Aber man macht sich Gedanken über die zukünftige Verwendung der Villa und da könnte eine Bibliothek dieser Größe problematisch werden.«

Wolfrum und Berger sahen sich kurz an. Beide merkten offenbar, das sie mit nicht weiter kommen würden. Also verabschiedete man sich.

Draußen zündete sich Berger eine Zigarette an und

sagte: »Der Besuch hat sich durchaus gelohnt. Du bist doch von dieser Sammlung auch begeistert. Wenn ich auch nur zwei Dutzend dieser Bücher hätte, würde ich vor Freude im Viereck springen. Egal ob baldige Auktion oder nicht, an den Büchern müssen wir dranbleiben. Wenn auch die wahren Kostbarkeiten für mich zu hoch hängen dürften, so ist vielleicht doch das eine oder andere Geschäft zu machen, denn im Katalog, wie du sicherlich auch gesehen hast, findet sich auch Erschwingliches«.

»Alles klar, aber mal was anderes«, antwortete Wolfrum.

»Ich hatte gestern noch ausführlich mit meiner Frau und Gartner telefoniert. Beide werden allmählich unruhig und misstrauisch. Marianne habe ich dann reinen Wein eingeschenkt. Sie war von unseren Aktivitäten natürlich nicht erfreut. Sie nannte uns unglaubliche Kindsköpfe und machte sich echte Sorgen. Was sagt denn deine Susanne?«

»Mit Susanne habe ich gestern auch ausführlich telefoniert. Natürlich würde sie mich lieber heute als morgen wiedersehen, aber sie gönnt uns unser Vergnügen, wie sie sagte und wir würden ja eh machen, was wir wollen.«

»Das klingt geradezu weise. Deine Susanne ist wirklich in vielerlei Hinsicht ein Knaller. Ich habe mich schon oft gefragt, was die eigentlich an dir findet«, sagte Wolfrum schmunzelnd.

»Hast du ihr auch von der tollen Contessa vorgeschwärmt? «

»Blödmann«, erwiderte Berger, »wir sollten jetzt lieber

zurückfahren und uns Gedanke darüber machen, was wir morgen dem Commissario präsentieren.«

Gut gelaunt machten sie sich also auf den Weg zurück nach Turin.

Dreizehntes Kapitel

Commissario Andretti war in der Sache mit dem »falschen Monteur« ziemlich schnell erfolgreich gewesen. Die Überprüfung der Telefonverbindungen von Salvatore Galli, des Monteurs der eigentlich hätte kommen sollen, hatte Licht ins Dunkel gebracht. Andretti waren Telefonate mit einer gewissen Laura Bianchi und einem Daniele Colombo aufgefallen.

Er hatte sich dann Galli noch einmal einbestellt und dieser war recht schnell umgefallen. Es war wieder einmal um eines der drei Dinge – Geld, Macht und Sex –, die seit eh und je die Menschheit bewegen, gegangen. In diesem Falle war es um Sex gegangen. Mit der besagten Bianchi hatte Galli ein Techtelmechtel und diese hatte ihn kurzfristig zu einem Schäferstündchen eingeladen. Leider, aus Sicht Gallis, fiel der Termin mit dem geplanten Termin in der Villa Antinori zusammen. Wenn es um – vor allem heimliche – Dinge unterhalb der Gürtellinie geht, werden die meisten Männer erfinderisch und /oder unvorsichtig. Der, natürlich verheiratete, Galli wurde erfinderisch und hatte einen guten Freund, der ebenfalls in der Handwerksbranche tätig war, gebeten, doch für ihn bei den Antinoris einzuspringen. Galli hatte bei diesem Freund, namens Daniele Colombo, etwas gut und so wurde Colombo zu dem ominösen »falschen Monteur«. Diese Sache war geklärt.

Nun saß der Commissario wieder einmal mit seinen beiden engsten Mitarbeitern zusammen und man diskutierte den neuesten Stand der Ermittlungen. Longo und Giuliani hatten die finanzielle Situation von Mutter und Sohn Antinori gründlich durchleuchtet.

»So weit ich es überblicke, nagen die nicht am Hungertuch«, begann Longo. »Da ist einmal das große Haus, indem die Antinori ja auch wohnt, am Corso Matteotti und dann gibt es noch eine respektable Immobilie bei Savona. Soll ein Ferienhaus sein, hat aber die Ausmaße eines Zweifamilienhauses. Beide, Mutter und Sohn, haben fünfstellige Beträge auf den Girokonten. Die Antinori besitzt, wie der Bankfritze sagte, rentable Anleihen von absoluter Bonität in Höhe von 1, 5 Millionen Euro. Sie ist außerdem Gesellschafterin eines Mailänder Modelabels namens »*Servus Tamarotti*«. Dieser Betrieb sei aber keine ausgesprochene Goldgrube, meinte der Herr vom Finanzamt, denn es werfe für die Contessa jährlich kaum mehr hunderttausend Euro ab«.

»Das ist wirklich lächerlich wenig«, warf Andretti ironisch ein.

Spannender ist«, fuhr Longo fort, »dass der Sohn Anfang des Jahres mit einem Aktiendeal ordentlich auf die Schnauze gefallen ist. Offenbar macht er schon ziemlich lange und zumeist erfolgreiche Aktiengeschäfte. Mit einem hochspekulativen, südamerikanischen Papier namens »*Steinbock International*« hat er aber diesmal nahezu eine Million Euro, eventuell noch mehr in den Sand gesetzt. Sein Depot sieht zurzeit nicht gut aus.«

»Gute Arbeit«, meinte Andretti.

»Finanziell echt in der Klemme sind die beiden also anscheinend nicht. Ein einfeutiges Motiv dafür, die Alte zu beseitigen, scheint es aus dieser Richtung also nicht zu geben. Hinzu kommt noch, dass der junge Mann ja Haupterbe des Großvaters ist und reichlich was zu erwarten hat. Ich denke, wir müssen uns jetzt verstärkt um Avvocato Agostini kümmern.«

Nach einer kurzen Pause fuhr er fort: »Ich habe mir den Obduktionsbericht der alten Contessa noch einmal gründlich durchgesehen. Darüber, dass man im Magen nicht nur die Spuren des Frühstücks fand, sondern auch Reste von Schokolade und Haselnüssen, hatte ich mir bisher keine Gedanken gemacht. Erstens hatte sie ja heiße Schokolade getrunken, zweitens stirbt man im allgemeinen weder an Schokolade, noch an Nüssen.«

Dann erklärte er: »Der Dottore, den ich danach fragte, meinte, die gefundenen Schokoladenreste und die Spuren von Haselnüssen, sprächen dafür, dass die Alte irgendwelche Süßigkeiten, Pralinen oder ähnliches, gegessen habe. Ich erkundigte mich dann bei dieser Umberti und erfuhr, dass die alte Contessa, wegen des Diabetes, von ihr natürlich keine derartigen Süßigkeiten bekäme. Da aber bekannt sei, das sie früher für solche Sachen schwärmte, brächten ihr verantwortungslose Mitmenschen manchmal entsprechende Sachen mit. Auf meine Frage, ob Signor Agostini beispielsweise solch ein verantwortungsloser Mensch sei, antwortete sie ohne zu zögern mit ja.«

»Also ein Hinweis auf Agostini. Aber so wie die Dinge zurzeit liegen, haben wir dennoch nicht die Spur eines Beweises. Ich sehe noch nicht einmal Indizien«, sagte Fabri mit einem etwas betretenen Gesicht.

»Leider ist das so«, ergriff Andretti wieder das Wort.

»Dann müssen wir uns diese Indizien oder Beweise eben beschaffen. Es würde mich nicht wundern, wenn wir bei Durchleuchtung der wirtschaftlichen Situation Agostinis fündig würden. Der Typ, das sagte schon diese Umberti zu mir ist ein verschwenderischer Angeber und Versager«.

Andretti sah seine Mitarbeiter durchdringend an: »Ihr lasst ihm die Hosen runter und ich hoffe, ihr macht eure Arbeit ähnlich gründlich wie bei den Antinoris. Ich werde mich mal mit Agostinis Ehefrau unverbindlich darüber unterhalten, ob sie zur Klärung des obskuren Ablebens ihrer Tante etwas beitragen kann. Diese Dame hatten wir bisher noch überhaupt nicht auf der Rechnung. Ich würde nämlich gerne wissen, ob ihrer verehrter Gatte irgendeine Möglichkeit hatte an dieses, ...ich kann mir den Namen nicht merken, ... Diabetesmedikament zu kommen.«

»Glimepirid«, warf Giuliani ein.

»Genau, dieses Zeug«, sagte Andretti und klatschte Giuliani geräuschlos Beifall.

»Freunde, wir haben zu tun, also an die Arbeit. Übrigens, habt ihr Karten für das Rückspiel bekommen?« (gemeint war das Champions-League-Halbfinale Real Madrid – Juventus Turin)

»Wir hätten welche bekommen, aber so fanatisch sind wir denn doch nicht, dass wir deswegen nach Madrid fliegen. Vor dem Fernseher sieht man ohnehin alles besser; vor allem die Zeitlupenwiederholungen«, erklärte Giulinai lachend.

Dann trennte man sich.

Die Dinge in Sachen Lorenzi standen eher unerfreulich. Signora Lorenzi war fix und fertig, Antonella weinte ohne Unterlass, Davide versuchte mühsam die Geschäfte am Laufen zu halten und Commissario De Santis und seine drei Musketiere – im Falle der Maria Costa müsste man heutzutage wohl Musketierin sagen – standen sozusagen auf dem Schlauch.

Die Annonce war planmäßig in der *Stampa* erschienen, aber die Entführer hatten sich noch nicht wieder gemeldet. Die Überprüfung der Personen, die sich ernsthaft für Haenkes Manuskript interessiert hatten, war bisher völlig ergebnislos verlaufen.

Morgen würden die Herren Wolfrum und Berger in der Questura erscheinen. Als Verdächtige in der Sache Lorenzi kamen sie mit an Sicherheit grenzender Wahrscheinlichkeit nicht infrage. Aber die zwei hatten sich auf erstaunliche Weise im Dunstkreis beider Verbrechen, dem Mord an der Alten und der Entführung Lorenzis, bewegt. De Santis hoffte daher, dass sie ihm irgendetwas mitteilen könnten, von dem sie wahrscheinlich selber nicht wussten dass es für ihn wichtig sein könnte.

Origineller Weise hatte Davide Fontana dem Commissario Wolfrum als Experten in Sachen alter Handschriften und Bücher vorgeschlagen. An erster Stelle hatte er aber Dottor Gambassi von der Biblioteca Reale genannt. De Santis dachte sich, dass er morgen auch über dieses Thema mit Wolfrum sprechen könnte. Natürlich müsste er ihn zuvor als Tatverdächtigen hundertprozentig ausschließen können.

Solange sich die Entführer nicht gemeldet hatten, bestand hinsichtlich der Beschaffung eines täuschend echten Haenkeduplikats noch keine übertriebene Eile. Notfalls müsste man die Entführer auch mit einer einleuchtenden Erklärung hinhalten. Derartige Verzögerungen waren bei Entführungsfällen keine Seltenheit.

»Ihr seid mit der gründlichen Überprüfung unseres Personenkreises, von Verdächtigen möchte ich gar nicht sprechen, noch nicht ganz fertig«, sagte De Santis mit Blick auf seine drei Mitarbeiter.

»Wenn ich mir davon auch wenig verspreche, so bleibt uns momentan nichts anderes übrig, als jede noch so kleine Spur zu verfolgen. Und Maria – er blickte kurz zu Costa – natürlich wollen wir im Auge behalten, dass es sich um eine getürkte Entführung handeln kann.«

»Ihr beide«, De Santis sah zu Longo und Maldini, »macht also mit der mühsamen Kleinarbeit weiter. Maria, du setzt dich mit diesem Fontana zusammen und machst dich über alle Facetten dieses Manuskripts schlau. Morgen kommst du bitte pünktlich zu dem Treffen mit den beiden Deutschen. Denn alle Männer, außer Fabri, neigen dazu in Anwesenheit einer hübschen Frau mehr zu sagen, als sie möchten.«

Etwa zur selben Zeit versuchte Andretti Signora Agostini telefonisch zu erreichen. Andretti hatte erfahren, dass der Haussegen bei den Agostinis, wegen einer Weibergeschichte des Hausherrn, wieder einmal etwas schief hing. Eine gekränkte Frau, besonders eine gekränkte Ehefrau, war immer eine Quelle intimster Informationen.

Die Festnetznummer der Agostini hatte er, aber über diese war niemand zu erreichen gewesen. Kurz dachte er daran Agostini anzurufen, ließ es dann aber bleiben. Er befürchtete, wenn er Agostini nach der Handynummer seiner Frau fragen würde, nur in eine unersprießliche Diskussion verwickelt zu werden. Dieser Davide Fontana, dachte er, würde ihm vermutlich weiterhelfen können. Dem war auch so.

Signora Agostini war zunächst zwar etwas überrascht, einen Commissario der Polizia di Stato an der Strippe zu haben, fasste sich dann aber schnell.

»Nun Commissario Andretti, ihr Name ist mir natürlich bekannt. Ich hoffe nur, dass sie auch der sind, für den sie sich ausgeben«, sagte sie und dabei konnte Andretti ein leises Lachen vernehmen. »Aber dass wäre kein Problem, da ich ihnen am Telefon ohnehin keine Auskünfte geben werde.«

»Verehrte Signora das ist natürlich auch nicht nötig. Ich wäre ihnen aber sehr verbunden, wenn sie morgen, sagen wir gegen 11 Uhr, in die Questura kämen. Sollte diese Zeit für sie gänzlich unpassend sein, würde ich mich auch nach ihnen richten«, erklärte Andretti freundlich.

»Die Zeit wäre durchaus passend. Wenn sie mir nur kurz sagen würden, um was denn es geht. Vermutlich um die tragische Angelegenheit mit unserer lieben Alaria?«, sagte Signora Agostini.

»So ist es Signora Agostini. Nur ein paar Routinefragen. Also bis morgen um elf und vielen Dank für ihr freundliches Entgegenkommen«, beendete Andretti das Gespräch.

Vielleicht wird sie sich mit ihrem Herrn Rechtsverdreher absprechen. Angesichts der atmosphärischen Störungen im Hause, ist das aber eher unwahrscheinlich. Vielleicht will sie ihn sogar in die Pfanne hauen«, dachte Andretti und schmunzelte.

Vierzehntes Kapitel

Berger war am gestrigen Nachmittag noch ein wenig gejoggt. Er hatte sich eine Strecke ausgeguckt, die ihn rasch in den Parco del Valentino geführt hatte. Denn dort lief es sich recht angenehm. Danach hatten beide noch einmal ausführlich über den Besuch in der Villa Antinori, speziell über die eingesehenen Bücher gesprochen. Das Abendessen hatten sie wieder im Hotel eingenommen.

Im Moment waren sie dabei ihr Frühstück zu beenden.

»Dass uns dieser De Santis endlich sprechen möchte, wundert mich nicht«, meinte Wolfrum, während er dem letzten Bissen eines dick mit Schinken belegten Paninos kaute.

»Er wird ja längst mitbekommen haben, dass wir seit Tagen in Lorenzis Nähe herumschlichen und auch Interesse an dem alten Manuskript hatten. Außerdem wird ihm nicht entgangen sein, dass wir justament in die Mordsache Alaria geplatzt sind. Wir sind ja nicht nur die ideale Zeugen, sondern sogar die idealen Verdächtigen.«

»Umso besser, dass wir eine blütenweiße Weste haben«, erwiderte Berger. »Wenn ich es genau bedenke, wir hatten ja gestern schon darüber gesprochen, werden wir ihm keine große Hilfe sein«.

»Sieht ganz so aus. Kann natürlich auch sein, dass in einem gemeinsamen, offenen Gespräch gewisse Synergieeffekte entstehen und einem der Beteiligten plötzlich ein Licht aufgeht«, sagte Wolfrum.

»Interessanter fände ich ein Gespräch mit diesem Commissario, der an der Alariasache dran ist«, meinte Berger.

»Ich habe das Gefühl, dass wir da eher etwas beitragen könnten. Schön wäre es auch, wenn wir wüssten, was der Commissario weiß. Wir sind uns ja längst einig, dass in der Sache Alaria vieles auf Agostini hindeutet. Dieser Agostini ist, dessen bin ich mir sicher, finanziell in der Klemme. Außerdem ist er geldgierig, egozentrisch und verlogen. Ein Motiv hatte er und die Gelegenheit hatte er auch«.

Berger nahm einen Schluck Kaffee und fuhr fort: »Bliebe nur noch zu klären, wie er es gemacht hat. Genial ist er sicherlich nicht vorgegangen., dafür ist er nicht clever genug. Er wird, wie wir schon besprochen haben, irgendetwas mit einem Medikament gemacht haben. Und zwar mit einem, dass er selber mitgebracht und der alten Contessa untergejubelt hat. Darüber würde ich gerne mit dem zuständigen Commissario sprechen. Wir müssen schauen, dass wir an den rankommen.«

»Du hast vollkommen recht. Aber schauen erst wir mal, wie es mit De Santis läuft. An guten Ideen mangelt es uns ja nie. Es wird kein Problem sein, bei diesem Gespräch das Thema auch auf den Fall Alaria zu lenken«, erklärte Wolfrum.

»Aber jetzt sollten wir uns allmählich auf die Socken machen.«

Zur Questura war es nicht sehr weit. Die beiden brauchten kaum länger als zwanzig Minuten. An der Pforte bekamen sie die Auskunft, dass sich das Büro von Commissario De Santis – Nummer 213 – in der zweiten Etage befindet.

Sie gingen zu Fuß nach oben und obwohl sie fünf Minuten zu früh waren, klopfte Berger gut hörbar an der Tür.

Zunächst rührte sich nichts und Berger hob schon zu einem zweiten Klopfen an, als die Tür aufging und ein groß gewachsener, schlanker und frühzeitig ergrauter Mann von 45 bis 50 Jahren erschien.

»Aha ... guten Tag, die Signori aus München. Natürlich ausgesprochen pünktlich. Ich war noch gar nicht darauf eingestellt. Aber die Deutschen sind ja bekannt für ihre Pünktlichkeit. Bitte treten sie doch näher«, grüßte De Santis und gab beiden einen kräftigen Händedruck.

Er wies auf die Stühle vor seinem Schreibtisch, hinter dem er dann Platz nahm. Nachdem alle saßen, erklärte De Santis, dass er ein paar Fragen in Sachen Lorenzi habe. Seines Wissens, kannten sie diesen schon länger recht gut, und in den Tagen vor der Entführung hatten sie ihn ja des öfteren gesehen und gesprochen. Vor allem würde ihn interessieren, ob Lorenzi ihnen von aufdringlichen oder gar verdächtigen Kunden berichtet habe oder ihnen persönlich, bei ihren Besuchen in der Galerie solche aufgefallen wären.

Berger und Wolfrum sahen sich kurz an, schüttelten den Kopf und betonten beide, dass sie nichts Entsprechendes gehört oder gesehen hätten.

Ob sie das berühmte Manuskript im Original gesehen hätten und wenn nein, ob sie wüssten, wo es sich seinerzeit befunden habe, war De Santis nächste Frage.

»Nein Commissario, wir haben es leider nicht zu Gesicht bekommen und wissen auch nicht, wo es sich befindet«, antwortete Wolfrum.

»Mittlerweile, um der Wahrheit die Ehre zu geben Commissario, glauben wir aber zu ahnen, wo sich die besagte Handschrift befindet. Wir sind Kunstliebhaber und Kunsthändler und sind ausschließlich wegen der alten Bücher nach Turin gekommen. Da ja nun die Contessa Beatrice Antinori hinsichtlich dieser wertvollen Bücher die Verantwortung hat, haben wir uns vorgestern mit ihr getroffen«.

»Ah ja, sehr interessant«, unterbrach in De Santis, »aber fahren Sie fort«.

»Sie sagte uns, dass diese ominöse Handschrift des Thaddäus Haenke, mehr oder weniger, bereits veräußert sei und, wenn ich die Contessa richtig verstanden habe, liegt diese Kostbarkeit zurzeit noch in einem Schließfach ihrer Hausbank.«

»Ja, ja das scheint so zu sein«, sagte De Santis nachdenklich.

»Sie sind äußert erfahrene Experten, meinte jedenfalls Signor Fontana«, fuhr er fort. »Ist es denn üblich, dass solche ... ...wie soll ich sagen ... Kunstwerke ... nein, solche kostbaren Bücher direkt verkauft und nicht versteigert werden?«

»Das ist sicherlich keine Seltenheit und von vielen dieser Geschäfte erfährt man gar nichts. Bei diesem speziellen Manuskript geht es außerdem, wie sie bestimmt wissen, weniger um die alte Handschrift an sich, als um die darin festgehaltenen Aufzeichnungen über unbekannte Pflanzen und deren medizinische Relevanz, um nicht zu sagen Brisanz«, antwortete Berger.

»Von der besonders schwierigen Situation in der wir

hinsichtlich der Entführung Lorenzis stecken, wissen Sie?«, fragte De Santis und sah beide forschend an.

»Wenn sie damit meinen, dass die Entführer das besagte Manuskript fordern und sie es nicht liefern können, dann wissen wir Bescheid. Herr Fontana hat uns davon berichtet«, erwiderte Wolfrum.

»Sonstige Einzelheiten oder Neuigkeiten in dieser Sache sind uns natürlich, beziehungsweise leider, nicht bekannt.«

»Es wäre höchst kontraproduktiv, wenn die Entführer Wind davon bekämen, dass wir nicht an das Manuskript kommen werden. Heißt, wir müssen tarnen und täuschen. Vielleicht brauchen wir dabei sogar ihre Hilfe als Experten für alte Schriften«, erklärte der Commissario.

»Unter dem Siegel äußerster Verschwiegenheit will ich ihnen mitteilen, dass sich die Entführer noch kein weiteres Mal gemeldet haben. Dabei hatten wir heute schon fest mit einem erneuten Kontakt gerechnet. Über kurz oder lang werden sie sich aber wieder melden, da bin ich ganz sicher. Die Medien, das wird ihnen nicht entgangen sein, konnten wir bisher heraushalten«

Nach einer kurzen Pause fuhr er fort: »Zurück zu ihnen als Experten. Wir müssen rasch ein täuschend ähnliches Duplikat der alten Handschrift, beschaffen oder herstellen. Es wäre sehr freundlich von ihnen, uns dabei zu helfen. Die Zeit drängt, denn wenn die Burschen sich wieder melden, geht es sicherlich um konkrete Übergabeverhandlungen.«

»Natürlich werden wir ihnen dabei helfen. Das ist ja selbstverständlich. Das wäre ja geradezu eine Ehre für uns. Schließlich geht es auch um unseren Freund und Kollegen Lorenzi«, versprach Wolfrum fast mit ein wenig Enthusiasmus.

»Aber darf ich noch so etwas wie eine kleine Bitte vorbringen, Commissario?«

»Aber gerne Signor Wolfrum«, erwiderte De Santis.

»Wie sie sicherlich wissen, gab es doch diesen mysteriösen Todesfall dieser alten Contessa. Wir würden sehr gerne mit dem ermittelnden Kollegen sprechen. Wir sind uns nicht ganz sicher, aber möglicherweise haben wir Informationen, die für ihn von Bedeutung sein könnten.«

»Das ist überhaupt kein Problem; den Kontakt stelle ich gleich her. Einen Moment bitte«, sagte De Santis und nahm den Telefonhörer in die Hand.

Offenbar bekam er Andretti, den er, wie stets, Pirlo nannte, sogleich an die Strippe und er vereinbarte, nach einigem hin und her, einen Termin gleich im Anschluss an sein Gespräch mit den beiden Freunden.

Wolfrum bedankte sich und kam dann auf das sogenannte Duplikat der alten Handschrift zu sprechen.

. »Ein auch nur leidlich gutes Duplikat der Handschrift zu beschaffen oder ein solches herzustellen, ist fast ein Ding der Unmöglichkeit«, musste Wolfrum sagen und damit die Sorgen des Commissarios noch vermehren.

»Etwas Vergleichbares werden wir nicht finden. Und selbst wenn wir es rein äußerlich, ein Objekt gut hinbekämen, so wäre doch der Inhalt nicht wirklich zu imitieren. Ich muss sie da enttäuschen und bin sicher, dass ihnen jeder andere verantwortungsbewusste Experte das gleiche sagen wird«, erläuterte Wolfrum und hob die Hände.

»Wenn die Entführer keine absoluten Flaschen sind und sie das Duplikat nach der Übergabe nur ein klein wenig genauer untersuchen, wird die Sache auffliegen.«

»Mit diesen Schwierigkeiten habe ich gerechnet. Wir müssen es dennoch versuchen, wir haben keine andere Wahl«, sagte De Santis etwas unwirsch.

Ich habe mich, auf Rat Fontanas, bereits mit dem leitenden Kurator der Biblioteca Reale in Verbindung gesetzt. Über eine öffentliche Einrichtung haben wir wenigstens Zugriff auf entsprechendes Material und müssen uns keine Sorgen wegen der Kosten machen. Der Questore und die Staatsanwaltschaft bemühen sich natürlich auch in dieser Sache. Auch das Innenministerium hat bereits grünes Licht gegeben. Ich gebe dem Kurator Bescheid. Vielleicht ist das eine Hilfe für sie«.

»Das kann auf jeden Fall nicht schaden«, meinte Wolfrum.

Die beiden Freunde versprachen dann, sich zügig mit der Angelegenheit zu befassen. Anschließend verabschiedeten sie sich und sie machten sich auf den Weg zu Andretti. Dessen Büro würden sie unter der Nummer 32 im Erdgeschoss auf der linken Seite des Gebäudes finden. Auf dem Weg dorthin, und weil noch etwas Zeit blieb, traten beide erst einmal nach draußen und Berger genehmigte sich eine Zigarette.

Die beiden sprachen kurz über das, was mit De Santis diskutiert worden war, dann gingen sie zurück in die Questura. Andrettis Büro fanden sie problemlos. Wolfrum warf einen Blick auf seine Uhr und klopfte dann entschlossen an der Tür.

»Avanti«, tönte es von drinnen. Nachdem beide eingetreten waren, verharrte Andretti, den Telefonhörer am Ohr, zunächst noch hinter seinem Schreibtisch. Mit einer Hand wies er wortlos auf ein kleine Sitzgruppe rechts am Fenster. Berger und Wolfrum blieben noch stehen. Nachdem der Commissario sein Telefonat beendet hatte, ging er auf die beiden zu und begrüßte sie freundlich, aber nicht überschwänglich.

Nachdem man sich gesetzt hatte, begann Andretti: »Mein Kollege meinte, sie könnten mir in der bedauerlichen Angelegenheit der alten Contessa Alaria eventuell nützliche Hinweise geben. Nun, ich bin gespannt.«

Berger und Wolfrum sahen sich an. Berger nickte und Wolfrum ergriff das Wort: »Commissario Andretti ich bin natürlich nicht sicher, ob Ihnen unsere Information wirklich neu sein wird. Vermutlich sind sie im Rahmen ihrer Untersuchungen und Vernehmungen schon längst darauf gestoßen. Wir dachten aber, dass auch eine möglicherweise überflüssige Information nicht schaden kann und wir werden ihre Zeit keinesfalls über Gebühr beanspruchen.«

Andretti war vom gewandten Italienisch Wolfrums sichtlich beeindruckt. »Respekt Signor Wolfrum, man könnte sie fast für einen Italiener halten. Sie müssen wissen, dass das Italienisch der Deutschen, mit denen ich gelegentlich zu tun habe, wirklich fürchterlich ist Auch wenn man zuhören muss, wie deutsche Touristen Bestellungen im Ristorante oder der Bar aufgeben, erfüllt das fast den Tatbestand der Körperverletzung. Vor kurzem hörte ich – *»Gelati, un bollo pistazie und un bollo dragola«* –

Mein Gott, warum sprechen die nicht einfach Deutsch, das verstehen unsere Kellner wesentlich besser als dieses barbarische Gestammel«.

Andretti brach ab, hob die Hände und fügte dann hinzu: »Aber entschuldigen sie, ich wollte ihre Landsleute nicht beleidigen, die Engländer, Franzosen und Skandinavier sind natürlich auch nicht besser. Aber ich bin gänzlich vom Thema abgewichen. Zurück zu ihrer Information. Erzählen sie doch bitte, was sie wissen.«

»Sie wissen, dass wir im Kunst- und Antiquitätengeschäft tätig sind. So wie die Dinge liefen, kamen wir nicht nur mit unseren Kollegen Lorenzi und Fontana, sondern auch mit Contessa Antinori und Signora Umberti ins Gespräch. Natürlich waren wir sehr an den alten Büchern interessiert und auch gespannt, wie es nach …..wie … wie es nach den Zwischenfällen weitergehen würde«, Wolfrum machte eine kurze Pause, sah zu Berger und fuhr dann fort.

. »Ich muss zugeben, dass auch diese, wie ich sagte, beiden Zwischenfälle unsere Neugierde ein wenig geweckt hatten. Commissario, sicherlich haben auch Sie sich mit den genannten Damen ausführlich unterhalten. Aber eine, wenn man so sagen darf, Vernehmung durch einen Kriminalbeamten ist etwas anderes als ein Gespräch zwischen harmlosen Bürgern. Viele Menschen, dass wissen Sie, geben sich der Obrigkeit gegenüber etwas misstrauisch und verschlossen.«

Andretti lachte kurz und nickte: »Wie wahr, wie wahr. Aber ich hoffe, dass das nicht auf Sie zutrifft meine Herren.«

Wolfrum fuhr fort: »Wir werden uns alle Mühe geben. Nun aber zur Sache. Von dieser Umberti haben wir, eher beiläufig, folgendes erfahren. Ursprünglich war der Sohn Agostinis, aus welchen Gründen auch immer, Haupterbe der alten Contessa Alaria. Das scheint eine Sentimentalität gewesen zu sein, außerdem war da wenig zu erwarten gewesen. Nachdem der alte Conte Antinori seiner Schwester Alaria einiges, insbesondere die alten Bücher hinterlassen hatte, änderte sich die Lage schlagartig. Alaria, so die Umberti, hat den jungen Agostini zwar nicht enterbt, die wertvollen alten Bücher wollte sie aber nunmehr dem, wie soll ich sagen, dem Stammhalter, also Stefano, dem Sohn Beatrices vermachen. Die Umberti versicherte uns, dass die entsprechende testamentarische Änderung rasch vorgenommen wurde.«

Wolfrum hielt inne. Es entstand eine kurze Pause. Dann sagte Andretti: »Das ist interessant. Ich weiß zwar, dass Stefano Antinori aktuell Erbe der Bibliothek ist, wusste aber nicht, dass dies auf einer erst kürzlich erfolgten Änderung des Testaments der Alaria de Maupassant basiert. Aber bitte, machen sie weiter.«

Nun ergriff Berger das Wort: »Wir haben freilich keinerlei Kenntnis vom Ermittlungsstand. Wissen nicht, wer zum Kreis der Verdächtigen zählt, wissen nichts von der genauen Todesursache und kennen natürlich auch nicht die Einlassungen der Personen, die von ihnen sicherlich sehr ausführlich vernommen wurden. Ein bisschen was haben wir ganz am Anfang von Lorenzi, der wiederum von Agostini informiert wurde, gehört und ein paar Informationen kamen bei den Gesprächen mit Contessa Beatrice und Luisa Umberti auf den Tisch«.

»Moment«, unterbrach ihn De Santis, »was bewog Sie denn mit der Contessa zu sprechen?«

»Unser Interesse an den Büchern natürlich. Sie ist ja jetzt dafür zuständig«, erwiderte Berger, ohne mit der Wimper zu zucken.

Der Commissario schmunzelte, wackelte ein wenig mit dem Kopf, und meinte dann: »Ah ja, wegen der Bücher, wegen der Bücher natürlich«.

»Darf ich fortfahren?«, fragte Berger. De Santis nickte.

»Wir wissen, dass Alaria an dem besagten Vormittag Besuch von Beatrice und Agostini erhielt. Wir wissen auch, dass höchstwahrscheinlich, Lorenzi sagte uns das, bestimmte Medikamente eine Rolle bei dem Tod der bedauernswerten Contessa gespielt haben.«

»Das dürfte stimmen, aber das ist nichts Neues Dottor Berger«, sagte Andretti etwas ungeduldig.

»Ein wenig Geduld bitte, werter Commissario«, fuhr Berger fort.

»Signora Umberti erzählte uns wiederholt, dass der alten Contessa Agostinis Besuche, die sich in den letzten Monaten etwas gehäuft hatten, sehr zuwider waren. Offenbar war es, wegen dieser testamentarischen Angelegenheit, auch schon zu unschönen Worten gekommen. An dem besagten Tag habe sich Agostini geradezu aufgedrängt. Und die Umberti meinte, dass Agostini an diesem Tag ungebührlich lange geblieben sei«.

.»Das hat Ihnen die Umberti einfach so erzählt«, fragte De Santis und sah beide forschend an.

»Ja, ja, es lag ihr wohl auf den Herzen. Und Sie wissen ja, wie ältere Damen sind, sie reden gerne«, improvisierte Berger ohne zu zögern.

»Die Umberti sagte auch, dass Agostini noch unhöflicher als gewöhnlich war, als er wieder gegangen sei. Sehr merkwürdig sei ihr auch vorgekommen, dass Contessa Alaria etwas über Agostini habe ausrichten lassen. Üblicherweise kläre sie immer alles mit ihr persönlich. Leider sei sie damals mit dem Gärtner und dem komischen Monteur beschäftigt und dadurch abgelenkt gewesen«.

Berger hielt kurz inne, blickte zu Wolfrum und fuhr dann fort: »Sie mache sich deswegen ständig Vorwürfe. Es sei nun aber nicht mehr zu ändern. Auf jeden Fall habe sie diesen unsympathischen Agostini stark im Verdacht, dass er der Contessa etwas angetan haben könnte.«

»Danke Signori. Ihre Informationen sind durchaus wertvoll, auch wenn sie mir nicht sofort weiterhelfen. Natürlich haben wir diesen Agostini im Blick. Noch fehlen uns – ganz unter uns gesagt – aber stichhaltige Indizien, von Beweisen ganz zu schweigen«, sagte Andretti.

Und nach einer kurzen Pause fuhr er schmunzelnd fort: »Erkenne ich da einen gewissen kriminalistischen Eifer? Obwohl ich sagen muss, dass sie mich weniger an Sherlock Holmes und Dottor Watson, als viel mehr an«, er sah von Berger zu Wolfrum, »Bud Spencer und Terrence Hill erinnern. Wenn auch nur ein wenig.«

»Commissario«, begann Wolfrum etwas eifrig, »natürlich wollen wir uns in keiner Weise in etwas einmischen, was uns nichts angeht und natürlich haben wir auch keinerlei Kompetenz in diesen Dingen. Aber was den Vergleich mit Spencer und Hill betrifft, diesen Spott, vielleicht könnte man auch sagen, dieses Kompliment, mussten wir schon des öfteren anhören. Das halten wir aus. Es gäbe auch wesentlich weniger charmante Vergleiche«.«

Das Wortgeplänkel ging dann noch ein wenig hin und her und es war nicht zu übersehen, dass die drei sich recht gut verstanden. Abschließend bedankte sich Andretti noch einmal fast überschwänglich bei den beiden und versicherte ihnen, das sie sich mit Informationen oder wichtigen Fragen jederzeit wieder an ihn wenden könnten.

Fünfzehntes Kapitel

In die Entführungssache Lorenzi kam Bewegung. Gegen 14 Uhr war auf dem Smartphone von Signora Lorenzi eine SMS eingegangen. Im Hause Lorenzi, das etwas außerhalb im Stadtteil Bertola in der Via S. Massimiliano Kolbe lag, befanden sich von Beginn an und rund um die Uhr Mitarbeiter des *Commissariato di Sequestro*. Die Gegend um die Via S. Massimiliano Kolbe war nicht sehr belebt. Einem sehr aufmerksamen Beobachter hätte daher auffallen können, dass seit drei Tagen abwechselnd zwei Lieferwagen der Marke Fiat Doblo in der Nähe dieser Straße parkten.

Da Signora Lorenzi zuhause war, als die SMS einging, konnte De Santis unverzüglich von dem diensthabenden jungen Beamten davon verständigt werden.

In Begleitung von Ispettore Maria Costa fuhr er sofort zu den Lorenzis. Überraschend schien zunächst zu sein, dass die SMS über Lorenzis eigenes Handy gekommen war. Aber da die Entführer Lorenzi hatten, hatten sie natürlich auch sein Handy. Eingeloggt hatte es sich an einem Funkmast im Parco de Valentino. Mittlerweile konnte es aber nicht mehr geortet werden. Vermutlich war die Simkarte oder der Akku entnommen worden. Signora Lorenzi sagte dazu, dass ihr Mann wert darauf gelegt hatte, ein Modell zu haben, bei dem der Akku noch zu entfernen war. Er wollte nicht, dass man ihn lückenlos überwachen konnte. In seinem sensiblen Gewerbe sei das nicht gut, habe er ihr erklärt.

Der Inhalt der SMS, den der junge Beamte bereits aufgeschrieben hatte, war folgender: « *Keine Polizei! Verpacken Sie das Manuskript stoßfest und wasserdicht und mit Abschirmgewebe. Fragen sie dazu Fontana. Umwickeln sie es abschließend komplett mit Klebeband. Wenn sie alles vorbereitet haben, dann gehen sie morgen um elf Uhr in ihrem grünen Kostüm und dem passenden Hut zweimal über die Piazza San Carlo. Weitere Instruktionen folgen.*«

»Das bringt uns gewaltig unter Druck«, knurrte De Santis. »Signora Lorenzi, tut mir Leid, aber den morgigen Spaziergang können sie sich sparen. Denn weder das Originalmanuskript, noch ein brauchbares Duplikat, bringen wir bis morgen auf die Beine. Die Ganoven sind vermutlich der Ansicht, dass wir das Zeug längst haben. Zeit genug hatten wir ja. Von unserer Seite, genauer gesagt von ihrer Seite Signora, kann es natürlich noch Probleme mit dem speziellen Verpackungsmaterial geben. Ich hoffe, die Entführer haben das auch auf ihrer Rechnung.«

»Um Gottes Willen Commissario, die werden doch meinem Mann nichts antun, wenn ich morgen nicht auf die Piazza gehe«, rief Signora Lorenzi verzweifelt.

»Das wird nicht der Fall sei, da bin ich sicher«, antwortete De Santis. »Wir geben uns wirklich alle erdenkliche Mühe, damit wir Anfang nächster Woche mit allem fertig sind.«

Wenig später fuhren De Santis und Costa zurück in die Questura. Unterwegs sagte De Santis zu Maria: »Üblicherweise müssten die Entführer davon ausgehen, dass ein Lebenszeichen des Opfers verlangt wird. Egal, ob die Polizei eingeschaltet ist oder nicht. Bei dieser Art der Kontaktnahme ist das aber bisher gar nicht möglich. Entweder halten die ihre Kontaktperson, das ist die Lorenzi, für blöde, oder sie sind sich sicher, dass diese sich keine echten Sorgen macht. Was meinst du?«

»Etwas merkwürdig ist es schon. Aber, dass die Lorenzi in diese Sache verwickelt sein soll, kann ich mir nun wirklich nicht vorstellen. Wir haben ja auch schon wiederholt mit ihr gesprochen. Meinem Eindruck nach ist sie schon echt Angst und Bange. Außerdem ist sie der Prototyp der wohlanständigen, älteren Italienerin«, antwortete Maria Costa. »Blöde ist es dennoch, dass bisher keine Möglichkeit besteht die Entführer auf irgendeine Weise zu kontaktieren.«

»Nichts zu machen. Wir müssen uns jetzt aber massiv hinter die Beschaffung eines brauchbaren Duplikats klemmen. Sollten wir bis Montag oder Dienstag mit nichts Passendem aufwarten können, droht die Sache aus dem Ruder zu laufen. Ich versuche die beiden Deutschen zu erreichen. Du nimmst mit Fontana und der Biblioteca Reale Verbindung auf. Maldini soll dir helfen.«

Berger und Wolfrum hatten, in der schon bekannten Pizzeria in der Nähe ihres Hotels, ein kleines Mittagessen zu sich genommen. Von dort aus hatte Wolfrum mit Davide telefoniert und ein Treffen um 14.30 Uhr vereinbart. Sie wollten sich zügig der schwierigen, ja fast unlösbaren, Aufgabe widmen, ein Duplikat des Haenkemanuskripts zu beschaffen. Auch den Kurator der Biblioteca Reale hatte Wolfrum zu erreichen versucht, dieser war, nach

Auskunft der Sekretärin, allerdings noch in der Mittagspause gewesen. Die Dame versprach, zurück zu rufen,
sobald der Dottore wieder im Hause sei.

Ziemlich pünktlich erschienen Berger und Wolfrum
dann in Lorenzis Galerie, in der sich sogar ein paar Kunden befanden, weswegen ihnen Davide nicht sofort zur
Verfügung stand.

Über den neuesten Stand im Fall Lorenzi waren die
beiden Freunde noch nicht informiert worden. Offenbar
wussten auch Davide und Antonella nichts von der letzten Nachricht der Entführer. Denn auf Bergers Frage, ob
es in dieser Sache etwas Neues gäbe, schüttelte Antonella
nur resigniert den Kopf, um sich dann wieder einem Kunden zu zu wenden. .

Während die beiden etwas entschlusslos herumstan-
den, bimmelte Wolfrums Handy. Er verzog sich in eine
abgelegene Ecke der Galerie und nahm ab. Es meldete
sich De Santis. Dieser berichtete Wolfrum von den neuesten Entwicklungen und bat ihn ein weiteres Mal, sich
unverzüglich um die Beschaffung oder Erstellung des Er-
satzmanuskripts zu bemühen. Wolfrum konnte De Santis
versichern, dass sie sich noch heute mit Dottor Gambassi,
dem leitenden Kurator der Biblioteca Reale, treffen würden. De Santis sagte dazu, dass er diesen telefonisch nicht
erreicht habe, aber dessen Sekretärin ausführlich instruiert habe. Abschließend bat er Wolfrum dann noch, ihn
jederzeit – Tag und Nacht – auf dem laufenden zu halten.

»Verehrter Commissario«, meinte Wolfrum dazu, »wir
geben uns alle Mühe. Aber ich glaube nicht, dass wir

heute in dieser Sache noch etwas Vernünftiges zustande bringen werden. Ich muss ihnen auch noch einmal sagen, dass ich größte Zweifel hege, dass wir ein Surrogat auftreiben werden, welches wir den Entführern erfolgreich unterjubeln können.«

»Egal, ich setze auf sie. Gerade die Deutschen bringen oft das Unmögliche zustande. Viel Glück Signor Wolfrum und a presto.«

Berger hatte Wolfrum aus der Entfernung interessiert beobachtet.

»Was gibt's?«, fragte er, als Wolfrum auf ihn zu kam.

»De Santis war dran. Die Entführer haben sich über eine SMS bei der Lorenzi gemeldet. Das Manuskript soll auf ganz besondere Weise verpackt werden, mit Abschirmfolie oder so ähnlich. Die Bereitschaft zur Übergabe, soll die Lorenzi, und das ist durchaus originell, dann dadurch signalisieren, dass sie morgen gegen 15 Uhr in einem speziellen grünen Kostüm zweimal über die Piazza San Carlo geht. Die Burschen scheinen Humor zu haben. Das erinnert ja an Inspektor Clouseau und den rosaroten Panther.«

»Wenn es nicht so ernst wäre, könnte man fast Gefallen an unserem Abenteuer finden«, warf Berger ein.

»Stimmt, aber Spaß beiseite. De Santis bat inständig, dass wir uns, Tag und Nacht, hinter das Haenkeduplikat respektive Surrogat klemmen. Ich denke, wir verabschieden uns und machen uns zu Fuß auf die Socken. In etwa einer halben Stunde sollten wir es bis zur Biblioteca schaffen. Für mich ist das natürlich echter Sport. Dir, mein lieber Nurmi, wird es auch nicht schaden.«

Sie verabschiedeten sich also von Antonella und Davide, und versprachen, nach telefonischer Absprache, morgen wieder vorbei zu schauen. Dann machten sie sich auf den Weg.

Die Biblioteca Reale lag, wie der Name schon vermuten lässt, ganz in der Nähe des Palazzo Reale, an der Nordseite der Piazza Castello. An weiteren touristischen Attraktionen gab es in dieser Ecke Turins beispielsweise noch die Real Chiesa di San Lorenzo, die Kathedrale di San Giovanni Battista, die Capella di Sacra Sindone, die Galleria Sabauda und das Teatro Regio, das Opernhaus. Berger und Wolfrum hatten in dieser Gegend bei anderen Besuchen Turins schon viele Stunden verbracht. Turin ist wunderschön, kann aber erstaunlicherweise, was Besucherzahlen betrifft, mit den Touristenhochburgen, Venedig, Florenz, Rom und Mailand nicht mithalten. Nach Bergers und Wolfrums Ansicht war dies jedoch kein Nachteil, eher im Gegenteil. Die beiden liebten Turin.

Als die zwei schon nicht mehr weit von der Piazza Castello entfernt waren, hatte sie der Anruf von Dottor Gambassis Sekretärin erreicht. Sie hatte mitgeteilt, dass der Dottore wieder im Hause sei und er die beiden jederzeit, aber möglichst vor 17 Uhr erwarte. Wolfrum hatte kurz auf seine Uhr gesehen, es war ziemlich genau 15.20 Uhr und geantwortet, dass sie ganz in der Nähe seien und in etwa zwanzig Minuten kommen würden

»Mein lieber Thomas«, sagte Wolfrum, »zuerst genehmigen wir uns aber noch ein kleines Bier. Nach dem Motto, erst das Vergnügen, dann die Arbeit«.

»Wunderbar«, erwiderte Berger, »wieder eine deiner zauberhaften Ideen. Wenn Du dann in Sachen Haenke-Fake auch so einfallsreich bist, wird dir auf Veranlassung von Commissario De Santis noch der »Cavalliere« verliehen«.

Kurz vor der Piazza Castello, in der Via Giuseppe Barbaroux setzten sie sich dann draußen, es war noch warm genug, vor die Bar Perotti und genossen ihr Bier. Sie sprachen noch ein wenig über die bevorstehende Aufgabe und gingen dann zügig den kurzen Weg zur Biblioteca Reale.

An der Information, an der nur ein paar Leute standen, sagten sie, dass sie von Dottor Gambassi erwartet würden. Die Frau am Schalter wusste Bescheid und nannte ihnen den Weg zu Gambassis Büro.

In der ersten Etage der Biblioteca traten sie durch eine Tür mit dem Schild »Amministratione/solo autorizzato« und fanden ein Stück weiter eine Tür mit dem Schild »Segreteria/Dott. Aristide Gambassi – Curatore senior.«

Berger klopfte an der Tür. »Avanti«, tönte eine Frauenstimme und Sie betraten das Sekretariat. Am Schreibtisch saß eine etwa vierzigjährige, bebrillte Dame Sie begrüßte die beiden und stellte sich als Signora Montealba vor.

Über eine Gegensprechanlage informierte sie ihren Chef davon, dass die beiden deutschen Signori eingetroffen waren. Dann zeigte sie auf die Tür links von ihrem Schreibtisch und sagte: »Gehen sie einfach hinein, der Dottore erwartet sie schon.«

Dann fragte sie noch schnell: »Wünschen die Signori Caffé, Cappucino, Aqua?« Beide bestellten Cappucino und stilles Wasser.

Dottor Gambassi saß hinter seinem antiquiert ausse-
henden Mahagonischreibtisch, als die beiden eintraten.
Gambassi entsprach, rein äußerlich, nicht dem Bild eines
»Curatore senior« einer altehrwürdigen Bibliothek. Er
mochte Mitte fünfzig sein, vielleicht auch etwas jünger. Er
war etwas über mittelgroß und schlank. Er trug längere,
schwarze Haare, die mit einigen grauen Strähnen durch-
setzt waren und wirkte ausgesprochen sportlich. Eine
sportlich elegante Note hatte auch sein tadellos sitzen-
der mittelblauer Anzug. Lediglich die feine, rahmenlose
Brille wollte zum Image eines»Curatore senior« passen.
    Man begrüßte sich freundlich und setzte sich dann
an einen modernen Konferenztisch, der in angenehmer
Weise zu den antiquierten Elementen des großzügigen
Büros kontrastierte.
    »Commissario De Santis hat uns da eine, wie ich meine,
unlösbare Aufgabe gestellt«, begann Gambassi.
    »Er hat ordentlich Druck gemacht. Denn in dieser Sa-
che haben mich auch schon der Questore und der Capo
Procuratore angerufen. Außerdem hat mir Signor Fontana alles Material und alle Informationen bezüglich des
famosen Manuskripts zukommen lassen. Was meinen sie
zu dieser Sache?«
    Wolfrum wollte schon antworten, als Signora Monte-
alba mit den Getränken hereinkam. Sie stellte alles ab
und zog sich rasch wieder zurück.
    »Wir sind ganz ihrer Meinung, Dottor Gambassi«, sagte
Wolfrum.
    »Ein täuschend echtes Duplikat, ein Faksimile, einen
Fake, wie immer man sagen will, in wenigen Tagen her-

zustellen, ist völlig unmöglich. Und ein Surrogat anzubieten, würde die Entführer, sofern sie nicht vollkommen dämlich sind, auch nur für ein paar Minuten täuschen. Außerdem müsste man erst einmal ein passables Surrogat finden. Vermutlich wäre ein solches auch von erheblichem Wert und diesen Wert würde man, um es mal so zu formulieren, vor die Säue werfen.«

»Ich sehe, dass wir ganz auf einer Linie sind«, erwiderte Gambassi, der schon während Wolfrums Vortrag wiederholt genickt hatte, mit erfreuter Miene.

»Natürlich habe ich mich in in unserem Fundus umgesehen. Wir haben beispielsweise Handschriften von Diego de Nicuesa, Gaspar de Portola und Martin de Ursua, die eine ganz entfernte Ähnlichkeit mit Haenkes Bericht aufweisen. Auch wären sie für einen absoluten Laien, sofern man das Titelblatt fälschte, nicht ganz leicht von einander zu unterscheiden. Aber niemanden, der das Original oder die von Lorenzi zur Verfügung gestellten Kopien und die Inhaltsangabe des Haenkeoriginals kennt, könnte man damit täuschen. Es wäre sinnlos«, erklärte Gambassi.

»Auch in diesem Punkte sind wir uns einig«, sagte nun Berger.

»Also bleiben nur zwei Möglichkeiten. Entweder muss Signora Lorenzi den Entführern signalisieren, dass sie nicht im Besitz des Originals ist, und auch nicht in dessen Besitz kommen wird, oder De Santis und seine Leute werfen den Burschen etwas zu Fraße vor, was wie ein verpacktes Manuskript aussieht und schnappen sie dann rechtzeitig.«

»Sehr richtig«, meinte Gambassi. »Wir sind die Experten und wir sind uns einig. Ich denke, De Santis und natürlich auch der Questore und der Oberstaatsanwalt werden das schlussendlich auch einsehen. Ich werde gleich mit den beiden und dann auch mit De Santis telefonieren. Bleiben sie doch bitte solange hier.«

Dann bat Gambassi seine Sekretärin, ihn mit dem Questore zu verbinden.

Es dauerte nicht lange bis Gambassi den Questore in der Leitung hatte. Länger dauerte aber das folgende Gespräch, in dem Gambassi den Questore wortreich davon zu überzeugen versuchte, dass auch nur halbwegs brauchbare Duplikate, Fälschungen, Fakes oder Surrogate des Haenkenauskripts kurzfristig nicht zu beschaffen oder zu herzustellen wären. Immer wieder musste er auf seine Expertise und die der »Tedeschi molto esperti« verweisen. Schließlich lenkte der Questore ein.

Das folgende Telefonat mit dem Oberstaatsanwalt verlief ähnlich, aber deutlich kürzer. Bei De Santis musste Dottor Gambassi noch einmal seine ganze Autorität in die Waagschale werfen. Aber endlich war auch das geschafft.

Berger und Wolfrum hatten aufmerksam zugehört und beinahe hörbar aufgeatmet, als Gambassi nach insgesamt etwa 20 Minuten endlich den Hörer auflegen konnte.

»Dottor Gambassi ich glaube, sie haben sich einen Grappa verdient«, meinte Berger lachend.

»Später vielleicht, jetzt noch nicht«, , gab Gambassi zurück, »und es wird dann auch kein Grappa sein sondern ein alter Vecchia Romagna Eticheta Oro.«

Man verabschiedete sich und vereinbarte, wegen der Angelegenheit Lorenzi in Verbindung zu bleiben. Abschließend bat Gabassi die beiden noch, sich auch bei ihrem nächsten Besuch in Turin bei ihm zu melden.

Berger und Wolfrum leisteten sich auf dem Nachhauseweg noch ein weiteres Bier in der Bar Perotti. Nachdem sie ihre Bestellung aufgegeben hatten, setzten sich nach draußen.

»Schade eigentlich. Ich fürchte, aus dieser Entführungsgeschichte sind wir raus. Jetzt wo es gerade richtig spannend zu werden schien«, sagte Berger.

»Sieht ganz danach aus, und was mit den Büchern und der Versteigerung wird, scheint im Moment auch nicht absehbar zu sein. De Santis wird morgen die Lorenzi die Nummer »Spaziergang auf der Piazza San Carlo« abziehen lassen und wir sind leider nicht dabei. Es würde ja auch keinen Sinn machen mit den Vorbereitungen zur Übergabe weiter zu warten«, meinte Wolfrum.

»Aber lassen wir mal den morgigen Tag verstreichen. Am Sonntag können wir uns immer noch um einen Rückflug bemühen.«

Kaum dass er ausgesprochen hatte, klingelte sein Handy. De Santis rief an. Er bat die beiden, wenn irgend möglich, doch heute noch, es war mittlerweile etwa 17.30 Uhr, in die Questura zu kommen. Er und seine Leute befänden sich in einer Lagebesprechung und er habe noch ein paar wichtige Fragen an die beiden.

Wolfrum bat um einen Augenblick Geduld, besprach sich kurz mit Berger und sagte De Santis dann zu, dass sie in circa einer halben Stunde bei ihm sein würden. Berger ärgerte sich ein wenig, denn er wäre gerne noch am Po entlang gejoggt.

Sechzehntes Kapitel

Am Freitag, kurz vor 10 Uhr, saßen Commissario Andretti und die Ispettori Longo und Giuliani zusammen. Longo und Giuliani waren fleißig gewesen. Noch am gestrigen Tag hatten sie, ausgestattet mit den entsprechenden Vollmachten, Agostinis Bank, das zuständige Finanzamt und das Grundbuchamt besucht.

Longo berichtete: »Auf der Bank hat der famose Avoccato Agostini nicht viel, eher schon wenig. Die Agostinis wohnen zwar recht fürstlich, aber das Patrizierhaus in der Via del Carmine gehört der Ehefrau. An Immobilien, an denen auch der Avoccato Anteile hat, gibt es ein passables Ferienhaus in Finale Ligure und eine Art Chalet in Sestriere. Das Haus in Finale Ligure teilt er sich mit einem Anwaltskollegen, das Chalet ist ein Sargnagel. Offenbar hat Agostini sich damit verhoben. Gekauft hat es vor etwa sechs Jahren für rund 1, 3 Millionen. Jetzt sitzt er noch immer auf weit mehr als einer Million Schulden. Sein Depot ist praktisch leer und auf den Giro- und Tagesgeldkonten sieht es nicht viel besser aus«.

»Aber wird doch als Anwalt ordentlich verdienen«, meinte Andretti.

»Langsam, immer der Reihe nach«, sagte Longo.

»Der Fuhrpark ist durchaus standesgemäß. Agostini fährt einen ziemlich neuen Audi, die Ehefrau ein Mini Cabriolet und natürlich hat man noch eine Fuoristrada in der Garage, einen Range Rover Evoque. Der Sohn »begnügt« sich mit einem BMW 3er Cabrio und einer Kawasaki. Bemerkenswert ist noch, dass wir beim Finanzamt die Auskunft bekamen, dass Dottor Agostini schon seit Jahren nicht mehr als 120 000 Euro versteuert hat. Mir würde das natürlich reichen. Aber wenn man ein Ferienhaus an der Riviera und ein Chalet in Sestriere hat, sind das fast Peanuts«.

»Gut gemacht Jungs«, lobte Andretti, »Agostini hat ein Motiv. Er braucht offenbar dringend Geld. Wie es mit den Finanzen der edlen Ehefrau aussieht, wissen wir zwar nicht, aber im Notfall würden wir da auch noch drankommen«.

Ein Uniformierter betrat den Raum, wurde aber von Andretti wortlos wieder hinaus gewunken.

»Es ist sehr gut, dass ich diese Informationen jetzt schon habe, denn um 11 Uhr besucht mich die verehrte Gattin des Avoccato. Ihr beide seid so nett und knöpft euch heute noch einmal die Umberti vor. Diesen Deutschen, von denen ich euch berichtet habe, hat sie offenbar mehr erzählt als uns. Zieht über Agostini her und seid zu der Alten besonders höflich und freundlich. Dann werdet ihr vielleicht noch fündig«.

Die beiden Ispettori verließen das Büro. Es war erst 10:20 Uhr. »Also noch genug Zeit, um eine doppelten Caffe` bei Giuseppe zu nehmen«, dachte Andretti und verließ ebenfalls sein Büro.

Als er pünktlich wieder zurück kam, wartete auf einem der beiden Stühle vor seinem Büro bereits Laura Agostini. Sie war nicht ganz so attraktiv wie ihrer Schwägerin Beatrice Antinori, aber Ihre fünfzig Jahre sah man ihr nicht an, und es war nicht zu übersehen, dass sie aus gutem und betuchtem Hause kam.

Der Commissario war beeindruckt. Laura Agostini war dunkelhaarig, schlank, mittelgroß und perfekt gekleidet. »Ferragamo, Prada, Armani oder so was. Jedenfalls saumäßig teuer«, dachte Andretti.

Mit angenehmer Stimme und Sarkasmus sagte Laura: »Schön, dass Sie schon da sind Commissario. Bei einem italienischen Beamten hatte ich nicht unbedingt mit Pünktlichkeit gerechnet.«

»Aber verehrte Signora Agostini«, erwiderte Andretti etwas übereilig und scheinbar verlegen, »Unpünktlichkeit und Schlamperei können wir uns nicht leisten. Das sind die Privilegien italienischer Politiker. Außerdem wäre es nicht nur uncharmant, sondern geradezu eine Frechheit, eine Dame wie sie, warten zu lassen.«

Letztere Höflichkeit sagte er mit Bedacht. Andretti war von Laura Agostini durchaus angetan, aber er war viel zu abgebrüht und erfahren, als sich von Charme und Eleganz beeinflussen zu lassen. Sie betraten Andrettis Büro und setzten sich.

»Wie Sie wissen Signora«, begann Andretti, »gibt es bezüglich des tragischen Ablebens ihrer Tante Alaria Ungereimtheiten. So wie die Dinge liegen, können wir sogar ein Verbrechen nicht ausschließen.«

Laura nickte, schwieg aber.

»Medikamente, vielleicht falsche Medikamente, die ihre werte Tante wegen ihrer Zuckerkrankheit nahm, könnten eine Rolle gespielt haben. Wissen sie denn, welche Medikamente ihre Tante zu sich nahm?«, fuhr Andretti fort.

»Präzises dazu kann ich leider nicht sagen Commissario. Um die Medikamente der lieben Tante kümmerte sich Signora Umberti. Sie hat ihr diese immer in einer Box für die ganze Woche vorbereitet. Amaryl hieß, glaube ich, eines der Medikamente. Sie nahm auch noch etwas für die Leber und die Verdauung. Wie diese Pillen hießen, weiß ich jedoch nicht. Aber sie haben doch sicherlich mit Signora Umberti darüber schon ausführlich gesprochen?«

Andretti ging auf die Frage nicht ein, sondern fragte selber: »Gibt es denn in ihrer Familie oder ihrem engeren Freundeskreis Personen, die unter Diabetes leiden und entsprechende Medikamente einnehmen?«

»Was soll das denn mit Alarias Tod zu tun haben?«.

»Eine Routinefrage, wenn Sie einfach so freundlich wären darüber nachzudenken«, beharrte Andretti.

»Da muss ich in Ruhe überlegen.«, antwortete Laura Agostini, schloss die Augen und dachte nach.

»Nein, in der Familie gibt es niemanden«, fuhr sie nach einer Weile fort.

»Aber eine sehr gute Freundin meiner Schwiegermutter, Elena Vitale, hat es auch mit dem Zucker.«

»Wissen sie denn, was sie einnimmt?«

»Nein, natürlich nicht. Aber man könnte sie ja fragen. Ist das denn wirklich wichtig? Was sollte sie denn mit dem Tod der Tante zu tun haben?«, meinte Laura.

»Das weiß ich auch noch nicht. Aber wir müssen alles, auch das scheinbar Unmögliche, bedenken«, erwiderte Andrettii.

»Ist denn diese Frau ... ... .wie hieß sie gleich?«

»Vitale, Elena Vitale«, kam ihm Laura zu Hilfe.

»Also diese Signora Vitale und die Tante, sind die denn

in letzter Zeit, oder sagen wir im letzten halben Jahr, auch mal irgendwo zusammen gekommen?«

»Kann schon sein, dass sich Signora Vitale und Tante Alaria im letzten Jahr bei irgendeiner Gelegenheit getroffen haben, aber wann und wo genau, kann ich ihnen leider nicht sagen. Im letzten halben Jahr haben sie sich bestimmt nicht getroffen«, sagte Laura

»Moment«, fuhr sie rasch fort, »letztes Jahr im September haben sie sich bei uns in Finale Ligure getroffen. Die Tante verbrachte ein paar Tage bei Beatrice in Savona. Beatrice Antinori ist meine Schwägerin, wie sie vermutlich wissen, und Elena war mit der Schwiegermama in Finale Ligure. Wie und warum das Treffen zustande kam, weiß ich nicht. Aber mit Beatrice, ihrem Sohn und deren Freunden haben wir uns in den Jahren schon des öfteren in Savona, Finale Ligure oder einem der anderen Örtchen da unten getroffen. Was ist denn so wichtig daran?«

»Ich weiß es noch nicht, wie ich schon sagte, vielleicht bin ich auch auf einer ganz falschen Spur«, erwiderte der Commissario.

»Ist denn diese Signora Vitale oft in ihrem Ferienhaus dort unten«, fuhr er fort.

»Vor zwei, drei Jahren war sie mit der Schwiegermutter öfter dort unten als wir. Manchmal schon im Mai und auf jeden Fall im Juni und im Oktober. So viel Zeit haben wir nicht. Aber so stand das Haus jedenfalls nicht so lange leer. In den Sommermonaten sind natürlich auch die Kinder mit Freunden oft dort«.

»Ihr Mann kommt sicherlich ab und zu auch mit Signora Vitale zusammen? Wahrscheinlich haben sie sich auch schon in ihrem Haus dort unten getroffen«, fragte Andretti.

»Ab und zu sicherlich«, antwortete Laura, »aber ich verstehe wirklich nicht, was diese Fragen mit dem Tod von Tante Alaria zu tun haben sollen.«

»Signora Agostini, es geht darum, ob jemand, der in letzter Zeit und speziell am Todestag ihrer Tante in der Villa war, Zugang zu Diabetesmedikamenten hatte. Das muss ich eindeutig klären. Daher meine Fragen, die ihnen so merkwürdig vorkommen mögen. Niemanden, auch ihren Mann nicht, können wir in dieser Sache ohne weiteres von der Liste der Verdächtigen streichen.«

»Ich verstehe. Aber wenn es in erster Linie um diese Medikamente geht, dann wäre, so absurd es klingen mag, doch Signora Umberti die Hauptverdächtige«, sagte Laura.

»Das stimmt«, erwiderte der Commissario, »aber Signora Umberti war ihrer Tante schon lange treu ergeben. Das wurde uns von allen Seiten bestätigt. Außerdem ist sie völlig unbescholten, gilt als absolut integer und hat keinerlei Motiv. Jedenfalls kein Motiv, das wir kennen würden.«

Andretti fuhr fort: »Ich bedanke mich auf jeden Fall vielmals bei ihnen. Es war sehr, sehr freundlich, dass sie mir so bereitwillig Auskunft gegeben haben.«

»Keine Ursache Commissario. Nur Schade, dass ich ihnen nicht wirklich helfen konnte. Also buona giornata Commissario«, erwiderte Laura Agostini, nahm ihre Fendi-Handtasche und verließ das Büro. Andretti blieb noch eine ganze Weile sitzen und dachte nach.

Als De Santis von Dottor Gambassi die unerfreuliche Nachricht bezüglich des Manuskripts erhalten hatte, hatte er unverzüglich seine Leute zusammengerufen. Schon am Vormittag hatte er die Carabinieri Capitano Cesare Martini und Tenente Gianluca Rinaldi ausführlich über den Fall Lorenzi informiert. Auch diese beiden waren bei der späten Besprechung anwesend. Man saß in einem großen Besprechungsraum, welcher mit zwei Tafeln, Leinwand und Beamer ausgestattet war. De Santis' Sekretärin hatte Getränke bereitgestellt.

»Wir bekommen, verdammt nochmal, nichts was wir als brauchbaren Fake des Originalmanuskripts anbieten könnten. Wenn es um praktische Dinge geht, kriegen diese Schöngeister, diese Intellektuellen nichts auf die Beine. Ich ärgere mich, aber das hilft uns jetzt auch nicht weiter.«

Er machte eine kurze Pause und blickte zu Maria Costa: »Immerhin wissen wir, dank dir Maria, dass Lorenzi ziemlich in den Miesen ist. Vielleicht steckt er doch selber hinter dieser Sache. Nun gut, irgendetwas, was in den Ausmaßen dem alten Ding entspricht, vorschriftsmäßig zu verpacken, dürfte kein Problem sein.«

Er sah zu Maldini und Fabri: »Ihr beide kümmert euch darum. Und denkt daran, euch wegen des GPS-Senders und Trackers von der Technik genauestens beraten zu lassen.«

»Wird gemacht Chef«, flöteten Maldini und Fabri im Chor.

»Das mit der Abschirmfolie, da waren wie uns einig«, fuhr De Santis fort, »ist ein schlechter Scherz. Es nährt den Verdacht, dass Laien am Werk sind. Als ob jemand eine schlechten Agententhriller gelesen hätte. Aber Vorsicht, vielleicht will man uns einfach nur verarschen.«

»Ist die Lorenzi bereits informiert?«, fragte Fabri.

»Kommt noch, erst müssen wir uns Gedanke darüber machen«, De Santis sah zu Capitano Martini, »wie wir, sobald die Übergabe ansteht, vorgehen wollen.«

Sowohl die Carabinieri, wie die Polizia di Stato hatten reichlich Erfahrung in Entführungssachen. So konnte auch für diesen Fall, obwohl Einzelheiten der Übergabe noch nicht bekannt waren, grundsätzliche Dinge besprochen und geplant werden.

Noch während die Mannschaft um De Santis mitten in der Diskussion war, erschienen Berger und Wolfrum in der Questura. De Santis' Sekretärin war natürlich nicht mehr anwesend. Begrüßt wurden sie daher von einem jungen Polizeibeamten, den der Commissario entsprechend instruiert hatte. Dieser nahm die zwei in Empfang und versprach, dem Commissario sofort Bescheid zu geben. Der junge Beamte kam rasch wieder zurück und sagte, dass Commissario De Santis in etwa zehn Minuten da sein würde.

So war es dann auch. De Santis bat die beiden in sein Büro und kam gleich zur Sache.

»Natürlich bin ich enttäuscht, dass es mit dem Duplikat nicht geklappt hat. Aber sie sind die Experten und sie werden nach bestem Wissen und Gewissen entschieden haben«, begann der Commissario.

Wolfrum wollte schon antworten, aber De Santis winkte ab und fuhr fort: »Wir wollen nicht mehr darauf eingehen. Jetzt sind andere Dinge wichtig. Ich denke, Sie kennen Lorenzi besser als ich. Entschuldigen Sie diese blöde Bemerkung, denn ich kenne ihn persönlich überhaupt nicht. Wie Sie mir erzählten, waren Sie letzte Woche sogar in seinem Wochenendhaus eingeladen. In so einer zwanglosen Atmosphäre kommen durchaus mal Dinge zur Sprache, vor allem wenn ein bisschen getrunken wird, die im geschäftlichen Rahmen unerwähnt bleiben«, er sah die beiden erwartungsvoll an.

»Das kann schon vorkommen«, antwortete Berger. »Aber Commissario, was meinen Sie denn konkret.?«

»Konkret meine ich, ob in dieser entspannten Runde Dinge zur Sprache kamen, die darauf hingedeutet hätten, dass sich Lorenzi in wirtschaftlichen Schwierigkeiten befindet. Zum anderen würde mich interessieren, ob Lorenzi persönlich mit dem Erwerb des vermaledeiten Manuskripts geliebäugelt hat«.

Berger und Wolfrum sahen sich an, dachten eine Weile nach und beide schüttelten dann den Kopf.

»Tut uns leid Commissario De Santis, dazu können wir partout nichts beitragen. Wir hatten uns auch schon mit diesen Themen befasst und waren, nicht fündig geworden«, erklärte Berger.

»Wir wissen inzwischen, dass Lorenzi in finanziellen Schwierigkeiten steckt. Sie beide sind kluge Köpfe und aufmerksame Beobachter. Ich hatte auf irgendeinen Hinweis gehofft. Aber ich danke ihnen auf jeden Fall. Sie werden Turin ja wohl bald verlassen. Ihre Personalien habe ich. Nicht erschrecken, falls ich mich noch einmal melde«, beendete De Santis das Gespräch.

Siebzehntes Kapitel

Der Samstag hielt für unsere beiden Freunde eine weitere Überraschung bereit. Da an kriminalistischen Abenteuern nichts zu erwarten war, hatten Berger und Wolfrum noch am Freitag Abend beschlossen, den Tag für kulturelle Unternehmungen zu nutzen. Vor dem Frühstück wollte Berger allerdings noch einige Kilometer am Po entlang laufen. Berger war extra etwas früher aufgestanden als gewöhnlich, um nicht allzu spät zum Frühstück zu erscheinen.

Schon gegen 9.15 Uhr kam er frisch geduscht und gut gelaunt in den Frühstücksraum, wo Wolfrum bereits eine ordentliche Portion Rührei mit Speck verdrückte. Solche Sachen kamen für Berger zum Frühstück natürlich nicht infrage. Nach dem relativ gemütlichen Morgenlauf stand ihm der Sinn zunächst nach einem großen Glas Orangensaft gemischt mit Wasser. Dann folgten zwei Tassen Caffé Latte, Räucherlachs auf Toast, ein paar Scheiben Schinken und schließlich noch ein hausgemachter Joghurt.

Während des Frühstücks wurden noch einmal die Pläne für den Tag durchgesprochen und darüber räsoniert, ob man sich nicht schon heute um einen Rückflug am Montag kümmern sollte.

»Ich habe zuhause, wie besprochen, unsere Rückkehr noch nicht verbindlich angekündigt, aber gesagt, dass wir möglicherweise am Montag kommen«, sagte Wolfrum.

Berger kaute an seinem Schinken und nickte nur.

»Gesten waren bei der Lufthansa und bei der Air Dolomiti noch Plätze frei. Erfahrungsgemäß bekommt man auch relativ kurzfristig Plätze. Da müssen wir uns keine Sorgen machen«, ergänzte Wolfrum.

»Alles klar«, meinte Berger, »nun also die Frage, ob wir erst in die Sabauda, oder erst in die Armeria gehen?«.

»In der Sabauda waren wir schon. Ich schlage daher als erste Station die Armeria vor«, antwortete Wolfrum.

So wurde es beschlossen und gegen 10.15 Uhr machten sich die zwei auf den Weg.

Noch am späten Freitag Abend hatte De Santis Signora Lorenzi davon informiert, dass von seiner Seite alles vorbereitet sei, und sie morgen den Weg zur und über die Piazza San Carlo nehmen solle. Signora Lorenzi hatte eine weitere schlechte Nacht verbracht, fühlte sich aber einigermaßen beruhigt, da sie annahm, ihren Mann nun bald wohlbehalten zurück zu bekommen.

Schon am frühen Morgen hatte sie wieder Besuch von ihrer besten Freundin bekommen. Die Lorenzi hatte inständig um diese Stütze gebeten und De Santis hatte, nachdem er sich mit der Dame unterhalten hatte, eingewilligt. Signora Lorenzi war sehr erleichtert gewesen, als sich ihre Freundin dann als Begleiterin bei dem tragikomischen Gang über die Piazza angeboten hatte. Um zu ihrem »Auftritt« keinesfalls zu spät zu kommen, hatte sie ein Taxi bestellt, welches pünktlich um 10.15 Uhr vor der Tür stand.

Erfahrungsgemäß war die Piazza San Carlo am Samstag Vormittag durchaus belebt. De Santis und seine Leute hatten sich natürlich Gedanken darüber gemacht, von wo aus die Entführer die Piazza wohl im Blick haben würden. Sie könnten zur vereinbarten Zeit selber über den Platz laufen, könnten in einem der berühmten Caffes sitzen oder könnten den Platz auch von einem Fenster der vielen Gebäude, die das Geviert umgaben, beobachten. Sie bei dieser Gelegenheit zu identifizieren oder gar zu schnappen, war nahezu aussichtslos. Man hatte daher beschlossen, der Form halber, vier Beamte auf die Piazza zu schicken, die Signora Lorenzi im Auge behalten sollten.

Der Gang über die Piazza verlief erwartungsgemäß völlig komplikationslos. Niemand, der die beiden gut gekleideten Damen sah, wäre auf den Gedanken gekommen, dass diese Protagonistinnen in einem Entführungsfall waren. Auch, dass sich Signora Lorenzi in dem grünen Kostüm überhaupt nicht wohl fühlte, war nicht offensichtlich. Nachdem eine ihrer Freundinnen gesagt hatte, dieses grüne Kostüm erinnere sie ein wenig an ein Modell, welches Queen Elisabeth getragen habe, hatte Signora Lorenzi dieses Teil längst in den Keller verbannt gehabt.

Nachdem der Gang gemeistert war, gingen die beiden Damen leichteren Herzens ins Caffé Stratta und erholten sich bei einem Gläschen Limoncello, einem Cappuccino und einem Stück Johannisbeerkuchen. Man hatte vereinbart, dass die Damen spätestens um 13.30 Uhr wieder zuhause sein sollten, da mit einer baldigen Mitteilung der Entführer gerechnet wurde.

In der Nähe der Via S. Massimiliano Kolbe stand diesmal kein Fiat Doblo, sondern ein weißer Fiat Ducato. Im Laderaum, der ein formidables Abhörequipment beherbergte, saßen zwei Männer. De Santis und seinen Leuten war die leistungsfähige GSM-Wanze, die seit über einer Woche das Lorenzische Wohnzimmer zierte, bisher entgangen. Ehrlich gesagt, hatten sie an einen solchen »Besucher« überhaupt nicht gedacht.

Vorletzte Woche, als Lorenzi noch damit rechnete, Zugriff auf das Manuskript zu bekommen, hatte er zuhause zwei etwas obskure Herren empfangen. Diese hatten ihm nicht nur eine sagenhafte Provision versprochen, falls er es bewerkstelligen würde, ihnen das Manuskript, natürlich mit Zustimmung der Besitzerin, zu verkaufen, sondern als »Sonderleistung« gleich 10.000 Euro hinterlassen. Als weiteres »Geschenk« hatten sie auch die besagte Wanze zurückgelassen. Der »Firmensitz« der beiden Herren befand sich in Kalabrien. Ein schweizerischer Geschäftsmann hatte den Chef des kalabrischen »Unternehmens« kontaktiert und um diskrete, notfalls aber auch indiskrete, Beschaffung des Manuskripts gebeten; gegen fürstliche Bezahlung, versteht sich.

Die Damen kamen pünktlich zurück und. Signora Lorenzis Freundin wurde verabschiedet. Im Wohnzimmer saßen nun, teils gespannt, teils nervös, De Santis, Costa, Fabri, eine junge Polizeibeamtin, ein Mann von der Technik und die Lorenzi und harrten der Dinge, die da kommen würden.

Die Wartenden wurden nicht allzu lange auf die Folter gespannt. Schon um 14.23 erhielt der Techniker eine Anruf, in dem es hieß, dass sich Lorenzis Handy in der Nähe des *Parccheggio Valdo Fusi* eingeloggt habe. Wenig später klingelte das Telefon. Signora Lorenzi wollte schon abheben, als Fabri sie zurückhielt. Nach viermaligem Läuten durfte sie endlich abheben. Das Telefon war auf Lautsprecher gestellt, natürlich wurde auch mitgeschnitten.

Auf Signora Lorenzis: »Pronto«, folgte in makellosem, aber leicht verzerrtem, Italienisch eine Anweisung, die sich anhörte, wie von Band abgespielt: »*Geben sie unverzüglich Dottor Berger Bescheid. Fontana kennt ihn gut. Er soll die Übergabe des Manuskripts übernehmen*«. Diese Ansage wiederholte sich noch einmal, dann wurde der Anruf beendet.

Zunächst sprach niemand. Dann sagte der Techniker: »Das Handy war an diesem Parccheggio, ist jetzt aber wieder weg«.

De Santis gab der jungen Beamtin ein Zeichen, die darauf hin mit Signora Lorenzi das Zimmer verließ.

»Was ist das denn nun? Das ist ja vollkommen absurd? Was hat denn dieser Berger mit der Sache zu tun? Wieso kennen die den überhaupt?«, meinte Costa.

»Komisch, sehr komisch zweifellos. Aber an den Namen können die Burschen natürlich über Lorenzi gekommen sein. Vielleicht denken sie, dass Lorenzis Frau nicht die Nerven hat, die Übergabeaktion zu meistern. Vielleicht ist auch es ein Vorschlag von Lorenzi«, bemerkte Fabri.

»Wie dieser Berger ins Spiel kam, werden wir im Moment wohl nicht klären können. Es ist nun mal so, und nun müssen wir den Herrn, der hoffentlich noch in Turin ist, so rasch wie möglich verständigen, beziehungsweise hier her bitten«, knurrte De Santis.

»Ich mache das gleich. Ich habe die Nummer von Wolfrum und so wie ich die beiden kenne, werden sie gerade gemeinsam etwas unternehmen. Sollten sie noch in Turin sein, stecken sie vermutlich in irgendeinem Museum.«

In einem Museum waren Berger und Wolfrum nicht, als sie De Santis' Anruf erreichte. Mehr als zwei Stunden waren sie durch die Säle der Armeria Reale gewandert und hatten unter anderem das Schwert Napoleons, dass er bei seinem Ägyptenfeldzug und in der Schlacht bei Marengo bei sich hatte, bestaunt Leicht erschöpft waren sie dann zu ihrem geliebten Caffé Mulassano gegangen, wo sie gerade einen sehr leichten, trockenen Weißwein und Berger ein Tramezzino mit Hummerfleisch, Wolfrum eines mit Trüffeln genossen.

Wolfrum fühlte sich vom Klingeln seines Handys geradezu gestört, besonders in dieser ehrwürdigen Atmosphäre. Leicht verärgert ging er nach draußen und nahm, wie er schon gesehen hatte, den Anruf De Santis' entgegen.

»Signor Wolfrum, entschuldigen sie, dass ich sie schon wieder belästige. Sind sie noch in Turin, und vor allem, ist Dottor Berger zu erreichen?«, begann der Commissario.

»Wir sind noch in Turin. Was gibt es denn Dringendes?«, antwortete Wolfrum etwas unwirsch.

»Ich hätte sie bestimmt nicht gestört, wenn es nicht um etwas wirklich Wichtiges ginge«, versuchte De Santis zu beschwichtigen. »Aber in der Entführungssache ist etwas Unerwartetes eingetreten. Wir brauchen Dottor Berger ganz dringend. Näheres erzähle ich ihnen, wenn wir uns in der Questura treffen. Sie müssen natürlich nicht sofort kommen. Aber bitte richten sie es so ein, dass wir uns spätestens um 17 Uhr treffen können.«

»Sie werden sich sicherlich keinen Scherz mit uns erlauben Commissario. Ich werde Berger Bescheid geben und wir werden spätestens um 17 Uhr, eher etwas früher, bei Ihnen sein.«

Mit: »Tausend Dank, Signor Wolfrum und viele Grüße an Dottor Berger«, beendete De Santis das Gespräch.

Berger schaute schon sehr gespannt, als Wolfrum zurückkam.

»Könnte sein, dass wir für Montag keinen Flug brauchen. Es war De Santis. Der braucht dich unbedingt. Es scheint eine interessante Wendung in der Entführungssache gegeben zu haben. Aber warum die ausgerechnet dich brauchen, hat er mir nicht erklärt. Wir sollen spätestens um fünf Uhr auf die Questura kommen. Ich glaube, wir nehmen davor einen Averna. Genug Zeit bleibt ja noch«, erklärte Wolfrum dem staunenden Berger.

Dieser konnte nur sagen: »Das ist ja ein Ding.«

Die beiden Avernas bestellten sie etwas später. Der Besuch in der Sabauda fiel ins Wasser, aber vielleicht erwartete sie ja ein wesentlich aufregenderes Erlebnis.

»Wochenende hin oder her«, hatte Andretti zu Longo und Giuliani gesagt, »wir müssen in unserer Sache weiterkommen. Der Vicequestore hat mich schon zweimal angerufen und um baldigen, erfolgreichen Abschluss des Falls gebeten«.

Also traf man sich am Samstag um 10 Uhr bei Andretti, um die Lage zu besprechen. Diese Konferenz dauerte allerdings nicht lange, denn es gab leider keine neuen, brauchbaren Erkenntnisse. Die nochmalige Befragung von Signora Umberti hatte nichts gebracht und nur deren Widerwillen hervorgerufen.

»Egal, ob die Alte sich ärgert«, erklärte Andretti, »wir werden, ohne das sie es merkt, gründlich in ihrer Lebensgeschichte herumrühren. Männer, Kinder, Enkel, sonstige nahe Angehörige, frühere Beschäftigungen und natürlich auch die Finanzen. Vielleicht findet sich was. Für heute ist Schluss. Fangt am Montag an und nehmt euch Conti dazu«.

Damit war die Unterredung beendet. Longo konnte für das Wochenende mit seiner Paola planen und Giuliani sich aufs Angeln mit seinen Kumpeln freuen.

Pünktlich um 17 Uhr trafen Berger und Wolfrum in der Questura ein, wo De Santis und Fabri sie schon erwarteten. In der Zwischenzeit war im Hause Lorenzi eine weitere Anweisung eingetroffen. Gegen 16.15 Uhr hatte der Fahrer eines privaten Zustelldienstes ein Schreiben abgegeben. Der Text des Compu-terausdrucks, auf x-beliebigem Papier verfasst, lautete: »*Berger soll sich für Montag 13 Uhr bereit halten. Falls zuvor keine anderen Anweisungen ergehen, soll er sich auf die A 32 Richtung Bussoleno begeben. Weitere Anweisungen erfolgen, sobald er unterwegs ist*«.

Sofortige Nachforschungen hatten ergeben, dass eine eher groß gewachsene, dunkelhaarige Frau von etwa 22 Jahren, die mit Jeans und dunkelblauer Bomberjacke bekleidet war, die Zustellung gegen 15 Uhr in Auftrag gegeben hatte. An der jungen Frau sei überhaupt nichts verdächtig gewesen, hieß es. Die kriminaltechnischen Untersuchungen des Schreibens, von denen sich De Santis nichts versprach, liefen noch.

De Santis machte Berger und Wolfrum, ohne umständliche Präliminarien, mit dem Stand der Dinge vertraut. Nachdem er seinen Bericht beendet hatte, trat erst einmal Schweigen ein. Berger und Wolfrum sahen sich mit langen Gesichtern an.

»Ich werde diese Aufgabe natürlich übernehmen«, sagte Berger schließlich, »aber, Commissario De Santis, ich wäre sehr gerne darüber informiert, wie ihre Verfolgungs- und Überwachungsplanungen aussehen werden. Und natürlich muss mir auch rechtzeitig geklärt werden, mit welchem Fahrzeug ich auf Reisen gehen soll.«

»Zu unserer Überwachung kann ich ihnen jetzt schon so viel sagen, dass wir, die Leute von der Abteilung, mit zwei Fahrzeugen folgen werden und, dass die Carabinieri mit drei Fahrzeugen an verschiedenen Stellen der A 32, falls es dabei bleiben sollte, postiert sein werden. Das Paket ist mit GPS Tracker versehen, ihr Fahrzeug, dazu komme ich gleich noch, natürlich auch«, erläuterte De Santis.

»Sie bekommen ein unauffälliges, aber leistungsfähiges Fahrzeug, eine Giulietta, von uns. Sie können sich morgen schon einmal damit vertraut machen, wenn sie möchten«, fügte er an.

»Wann und wo soll ich mich morgen zur Probefahrt, wenn ich mal so sagen darf, melden«, fragte Berger.

»Lieber Dottor Berger, da richten wir uns gerne ganz nach ihnen«, erwiderte De Santis.

Berger blickte kurz zu Wolfrum und sagte dann: »Ich nehme an, mein Freud darf mich begleiten?«.

De Santis nickte lebhaft: »Morgen schon.Bei der Übergabe natürlich nicht«

»Dann kommen wir morgen ziemlich zeitig, so gegen 10.30 Uhr«, , fuhr Berger fort, »denn dann bleibt uns noch genügend Zeit für eine Unternehmung am Nachmittag.«

»Alles klar«, , sagte De Santis, »also sehen wir uns morgen um 10.30 wieder hier auf der Questura.«

Bevor man sich verabschiedete, gab Berger De Santis noch seine Handynummer und der Commissario nannte eine Nummer unter der er jederzeit erreichbar sein würde.

Auf dem Weg zurück zum Hotel beschlossen die beiden ihr Abendessen in der *Taverna delle rose*, die nicht weit vom Hotel lag, einzunehmen. Außerdem durften sie nicht vergessen, zuhause Bescheid zu geben, dass sich ihr Aufenthalt in Turin noch um ein paar Tage verlängern würde.

Achtzehntes Kapitel

Die beiden Freunde waren etwas früher als gewöhnlich zum Frühstück erschienen, da sie jede Hetze vermeiden wollten. Während des Frühstück war es zunächst weniger um das aktuelle Abenteuer als um die Fußballspiele des gestrigen und des heutigen Tages gegangen.

Wolfrums »Löwen« hatten bereits am Freitag ausnahmsweise wieder einmal gewonnen. Noch immer aber drohte der direkte Abstieg aus der 2. Liga. Die Bayern, die längst Meister waren, hatten sich zum Verdruss Bergers den Scherz geleistet zuhause gegen Augsburg zu verlieren. Allerdings hatten die Bayern nach der 13. Minute nur noch mit zehn Mann gespielt. Keeper Reina hatte eine rote Karte bekommen. Mit nur zehn Mann war es ihnen, gegen die fußballerisch doch sehr limitierten Gäste, zwar immer noch gelungen die Partie überlegen zu gestalten, aber gebügend Tore hatten sie nicht geschossen.

Schließlich wandten sie sich dem aktuellen Problem zu.

»Die Einführung in das Polizeiauto wird ja nicht besonders lange dauern, « meinte Berger, »und auf eine Probefahrt verzichte ich natürlich. Viel wichtiger scheint mir zu sein, dass sie mir sagen, wie ich mich verhalten soll, wenn ich mit den Kidnappern in Kontakt komme. Ich vermute, dass sie mich auf irgendeine Weise verkabeln werden, wie man so sagt. In jedem Falle bleibt zu hoffen, dass die Burschen nicht die Nerven verlieren, wenn sie mich sehen«.

»Da hast du recht mein Lieber. Eine Kaffeefahrt wird das nicht. Ich habe mich ohnehin gewundert, dass du, ohne lange nachzudenken, zugesagt hast. Niemand hätte dich zwingen können, diesen Job zu übernehmen«, erwiderte Wolfrum.

»Weiß denn deine Susanne Bescheid?«, fügte er noch an.

»Ihr habe ich nichts gesagt. Mein Vater und Ulrich wissen aber Bescheid. Sie meinten, klar, dass du das machst«, antwortete Berger.

»Lassen wir das jetzt mal gut sein. Mit der Autogeschichte werden wir sicherlich noch vor 12 Uhr fertig sein. Also bleibt uns noch mehr als genug Zeit einen gemütlichen Ausflug zur Superga zu machen. Vermutlich können wir am Nachmittag auch noch völlig stressfrei in die Galleria civica wandern«, sagte Wolfrum.

Wenig später, es war ca. 9.45 Uhr, machten sich die zwei auf den Weg zur Questura. Wie Wolfrum vermutet hatte, war die Einweisung in das Polizeifahrzeug schnell erledigt. Bergers Frage, wie er sich denn auf der morgigen Fahrt und bei eventuellem persönlichen Kontakt mit den Entführern, verhalten solle, beantwortet De Santis mit: »Halten sie sich einfach an die Anweisungen dieser Ganoven. Keine Risiken, keine Extratouren, keine Heldentaten. Wir bleiben über die Freisprechanlage in ständigen Kontakt. Falls sie von uns spezielle Anweisungen erhalten, richten sie sich natürlich nach diesen. Wir treffen uns morgen um 10 Uhr in der Questura.« Man verabschiedete sich, die beiden gingen in ihr Hotel zurück, holten das Auto aus der Garage und machten sich auf den Weg zur Basilica di Superga.

Der weitere Sonntag verlief ruhig und wie geplant.

Noch vor dem Abendessen im Hotel konnte Berger ein weiteres Mal gemütliche am Po entlang joggen. Am morgigen Tag wartete eine nicht ganz alltägliche Aufgabe auf ihn. Vermutlich schlief er deswegen nicht ganz so gut, wie er es gewohnt war.

Nach dem Frühstück am Montag waren Berger und Wolfrum zunächst gemeinsam zur Questura gelaufen. De Santis hatte sie bereits erwartet und war dann mit Berger und Costa zum Hause Lorenzi gefahren. Wolfrum, dass hatte er durchaus eingesehen, konnte an der bald folgenden Aktion natürlich nicht teilnehmen. Natürlich war er enorm gespannt und neugierig und wäre gerne dabei gewesen. Aber er musste sich den Tag auf andere Weise gestalten. Berger hatte ihm versprochen, ihn, sobald es die Lage zuließ, anzurufen und zu informieren. Schon beim Frühstück hatte Wolfrum sich zurecht gelegt, dass er zunächst zum Castello del Valentino und danach zur Villa della Regina wandern würde. Beide Sehenswürdigkeiten waren zu Fuß gut zu erreichen und unterwegs würde er sicherlich auch etwas finden, um eine erquickliche Mittagspause einlegen zu können.

Als Berger mit De Santis und Costa im Haus Lorenzi eintrafen, herrschte dort schon eine angespannte Atmosphäre. Neben Signora Lorenzi, einem jungen Beamten, zwei Technikern, Fabbri und Maldini war auch Capitano Cesare Martini anwesend. Nicht weit von Lorenzis Haus entfernt, stand auch wieder der weiße Fiat Ducato.

Sobald klar sein würde, dass sich Berger auf den Weg zur A 32 machen würde, würden ihm De Santis und

Costa, sowie Fabri und Maldini in unterschiedlichem Abstand folgen. Die Carabinieri hatten bereits zwei Fahrzeuge auf der A 32 Richtung Bussoleno und eines in der Gegenrichtung postiert. Drei weitere Fahrzeuge standen, für den Fall, dass sich die Route kurzfristig ändern sollte, am Borgo San Salvario bereit. Berger ertappte sich dabei, dass er häufig auf die Uhr blickte. Schon zu zweiten Mal war er zum Rauchen vor die Tür getreten. Er war nervös.

Um 12.34 Uhr ging auf Signora Lorenzi eine SMS, wieder vom Handy ihres Mannes, ein: »*Nicht A 32! Berger soll die A 6 Richtung Carmagnola nehmen. Unbedingt das Handy von Signora Lorenzi mitnehmen! Weitere Anweisungen folgen!*«.

»Merda«, entfuhr es De Santis. »Aber wir sind darauf eingestellt«. Martini telefonierte sofort mit seinen Leuten. Berger ging vor die Tür, um seine nächste Zigarette zu rauchen.

»Machen sie sich auf den Weg«, sagte De Santis zu ihm, als er wieder im Hause war. »Es herrscht, wie immer, ein Scheißverkehr. Fahren sie nach dem Navi, es wird sie über den Corso Casale führen. Viel Glück!«.

Berger überprüfte seine Zigarettenverrat und blickte auf die Uhr. Es war 12.47 Uhr, als er losfuhr. De Santis hatte recht gehabt, es herrschte ein schrecklicher Verkehr.

Es kam, wie es kommen musste, auf dem Coso Casale, kurz vor dem Ponte Vittorio Emanuele I., kam der Verkehr ins Stocken und schließlich zum Erliegen. Berger informierte De Santis sofort über die ständig aktivierte Freisprechanlage.

»Ruhig bleiben, wir schicken ein Fahrzeug mit Blaulicht. Sobald das Fahrzeug in ihre Nähe kommt, steigen sie aus und winken. Sie hängen sich dann dran«, versuchte dieser ihn zu beruhigen.

Es dauerte dennoch geraume Zeit, bis das besagte Gefährt auftauchte. Hinter diesem fuhr Berger dann über die Via Villa della Regina und den Corso Giovanni Lanza her, bis er schließlich auf dem Corso Moncalieri wieder Richtung A6 war. Berger schwitzte trotz Klimaanlage. Hinter Moncalieri stieß er endlich auf die A6 und konnte sich nicht nur etwas entspannen, sondern sich auch eine Zigarette anzünden.

Er gab durch: »Bin jetzt auf der A 6«. Etwa auf der Höhe von Vallongo klingelte das Handy der Lorenzi, das er zum Glück nicht vergessen hatte. Über die übliche Freisprechanlage nahm Berger den Anruf an. Eine Männerstimme sagte kurz: »*Nennen sie uns Fahrzeugtyp und Nummernschild*«. Berger tat wie geheißen. »*Fahren sie bei der Raststätte Rio dei Cocchi ab. Verstanden?*«, hieß es dann noch.

»Verstanden«, antwortet Berger. Dann war der Anruf beendet. Unverzüglich informierte Berger De Santis, der das Gespräch aber bereits mitgehört hatte. De Santis, der Berger per GPS ständig auf dem Schirm hatte, sagte ihm, dass er in weniger als zehn Minuten an der besagten Raststätte sein werde. Fast gleichzeitig wurde ein Fahrzeug der Carabinieri dort hin beordert.

An der Raststätte fuhr Berger auf einen der wenigen freien Parkplätze. Er nahm das Handy mit und stieg aus, um sich die Füße zu vertreten. Er fühlte sich verspannt, aber die Nervosität hatte nachgelassen.

Die Turiner Polizeibeamten waren Berger im Abstand von drei respektive vier Kilometern gefolgt und würden die Raststätte auch bald erreichen. Nicht weit hinter De Santis war, in immer gleichem Abstand, ein schwarzer Audi A 4 gefahren. Ein Fahrzeug der Carbinieri war von San Salvario aus Richtung Carmagnola gestartet und hatte die Raststätte schon vor Berger erreicht. Ein anderes Fahrzeug war etwas später in Carmagnola losgefahren und näherte sich der Raststätte aus Richtung Süden.

Als Berger fünf Minuten gewartet hatte, ohne dass sich etwas getan hätte, nahm er Kontakt mit De Santis auf.

»Einfach warten, wir sind ganz in ihrer Nähe«, lautete die lapidare Anweisung des Commissario.

Berger nahm gerade einen Schluck Wasser, als das Handy bimmelte. Es war eine SMS des Inhalts: »*Fahren sie in Richtung Carmangola. Verlassen sie in Carmagnola die A 6, biegen sie hinter der Mautstelle rechts und dann gleich links in die Via Monteu Roero ein. Halten sie auf dem Parkplatz gleich am Anfang der Straße.*«

Berger gab die Information weiter und startete. Sein Navi zeigte ihm, dass er in etwa 18 Minuten am gewünschten Ort ankommen würde.

Unterwegs wurde er von den Carabinieri überholt, die sich auf dem Parkplatz gleich hinter der Mautstelle postierten. De Santis und seine Leute zerbrachen sich noch die Köpfe darüber, wo sie sich am besten und unauffälligsten aufstellen könnten.

Hinter der Mautstelle, in der Nähe einer Waschanlage, stand eine dunkelgrüne Kawasaki. Der Fahrer, der den Helm abgenommen hatte, trug eine große, sehr dunkle

Sonnenbrille, hatte Bluetooth-Kopfhörer in den Ohren und sprach ab und zu mit einem imaginären Partner. Er beobachtete, die an der Mautstelle abfahrenden Autos sehr genau.

Auch nachdem Berger an ihm vorbeigefahren war, behielt er seinen Beobachtungsposten inne. Zehn Minuten später waren auch die unauffälligen Fahrzeuge der Turiner Beamten, ein weißer Fiat Tipo und ein grauer Alfa 159, sowie der ominöse, schwarze Audi A 4 von der A 6 abgefahren. Gleich darauf verließ der Motorradfahrer seinen Posten und fuhr auf die A 6 in Richtung Turin. .

Als weitere zehn Minuten verstrichen waren und Berger vergeblich auf eine neue Anweisung gewartet hatte, nahm er Kontakt mit De Santis auf.

»Ruhig bleiben und auf die nächste Anweisung warten«, sagte dieser.

Nach etwa fünf Minuten ging eine neue SMS ein. Sie hieß: *Wir wollten keine Polizei! Abbruch der Aktion!«*

Diese Neuigkeit teilte er De Santis sofort mit.

De Santis reagierte ziemlich sauer: »Merda! Zurück nach Turin. Wir treffen uns alle in der Questura!«.

Ehe Berger losfuhr, informierte er noch Wolfrum, der gerade in der Villa della Regina weilte, vom Stand der Dinge.

»Dann können wir uns ja noch einen gemütlichen Abend machen«, war dessen Kommentar.

Als alle wieder in der Questura waren, sah man sich erst einmal mit betretenen Gesichtern an.

»Hat irgendjemand eine Ahnung, was da schief gelaufen sein könnte«, fragte De Santis schließlich.

»Die Fahrzeuge waren so unauffällig wie nur möglich. Vielleicht hätte unser Wagen nicht auf dem Parkplatz halten sollen«, meinte Capitano Martini. »Aber unsere Fahrzeuge sind ständig unterwegs und fallen sicherlich mehr auf, wenn sie sich irgendwo verstecken, als wenn sie offen auf einem Parkplatz stehen«.

»Stimmt«, sagte Costa, »und wir von der Via Monteu Roero waren wir alle weit genug entfernt«.

»Ich denke, die wollen uns verunsichern und an der Nase herumführen. Wir warten einfach auf die nächste Nachricht. Bin allerdings nicht sicher, ob heute noch was kommt. Vielleicht planen sie aber auch eine Nacht- und Nebelaktion. Wir bleiben jedenfalls wachsam. Dottor Berger, sie können vorerst natürlich in ihr Hotel gehen. Aber bleiben sie bitte ständig erreichbar«, sagte De Santis.

Auf dem Weg zum Hotel rief Berger Wolfrum erneut an. Wolfrum war auf dem Rückweg von der Villa della Regina und würde in etwa einer halben Stunde im Hotel sein. Berger teilte ihm mit, dass er jetzt zu Fuß nachhause gehen und dann – zur Erholung und Entspannung – noch ein wenig am Po entlang laufen würde. Spätestens um 18 Uhr würden sie sich dann in der Hotelbar treffen.

Wie De Santis vermutete hatte, kam an diesem Tage keine neue Nachricht mehr von den Kidnappern.

Neunzehntes Kapitel

Andretti und seine Leute waren fleißig gewesen. Dennoch war es ihnen nicht gelungen, über die Umberti etwas in Erfahrung zu bringen, was sie mit Blick auf das unerwartete Ableben ihrer Herrin, hätte verdächtig machen können. Luisa Umberti war nicht polizeibekannt, ihre Bankdaten gaben nichts her, ebenso wenig ihre Daten beim Finanzamt. Luisa Umberti stammte aus Turin, sie war offenbar nie verheiratet gewesen, über Kinder war nichts bekannt, die Eltern waren verstorben, die nächste Verwandte war eine jüngere Schwester, die in Mailand lebte.

Sie war als Hauswirtschafterin im Großraum Turin in verschiedenen Stellungen gewesen und seit nunmehr 17 Jahren bei den Antinoris. Sie hatte tadellose Zeugnisse und sowohl Elena Agostini, wie Beatrice Antinori konnten nur das Beste über Signora Umberti berichten. Von Beatrice, mit der sich Andretti ausführlich unterhalten hatte, hatte er erfahren, dass die Umberti sehr an ihrem Neffen Riccardo hing. Riccardo hatte Medizin studiert, wobei die Umberti ihn fortlaufend finanziell unterstützt hatte.

Wie die Umberti Beatrice mehrmals erzählt hatte, sei er als Arzt beim Servizio Sanitario Nazionale beschäftigt. Sein Wunsch aber sei die Eröffnung einer Privatpraxis, wozu ihm leider das Geld fehle. Bei einem der letzten Gespräche, vor einigen Wochen, habe ihr die Umberti allerdings erfreut berichtet, dass Riccardo das nötige Geld wohl bald bekommen werde.

»Viel, haben wir nicht«, meinte Andretti, als er am Dienstag Vormittag mit Longo und Giuliani zusammen saß. »Genau genommen haben wir gar nichts«.

»Natürlich könnte man die Umberti, oder auch den Neffen, danach fragen, woher denn das Geld für die Praxiseröffnung gekommen sein mag. Aber die Umberti und ihr Neffe, schulden uns keine Antwort. Man wird uns vor die Tür setzen; und das zurecht«, formulierte Longo mit einer gewissen Süffisanz.

Andretti sah ihn scharf an und sagte: »Wie wäre es mal mit einem brauchbaren Vorschlag?«

Longo schwieg und Giuliani sagte nach einer längeren Pause: »Lieber Chef, ich glaube wir alle denken seit Tagen nur noch an diesen saublöden Fall. Wir sind alle nicht dumm und haben uns wirklich Mühe gegeben. Aber ich fürchte, wenn uns der Zufall nicht zu Hilfe kommt, müssen wir passen. Schließlich ist es nach Lage der Dinge auch möglich, dass die alte Contessa keinem Verbrechen zum Opfer gefallen ist und es sich doch um einen Unfall handelte.«

»Shit happens«, sagte Andretti, »vielleicht hast du recht Giorgio«.

Zu Longo sagte er dann: »Maurizio, du besprichst dich noch einmal mit dem Dottore. Dann habe ich da noch eine Idee. Wir beide«, Andretti sah zu Giuliani, »befassen uns noch einmal mit dem Hausmädchen und dem alten Gärtner. Ich hatte mich mit dem nur einmal ganz kurz unterhalten. Aber der Bursche war sympathisch und wenn ich zurück denke, meine ich, er wollte mir mehr erzählen, als die Zeit damals zuließ.«

De Santis rief Berger gegen 8.30 Uhr an und bat ihn möglichst vor 10 Uhr in die Questura zu kommen, denn. man rechnete noch am Vormittag mit einer neuen Mitteilung der Entführer. Natürlich bestehe auch die Möglichkeit, dass die Täter für den nächsten Versuch, jemand anderen als Berger anforderten, erklärte De Santis, aber er halte dies für unwahrscheinlich.

Berger fragte, nachdem er die etwas betrübte Miene Wolfrums gesehen hatte, ob dieser mit auf die Questura oder zum Hause der Lorenzis kommen könne.

De Santis antwortete »Ich verstehe das Interesse ihres Freundes durchaus, aber es handelt sich um eine gefährliche, polizeiliche Aktion. Tut mir Leid, aber ohne zwingenden Grund, können wir keinen Laien mitmachen lassen«.

»Muss man akzeptieren«, sagte Berger, ».also bis später«.

»Vielen Dank Thomas, netter Versuch. Aber es reicht schon, wenn einer von uns mittendrin ist. Ich werde mal bei Antonella und Davide vorbeischauen und später vielleicht eine weiterer Besuch im Automobilmuseum machen«, meinte Wolfrum und wandte sich wieder den Croissants und der guten Marmelade zu.

Dass De Santis und seine Leute weiterhin keine Ahnung davon hatten, dass sie und das Anwesen der Lorenzis seit Tagen observiert wurden, war verzeihlich, denn die Beobachter arbeiteten mit absoluter Professionalität. Maria Costa hatte, um ständige Einsatzbereitschaft zu gewährleisten, das Fahrzeug, mit dem Berger fahren sollte, noch am Montag Abend vor dem Hause Lorenzis abgestellt. Die obskuren Beobachter hatten sich dies zu Nutze gemacht und hatten während der Nacht in dem Fahrzeug eine GSM-Wanze platziert. Damit konnten sie nun alle im Fahrzeug getätigten Gespräche, perfekt abhören. Die beiden Männer, die diese Aktion rasch und geräuschlos durchgeführt hatten, waren übrigens die selben gewesen, die seinerzeit Lorenzis Galerie observiert hatten. Als sie sich in der Nacht zu Dienstag wieder vom Anwesen Lorenzis entfernten, unterhielten sie sich leise in einem kalabrischen Dialekt.

Gleich nachdem Berger in der Questura angekommen war, war man in die Via S. Massimiliano Kolbe gefahren. In Lorenzis Haus traf sich wieder die übliche Truppe, inklusive Capitano Martini und Tenente Rinaldi.

»Wir haben ja alles schon mehrfach und ausführlich durchgesprochen«, sagte De Santis.

»Wir müssen, falls es wieder so kommt, an Berger dranbleiben und die Burschen schnappen. Wenn sie entwischen und merken, dass wir nur Mist geliefert haben, sehe ich schwarz für Lorenzi«. Lorenzis Frau war bei dieser Besprechung im Wohnzimmer natürlich nicht anwesend.

»Ihr habt, wie besprochen, diesmal fünf Fahrzeuge bereitgestellt?«, fragte De Santis in Richtung Capitano Martini. Dieser nickte.

Die Zeit verstrich. Die meisten der Anwesenden tranken zu viel von dem Caffé, den Signora Lorenzi gemacht hatte, Costa trank zu viel Cola light, Berger, Fabri und Tenente Rinaldi rauchten zu viel.

Endlich, Punkt 11.38 Uhr, ging auf Signora Lorenzis Handy eine SMS ein. De Santis nahm sich das Gerät und las laut vor: »*Berger soll über die SP 590 sofort Richtung*

Castiglione Torinese fahren. Unbedingt gleiches Fahrzeug wie gestern nehmen! Weitere Anweisungen folgen«.

Ohne auf irgendeinen Kommentar zu warten, ging Capitano Martini auf den Flur und gab über sein Handy einige Anweisungen. »Meine Leute sind unterwegs. Ein Fahrzeug fährt direkt nach Castiglione. Rinaldi und ich und noch jemand, wir halten uns auf der 590, zwei andere nehmen die 11«, sagte er, als er wieder ins Wohnzimmer kam.

»Sehr gut«, bemerkte De Santis. »Dottor Berger, sie fahren sofort los. Aber sie müssen nicht rasen. Wir versuchen ziemlich dicht an ihnen dranzubleiben«.

Berger kam diesmal ohne große Behinderung voran. Er fuhr über den Ponte XI Settembre Richtung Strada Provinciale 590. In wenigen Minuten würde er in Castiglione sein. Kaum das er den Po überquert hatte, bimmelte Signora Lorenzis Handy, das er natürlich wieder mitgenommen hatte.

»Biegen sie vor Castiglione links auf die SP 92 ab. Sie überqueren dann einen Seitenarm des Po und biegen danach in die zweite Straße rechts, die Strada degli Scavi ein. Fahren sie langsam auf dieser Straße weiter. Weitere Anweisung folgt. Verstanden?«, lautete die Nachricht.

»Verstanden«, antwortete Berger.

De Santis und seine Leute hatten über die Freisprechanlage alles mitbekommen. Berger fragte dennoch kurz nach.

»Alles klar«, antwortete Maria Costa.

Berger fuhr bedächtig. So war es weder für die dunkelgrüne Kawasaki, die schon am Ponte XI Settembre gestanden hatte, noch für den schwarzen 5er BMW, der sich noch in Turin an Bergers Auto geheftet hatte, ein Problem, ihn vor Castiglione zu überholen. Die Kawasaki fuhr zügig Richtung Strada degli Scavi (St. d. Scavi) und hielt dort kurz vor einem Kieswerk. Nachdem der BMW in die SP 92 eingebogen war, verlangsamte er sein Tempo, bis Bergers Gefährt in Sicht kam. Dann fuhr er etwas schneller weiter und bog schließlich in die besagte Strada ein. Ein gutes Stück weiter auf dieser Straße fuhr er links an den Rand und nahm Deckung zwischen ein paar Sträuchern.

Das Fahrzeug der Carabinieri, welches bereits in Castiglione gewesen war, bewegte sich, auf Anweisung des Capitano, von Südosten Richtung St. d. Scavi. Die beiden Autos der Carabiieri, die über die SP 11 gefahren waren, hielten an der Verbindung zwischen SP 92 und SP 11 und schnitten somit den möglichen Fluchtweg über den Po ab.

De Santis und Costa, sowie Fabri und Maldini waren, als sie sich Castiglione näherten, etwa drei Kilometer hinter Berger. Gleich nachdem die letzte Anweisung der Entführer eingegangen war, hatten sich De Santis und seine Leute ein Bild von den Örtlichkeiten gemacht.

Man konnte über die St. d. Scavi., von der eine schmale Straße namens Corona Verde abging, zwischen dem Po und seinem Seitenarm, eine Schleife fahren, die einen westlich wieder zur SP 92 brachte. Man konnte die St. d. Scavi. aber auch in Richtung Osten, bzw. in Richtung Gassino Torinese über die Strada delle Alpi oder die Via S. Rocco verlassen.

De Santis war nicht sicher, wo sie sich postieren sollten. Noch war keine weitere Anweisung erfolgt. Ob die Übergabe im Bereich der St. d. Scavi. stattfinden würde, war durchaus fraglich. Also wollte er, ehe er endgültig entscheiden würde, wer welchen Weg nehmen sollte, erst die nächste Nachricht der Entführer abwarten. Vorerst beorderte er Fabri ans Ortsende von Castiglione. In dieser Gegend befand sich bereits ein Fahrzeug der Carabinieri. Er selber steuerte Richtung Via Porta, von wo aus er schnell sowohl zur St. d. Scavi als auch zur Corona Verde kommen würde.

Ganz entschlossen handelten die Männer im schwarzen 5er BMW. Berger näherte sich langsam der Stelle, an der sie sich, aus größerer Entfernung kaum erkennbar, postiert hatten. Als Berger etwa bis auf 30 Meter herangekommen war, sprang der Beifahrer des BMW auf die Straße, hielt eine Pistole auf Bergers Auto gerichtet und bedeutete Berger anzuhalten.

Ehe er stoppte, konnte er noch: »Die haben mich«, über die Freisprechanlage durchgeben. Da Bergers Position leicht zu orten war, gab De Santis an Fabri und die Carabinieri sofort Befehl, zu Bergers Standort zu fahren. Er selbst fuhr schnell von Westen in Richtung Bergers Position. Zur selben Zeit ging eine neue SMS der Entführer ein, um die sich Berger allerdings nicht kümmern konnte.

Der schwarz gekleidete, mittelgroße Mann, der nun vor Bergers Fahrzeug stand, war mit einer Balaclava maskiert. Er bedeutete Berger, auszusteigen und sagte dann kurz: »Das Manuskript, schnell das Manuskript«.

Berger, der die Hände erhoben hatte, zeigte mit der

Rechten vorsichtig auf den Rücksitz. Der Mann öffnete die Tür, nahm das Paket, schob dann Berger vor sich her, zwang ihn auf den Rücksitz des BMW und setzte sich neben ihn. Der Bewaffnete zog Berger eine dunkelblaue Einkaufstüte über den Kopf und legte ihm Handschellen an.

In Filmen und in den üblichen Kriminalromanen merken sich die Opfer stets das Autokennzeichen der Verbrecher. Aber die Wirklichkeit ist anders. Berger hatte in dieser bedrohlichen Situation nicht auf das Nummernschild des Fahrzeugs geachtet. So wie der Wagen stand, wäre es ohnehin kaum zu erkennen gewesen. Der ebenfalls schwarz gekleidete und maskierte Fahrer des BMW fuhr zügig los.

Der Mann neben Berger öffnete mit einem kurzen, kräftigen Messer rasch die Verpackung des vermeintlichen Manuskripts und warf die Verpackungsreste aus dem Fenster. Als er dann, statt des Manuskripts, einen wertlosen Packen Papier in Händen hielt, fluchte er – zuerst laut, dann leise – in kalabrischem Dialekt und sagte etwas zum Fahrer, der sich umgedreht hatte. Der Fahrer beschleunigte. Rutschend und mit hoher Geschwindigkeit umkurvte er das Kieswerk, was der Mann, der dort neben der grünen Kawasaki stand, staunend beobachtete.

Der BMW fuhr nicht über den Seitenarm des Po, sondern bog davor in eine schmale Straße ein. Auf dieser raste er am Stadio Communale vorbei, bog erneut ab und raste weiter über eine schlecht befestigte Nebenstraße. Plötzlich hielt der Wagen kurz an. Der Mann neben Berger öffnete die Tür auf Bergers Seite und stieß diesen aus dem Fahrzeug. Mit durchdrehenden Rädern fuhr der BMW wieder an und fuhr ichtung Gassino Torinese.

Unterwegs entledigten sich die beiden Männer der Sturmhauben. Gassino durchfuhren sie in gemäßigtem Tempo und vor Piana San Raffaele bogen sie in die SP 500 ein. Wenig später erreichte der BMW die A4, auf der er mit hoher Geschwindigkeit Richtung Novara fuhr. In weniger als 20 Minuten erreichte der Wagen den, hinter Rondissone gelegenen, Autogrill San Rocco. Der Parkplatz war ziemlich leer und der Fahrer fand schnell einen etwas abgelegenen, freien Stellplatz.

Während der Fahrer die Sturmhauben, die er in eine Einkaufstüte der Rinascente gestopft hatte, in einem Müllcontainer entsorgte, telefonierte der andere Mann. Er war mit einer Nummer in Crotone verbunden. Dem älteren Herrn am anderen Ende der Leitung erklärte er in kalabrischem Dialekt, dass sie das »Scheißding« nicht bekommen haben. Der ältere Herr sagte, dass sie »an der Sache« dranbleiben sollten und sich, an bekannter Stelle, ein neues Fahrzeug besorgen sollten. Die beiden Männer auf dem Parkplatz tranken dann im Autogrill noch jeder einen Caffé, und setzen dann ihre Fahrt Richtung Novara fort.

Währenddessen hatte der ältere Herr in Crotone eine Nummer in Basel angerufen. Sein Gesprächspartner, ein sportlicher Managertyp mittleren Alters, vermutlich Nichtraucher und Marathonläufer, saß in einem formidablen Büro im zwölften Stock eines hochmodernen Gebäudes. Über dem enorm großzügigen Eingangsportal des Gebäudes prunkten die Lettern »LA VALLIA«.

Das Telefonat – in Italienisch – war sehr kurz. Der ältere Herr erklärte, dass das Geschäft nicht zustande gekommen sei. Der Managertyp sagte nur: »Schade, aber wir hören wieder voneinander. Buon giorno.«

Der Managertyp stand auf und entnahm einem Wandschrank hinter seinem riesigen Schreibtisch eine Flasche mit 40 Jahre altem Calvados und schenkte sich ein. Dann ging er durch die breite Glastüre auf die großzügige, geschmackvoll bepflanzte Terrasse hinaus, zündete sich eine Zigarette an und blickte lächelnd über die Stadt.

Zur selben Zeit erreichte Davide, der ruhelos in den Geschäftsräumen auf und ab ging, ein Anruf des Herrn aus Crotone. Davide verschwand in seinem Büro.

»Es hat nicht geklappt mein Junge«, knurrte dieser.

Davide begann zu schwitzen.

»Du hast zum Gelingen unseres Geschäfts bisher verdammt wenig beigetragen. Das muss besser werden.«

»Das mit der Entführung war aber auch keine gute Idee«, stotterte Davide.

»Mit dieser Sache hatten wir nichts zu tun«, erwiderte der Herr aus Crotone barsch. »Wir sind doch keine Idioten.«

»Wer dann?«, fragte Davide.

»Keine Ahnung«, war die kurze Antwort. »Wir werden uns mit der Contessa persönlich befassen müssen. Du bekommst noch genaue Anweisungen«.

Damit war das Gespräch beendet. Davide steckte sein Handy in die Tasche, wischte sich die schweißnassen Hände an der Hose ab, setzte sich und stöhnte: »Santa Maria«.

Zwanzigstes Kapitel

Noch ehe De Santis an der Via Porta war und Fabri Castiglione Torinese durchfahren hatte, hatte sie Bergers Hilferuf erreicht. Dann war Funkstille gewesen. Fabri war sofort mit Blaulicht und Martinshorn durch Castiglione gerat. De Santis war auf der SP 92, an der Abzweigung Via Porta vorbei, gleich in Richtung Bergers Standort gefahren. An die in Gassino Torinese postierten Carbinieri war die Anweisung ergangen, über die Strada delle Alpi zu kommen.

Als De Santis und Costa sich rasch der Stelle genährt hatten, an der sich Bergers Auto befand, und Fabri und Maldini sowie die Carabinieri den Seitenarm des Po noch nicht überquert hatten, hatte der schwarze BMW die Corona Verde allerdings bereits verlassen. Wenig später bog er bekanntlich in die SP 590 ein. Fabri und die Carabinieri hatten den BMW um ca. 30 Sekunden verpasst.

De Santis und Costa hatten bei Bergers Fahrzeug gehalten. Per Funk waren sie ständig mit Fabri und den Carabinieri im Kontakt. Inzwischen hatte De Santis auch Kontakt mit Capitano Martini aufgenommen und gebeten, dass die Auf- und Abfahrten auf die A4 sowohl bei Settimo Torinese, wie bei Volpiano Sud-Brandizzo kontrolliert werden sollten.

Fabri und die Carabinieri, die jetzt hintereinander fuhren, hatten auf ihrem Weg kein Fahrzeug beobachtet. In gemäßigtem Tempo näherten sie sich dem Kieswerk an der Corona Verde.

Als der Motorradfahrer, der schon zum zweiten Male vergeblich versucht hatte mit Berger Kontakt aufzunehmen, die beiden Fahrzeuge kommen sah, schwang er sich rasch auf seine Kawasaki. Mit hohem Tempo fuhr er in Richtung eines Restaurants, welches in Mitten dieses, sonst fast völlig unbebauten, Areals an einem kleinen Gewässer lag. Fabri informierte De Santis sofort von dem Motorradfahrer und folgte ihm.

Die Kontaktversuche des Kawasakifahrers mit Berger waren den Experten in der Questura natürlich nicht entgangen. Zweimal hatten sie registriert, dass sich Lorenzis Handy an einem Funkmast in Castiglione Torinese eingeloggt hatte. Zuletzt hatte der Benutzer des Handys es offenbar versäumt, Sim-Karte und/oder Akku zu entfernen, so dass die Ortung des Handys in Nähe des Kieswerks möglich gewesen war.

Der Motorradfahrer fuhr auf den Parkplatz des Restaurants, auf dem zwei Autos standen, aber keine Leute zu sehen waren und stieg ab. Er ging schnell an das Ufer des kleine *Lago de Orestill*a und warf Lorenzis Handy in hohem Bogen ins Wasser. Gemächlich schlenderte er dann zu seinem Krad zurück, nahm den Helm ab und schüttelte die ziemlich langen, dunklen Haare. Dann zog aus einer Tasche am Heck der Maschine eine Flasche Mineralwasser und eine Schachtel Zigaretten. Er trank einen Schluck, zündete die Zigarette an und setzte sich eine Sonnenbrille auf.

Im selben Moment fuhren Fabri und Maldini auf den Parkplatz. Maldini gab kurz durch, dass sie den Motorradfahrer hätten. Die beiden stiegen aus und näherten sich dem gelangweilt wirkenden jungen Mann. Sie wiesen sich als Polizeibeamte aus und baten um Ausweis und Fahrzeugpapiere. Zur großen Überraschung der beiden Beamten lasen sie, sowohl im Ausweis, wie in den Fahrzeugpapieren, den Namen *Matteo Agostini*.

Berger hatte sich von seinem Sturz aus dem Auto rasch erholt und war heilfroh gewesen, dass die Begegnung mit den offensichtlich knallharten Mafiosi so glimpflich ausgegangen war.

Mittlerweile hatte er die Tüte vom Kopf bekommen und sich umgesehen. Richtung Norden war ein langgestreckter, bewaldeter Streifen zu sehen, hinter dem vermutlich der Po verlief. In allen anderen Richtungen erstreckten sich Felder. Im Süden waren Häuser erkennbar. Am nächsten, vielleicht fünfhundert Meter entfernt, lagen ein paar niedrige Gebäude, vermutlich war es ein landwirtschaftliches Anwesen. Berger, durch die Handschellen behindert, machte sich im Trab auf den Weg. Je schneller er De Santis, bzw. die Polizei, informieren würde, desto größer würde die Chance sein, die Ganoven noch zu schnappen.

Während sich Berger dem Anwesen näherte, inspizierten De Santis und Costa gerade das Fahrzeug, dass Berger zurückgelassen hatte. Auf dem Empfänger-Display ihres Wagens hatten sie registriert, dass sich der GPS-Sender, der mit dem Pseudomanuskript verpackt worden war, zunächst rasch von Bergers Auto entfernt hatte, um seine Postion wenig später nicht mehr zu verändern. Vermutlich war die Verpackung samt Sender aus dem Fahrzeug der Entführer bugsiert worden, dachten De Santis und Costa.

Als sie auf der St. d. Scavi in Richtung der Funksignale weiterfuhren, erreichte sie Fabris Information, dass ganz in der Nähe ein Motorradfahrer namens Matteo Agostini aufgegriffen worden sei. De Santis und Costa schauten sich erstaunt an.

»Was ist das denn?«, meinte Costa.

»Berger ist verschwunden, das Pseudomanuskript ist weg, die Täter, dachten wir, seien uns entwischt und dann schnappt Fabri in dieser gottverlassenen Gegend einen Matteo Agostini. Das ist doch wohl der Sohn vom alten Agostini? Ich verstehe überhaupt nichts mehr«.

»Wenn dieser junge Agostini nichts mit der Entführung zu tun hat, fresse ich einen Besen«, sagte De Santis.

»Aber wo Berger geblieben ist, ist mir unerklärlich. Jetzt fahren wir erst mal zu Fabri und Maldini, dann sehen wir weiter.«

Als Berger kurz vor dem landwirtschaftlichen Anwesen war, überlegte er, wie er seine missliche Lage erklären sollte, ohne sein Gegenüber zu erschrecken. Denn ein äußerlich etwas ramponierter, mit Handschellen gefesselter Ausländer, tauchte in dieser Gegend sicherlich nicht alle Tage auf. Berger war jetzt nahe genug, um zu erkennen, dass die Gebäude zu einer Gärtnerei gehörten. Im Freien befand sich niemand.

Berger war etwas außer Atem und ging langsam auf das Wohnhaus zu. Er drückte auf den Klingelknopf und trat ein paar Schritte zurück. Um seine Händen hielt er die Plastiktüte, so dass die Handschellen nicht sofort sichtbar waren. Es dauerte eine Weile, ehe eine misstrauisch blickende, ältere Frau in an der Tür erschien. Sie schaute nur und sagte zunächst nichts.

»Bitte Signora, helfen sie mir, bitte helfen sie mir. Ich bin überfallen worden. Bitte rufen sie die 112. Meine Name ist Berger, Dottor Berger. Man soll einem Commissario De Santis aus Turin, ich wiederhole Commissario De Santis, Bescheid geben. Ich warte hier«.

Die Frau schlug die rechte Hand vor den Mund und sagte dann: »Mein Gott Signore, das ist ja schrecklich. Fehlt ihnen was, sind sie verletzt?« Berger schüttelte den Kopf.

»Kommen sie doch bitte herein. Ich mache ihnen einen Caffé. Und vor allem brauchen sie jetzt einen guten Grappa«, bot die Frau freundlich an. Sie trat ins Haus und Berger folgte ihr.

»Tausend Dank, sehr freundlich Signora. Aber rufen sie bitte zuerst die Polizei an«, bat Berger.

»Mache ich, mache ich gleich«, rief die Frau. Sie eilte zu einem Telefon, welches auf einem Tischchen in der dunklen, rustikal möblierten Diele stand.

Sie wählte die 112 und war nach wenigen Sekunden offenbar mit einem Polizeibeamten verbunden. Das Telefonat gestaltete sich etwas umständlich und für Berger kaum verständlich. Die Frau sprach sehr schnell und was sie sprach, war von piemontesischem Dialekt geprägt.

Nach einigen Sätzen bat sie Berger an den Apparat. Dieser versuchte die Situation in seinem durchaus passablen

Italienisch zu schildern. Der Beamte, mit dem er sprach, hatte inzwischen offenbar verstanden, um was es ging, und versprach Commissario De Santis zu verständigen und unabhängig davon gleich ein Fahrzeug zu schicken.

Die ältere Frau hatte sich inzwischen als Signora Monti vorgestellt, dann mit der Caffettiera hantiert und Berger schließlich eine ordentlichen Grappa »Berta Elisi« eingeschenkt.

Berger hielt es nun für angebracht, die Sache mit den Handschellen zu erklären. Natürlich war Signora Monti ein weiteres Mal erschrocken, rief einige Male »Dio mio« aus, fasste sich dann aber schnell wieder gefasst.

Als Berger seinen zweiten starken Caffé trank, ging bei De Santis, über die Questura in Turin, die Meldung ein, dass sich ein Deutscher namens Berger, der angeblich überfallen worden war, in einer Gärtnerei am nördlichen Ortsrand von Gassino Torinese befand.

»Maria, sag' bitte Fabri Bescheid, dass Berger aufgetaucht ist. Wir fahren jetzt gleich zu der Gärtnerei. Sie sollen den jungen Agostini auf jeden Fall festhalten, am besten mitnehmen. Der Verdacht, dass er etwas mit der Entführungssache zu tun hat, ist mehr als begründet. Natürlich wäre es schön, wenn wir noch was Handfestes fänden«, sagte De Santis, während er losfuhr.

»Vermutlich wird er seinen Vater, diesen unsympathischen Rechtsverdreher anrufen wollen. Aber das macht nichts«, fügte er noch an.

Am *Lago de Orestilla* war inzwischen auch ein Fahrzeug der Carabinieri eingetroffen. Maldini informierte die beiden uniformierten Beamten kurz über die Lage. Einer von ihnen begab sich danach wieder ins Auto, der andere blieb ganz in der Nähe von Fabri, Maldini und Agostini stehen.

Matteo Agostini hatte sich bei der Befragung durch Fabri und Maldini teils gelassen, teils – ganz der Sohn des Vaters – überheblich gegeben. Natürlich war ihm der Umstand, dass er als Jurist und Anwalt über die notwendige Sachkenntnis verfügte, sehr dienlich gewesen. Ausführlich hatte er den beiden Beamten erklärt, dass er seine Anwesenheit am Restaurant *Ai Fornelli* bzw. am *Lago de Orestilla* überhaupt nicht näher zu begründen habe. Er habe nichts Unrechtmäßiges getan, sei unbewaffnet, habe keine Drogen, oder irgendwelches Diebesgut bei sich, man könne ihm nichts vorwerfen. Er sei Anwalt, Mitarbeiter einer großen und angesehenen Kanzlei in Turin und wolle, falls man ihn nicht weiterfahren lasse, jetzt sofort dort anrufen. Sie, die Beamten, hätten sonst mit einer Dienstaufsichtsbeschwerde zu rechnen.

Fabri besprach sich leise mit Maldini, als Maria Costas Anruf kam. Er entfernte sich ein paar Schritte, um ungestört telefonieren zu können. Nach dem Gespräch, winkte er Maldini zu sich. Der Carabinieri blieb bei Agostini.

»Der Chef sagt, wir müssen ihn festhalten, oder gleich mitnehmen«, erklärte er.

»Hat der Chef gesagt, wann er hier auftauchen wird?«, fragte Maldini.

»Es könne noch gut eine halbe Stunde dauern, sagte Maria«, antwortete Fabri.

»Ich denke, wir sollten ihn erst mal festhalten. Inzwischen kann er ja auch mal telefonieren«, meinte Maldini.

Fabri nickte. Als beide dabei waren zu Agostini und dem Carabinieri zurück zu gehen, tauchte aus südlicher Richtung, ein Motorroller auf. Auf dem knatternden Gefährt saß ein übergewichtiger, älterer Mann mit grauem Vollbart. Da er mit einer grünlichen, alten Cargohose und einem ebenfalls grünlichen Pullover bekleidet war, ließ sich vermuten, dass es sich um einen Petrijünger handeln dürfte.

Er fuhr nicht etwa vorbei, sondern hielt und wandte sich sofort an den uniformierten Polizeibeamten.

»Das trifft sich gut, dass die Polizei hier ist«, begann er mit rauer Stimme und etwas kurzatmig.

»Ich war auf der anderen Seite«, dabei zeigte er in die entsprechende Richtung, »als dieser Rocker«, dabei wies er auf Matteo Agostini, »hier angerauscht kam, abstieg und irgendetwas in den See warf. Dieser kleine See ist ein Schmuckstück und keine Müllhalde«, dabei drohte er Agostini mit dem rechten Zeigefinger, »aber diese jungen Laute benehmen sich ja überall wie die.Schw ..., äh, wie die Vandalen. Entsetzlich ist das.«

Fabri und Maldini sahen sich vielsagend an, der Alte stieg endgültig von seiner klapprigen Vespa, der Carbinieri zückte ein Notizbuch und Agostini schaute äußerst sparsam.

Der Carabinieri sagte zu Agostini: »Sie haben gehört, was dieser Signore gesagt hat. Wären sie so freundlich, uns zu sagen, was sie in diesem See entsorgt haben. Sie, als Jurist, wissen natürlich ganz genau, dass der unerlaubte Umgang mit Abfällen strafbar ist«.

Agostini zögerte kurz und bediente sich dann natürlich der erwartbaren Strategie.

»Ich habe überhaupt nichts in den See geworfen. Der Herr täuscht sich, oder er lügt. Da steht Aussage gegen Aussage. Das müssen sie mir erst einmal beweisen, dass ich etwas in den See geworfen habe. Und falls sie dort, wo ich etwas hineingeworfen haben soll, tatsächlich etwas finden, ist noch längst nicht bewiesen, dass es von mir stammt. Ich lasse mir nichts anhängen und jetzt möchte ich endlich telefonieren«.

Dann schaute er blasiert in die Runde, holte sein Smartphone aus der Jackentasche und zündete sich eine Zigarette an.

Inzwischen hatten De Santis und Costa längst die Gärtnerei erreicht und den armen Berger von den Handschellen befreit. Auch hatten sie dankend einen Caffé von Signora Monti angenommen. Während Berger vom Überfall durch die beiden Mafiosi berichtete, was nicht viel war, erschienen die angekündigten Carabinieri aus Castiglione Torinese. De Santis schilderte den beiden Uniformierten die Situation und diese machten sich wieder davon.

Noch während Berger erzählt hatte, hatte Costa die Fahndung nach dem schwarzen 5er BMW veranlasst. Dann informierte sie Fabri davon, dass sie in zehn Minuten beim ihm sein würden. Sie bedankten sich alle mehrfach bei der freundlichen Signora Monti und machten sich auf den Weg zum *Lago de Ortilla*.

Dort hatte Matteo Agostini mittlerweile mit seiner Kanzlei telefoniert. Dass sein Vater dort nicht sein würde, hatte er natürlich gewusst. Dieser befand sich nämlich, außerhalb von Turin, in einem renovierten, ehemaligen landwirtschaftlichen Gebäude, das in einem großzügigen mit alten Bäumen bewachsenen Garten lag. – Wolfrum und Berger wäre diese Gebäude sehr bekannt vorgekommen. Und bei ihm war niemand anderer, als der seit Tagen verschwundene Kunst- und Antiquitätenhändler Luigi Lorenzi.

Agostinis hatte von seinem Sohn nur eine kurze SMS des Inhalts: »*Kein Marengo – im Gegenteil*«, erhalten. Dieser Code war für den Fall des Scheiterns der Manuskriptübergabe vereinbart worden. Agostini hatte ein dummes Gesicht gemacht und Lorenzi hatte wiederholt und aufgeregt gefragt: »Was ist los, was ist los?«

Nach einer längeren Pause hatte Agostini schließlich geantwortet: »Merda, das Ding ist offenbar schief gelaufen. Vermutlich haben sie Matteo geschnappt. Aber solange ich ihn nicht persönlich gesprochen habe, bleibst du hier. Irgendwie müssen wir aus der Scheiße rauskommen. Ich fahre jetzt in die Kanzlei und rufe ihn von dort aus an.«

Und so ließ Agostini einen völlig entnervten Lorenzi zurück, der schon seit dem ersten Tag seiner »Entführung« mit zunehmendem Unbehagen in seinem Wochenendhaus gesessen war.

Den Plan dieser »getürkten« Entführung hatte er zusammen mit Agostini und dessen Sohn und Tochter ausgeheckt. Nachdem er nach und nach mitbekommen hatte, welche ungeheuren Preise für die alte Handschrift geboten wurden – mehrere Millionen Dollar – und Beatrice sich das Manuskript zurück geholt hatte, hatte er seine

Felle davonschwimmen sehen und war auf die – eigentlich blödsinnige – Idee mit der Entführung gekommen. Zumindest die jungen Agostinis hatten mehrfach darauf hingewiesen, dass Beatrice wohl keinerlei Veranlassung haben würde, ein Besitztum von solchem Wert, für die Freilassung eines Fremden »herzuschenken«.

Lorenzi und Agostini, beide finanziell erheblich in der Klemme, hatten das nicht einsehen wollen. Agostini hatte auch darauf hingewiesen, dass man – in Italien – für Vortäuschung einer Straftat in der Regel, glimpflich davonkomme. All dies ging Lorenzi noch einmal durch den Kopf, während er den dritten Grappa runter schüttete.

Matteo Agostini hatte noch ein weiteres Telefonat getätigt. Seine Schwester Elisa hatte ihn, nach erfolgreicher Aktion, bei einer Freundin in Settimo Torinese erwartet. Dort hätte er fürs erste seine Kawasaki unterstellen sollen und die beiden wären dann mit Matteos BMW Cabrio gemütlich nach Turin gefahren.

»Ich bin in der Klemme«, hatte Matteo gesagt.

»Bin im Moment am *Lago de Orestilla,* Gib Vater Bescheid. Am besten kommst du so schnell wie möglich hier her. Falls wir, ich und die Bullen, schon auf dem Weg nach Turin sind, melde ich mich. Du kommst dann mit Vater und Pasquale in die Questura«.

Nach diesem Telefonat forderte Matteo zum wiederholten Male, man solle ihn endlich fahren lassen. Fabri und Maldini lehnten dies natürlich ab, insbesondere, da sie wussten, dass der Chef jeden Moment auftauchen würde.

So war es dann auch; zwei, drei Minuten nach der letzten Diskussion fuhren De Santis, Costa und Berger auf den Parkplatz am *Lago de Orestilla*.

De Santis sah offenbar keine Veranlassung sich bei Matteo Agostini vorzustellen und erklärte nur: »Junger Mann ihr Motorrad wird abgeholt und gut verwahrt. Sie fahren mit uns jetzt auf die Questura nach Turin. Ihren Anwalt haben sie ja schon informiert«.

»Das ist eine Schweinerei. Das ist wieder so eine typische illegale Aktion unserer unfähigen Polizei«, lamentierte Matteo.

»Das wird sie teuer zu stehen kommen. Mitglieder meiner Familie sind mit dem Polizeipräsidenten und dem Bürgermeister gut befreundet. Wie heißen sie überhaupt?«

De Santis nannte seinen Namen. Dann wies er Costa an, den Abtransport der Kawaski in Auftrag geben. Fabri sollte die Suche nach dem Gegenstand, den der junge Agostini in den See geworfen hatte, organisieren Ehe sich die beiden Fahrzeuge – inzwischen war es nach 14 – auf den Weg nach Turin machten, hielt Maldini, der zurück bleiben würde, noch die Personalien und die Aussage des alten Vespafahrers fest.

Dieser hatte die Vorgänge der letzten Minuten mit großem Interesse verfolgt hatte. Falls er seine Anglerfreunden diesmal nicht von riesigen Fischen, die er gefangen hatte, erzählen wollte, konnte er berichten, Zeuge der Festnahme eines der »meistgesuchten Mafiosi Norditaliens« geworden zu sein.

Einundzwanzigstes Kapitel

Commissario Andretti war am späten Vormittag, auch auf die Gefahr hin den alten Gärtner nicht anzutreffen, ohne Ankündigung nach Tetti Valfre gefahren.

Sein Auto hatte er auf der Straße vor der Villa abgestellt. Ein Flügel des großen, schmiedeeisernen Einfahrtstors war nur angelehnt. Andretti zögerte ein wenig, kramte dann eine Zigarettenschachtel aus einer Tasche des Sakkos und steckte sich eine Zigarette an. Durch das Tor konnte er natürlich nur den vorderen Teil der großzügigen Anlage übersehen. Von seinen früheren Besuchen wusste er, dass sich der Garten noch ein gutes Stück hinter der Villa erstreckte, und sich dort auch der Schuppen mit den Gartengeräten, der den Gärtnern auch als Aufenthaltsraum diente, befand.

Er trat seine Zigarette aus und ging entschlossen durch das Tor. Er hoffte den alten Federico im Garten zu finden, ohne sich zuvor beim Hausmädchen oder der Umberti melden zu müssen. Gleich hinter dem Tor gingen, rechts und links von der breiten Zufahrt, zwei schmale Kieswege ab. Andretti nahm den Linken, der zunächst von niedrigen Buxbaumhecken gesäumt war und dann in einer, locker von Laub- und Nadelbäumen bestandenen, Rasenfläche verlief.

Da Richtung Villa eine ganze Reihe hoher Sträucher gepflanzt waren, konnte Andretti von dort aus kaum beobachtet werden. Andretti ging in deutlichem Abstand an der der Villa vorbei. Er blickte auf die breite, von zahlreichen Pflanzkübeln bestandene Terrasse, und sah im links hinten, zwischen Büschen und ein paar mit Efeu bewachsenen Bäumen versteckt, den Geräteschuppen. Von der Terrasse der Villa aus führte in den rückwärtigen Teil des Gartens ein von zahlreichen Staudenrabatten gesäumter Weg. An einer von diesen Rabatten hantierte der alte Federico.

Der Commissario dachte sich, es würde keinen guten Eindruck machen, wenn er so zu sagen direkt aus den Büschen kommen würde. Also ging er wieder ein Stück zurück und überquerte die Rasenfläche hin zu den Rabatten und dem Kiesweg nicht weit von der Terrasse entfernt. Freilich würde man ihn jetzt auch vom Hause aus sehen können. Aber dass würde ihn nicht daran hindern, den Gärtner zunächst alleine anzutreffen und zu sprechen.

Federico war offensichtlich dabei, alte Pflanzen durch neue zu ersetzen. Neben ihm standen ein Handwagen voller Pflanzen mit Wurzelballen und eine Schubkarre voller alter Gewächse. Am Boden lagen Geräte und ein großer Sack Erde.

Der alte Gärtner bemerkte Andretti zunächst nicht. Als dieser bis auf wenige Meter heran gekommen war, grüßte er laut und freundlich: »Buon giorno Signor Bellini. Bitte entschuldigen sie die Störung. Wir hatten letzte Woche schon die Ehre. Ich hoffe, sie schenken mir noch einmal ein paar Minuten ihrer kostbaren Zeit«.

Federico hatte sich umgewandt, kurz an seinen Hut gefasst und gestutzt und dann gebrummt: »Aha, sieh an, der werte Herr Commissario. Sie sind sicherlich nicht gekommen, um mir zu helfen. Aber das macht nichts. Vermutlich verstehen sie von dieser Arbeit sowenig wie ich von der ihrigen«.

»Vom Gärtnern verstehe ich in der Tat nichts«, sagte Andretti. »Aber wenn auch ich ihnen nicht helfen kann, vielleicht können Sie mir helfen«.

Bellini legte den Spaten beiseite, holte einen Stumpen aus der Brusttasche seiner Jacke und zündete ihn an.

»Gehen wir doch hinüber zu dieser Bank. Im Sitzen raucht und plaudert es sich bequemer«, schlug Federico vor.

Als sie saßen, sagte er: »Sie kommen natürlich wegen der Sache mit der Contessa. So weit ich höre, geht da nichts voran«.

»Das stimmt nicht ganz«, log Andretti, »aber wir sind noch zu keinem abschließenden Ergebnis gekommen«.

»Also stellen sie ihre Fragen. Ein wenig Zeit habe ich schon. Aber ich möchte dann auch mit meiner Arbeit weiterkommen«, brummte der alte Gärtner.

»Signora Umberti ist ja wohl die Seele des Hauses.«, begann Andretti. »Der Tod von Contessa Alaria hat sie sicherlich besonders schwer getroffen«.

»Mich hat er nicht weniger getroffen«, sagte Federico.

»Die Umberti hat zwar schrecklich viel gejammert, aber ich weiß nicht, ob das ganz echt war. Wenn ich jetzt zurückdenke, meine ich, dass die Umberti in den letzten Wochen vor dem Tod der armen Contessa, irgendein Problem mit ihr gehabt hat«.

»Ein Problem?«, fragte der Commissario betont gelassen. »Was meinen sie denn damit?«

»Sie wissen das vermutlich nicht, aber die Umberti hat

doch diesen Neffen, dem sie immer Geld zusteckt. Mir hat sie vor noch ungefähr fünf Wochen hoch erfreut erzählt, dass die Contessa so überaus freundlich und so großzügig sei. Bald werde sie ihrem lieben Riccardo das nötige Geld für die langersehnte Praxis geben können. Vor zwei Wochen hat sich das dann aber ganz anders angehört«

Der Stumpen war ausgegangen. Federico zündete ihn erneut an. Dann fuhr er fort: »Einmal hat sie über die Contessa sogar lästerlich geschimpft. Die alte Hexe, die jetzt doch so viel Geld hat, habe ihr Versprechen gebrochen, hat sie gesagt. Alte Hexe hat sie die Contessa genannt. Alte Hexe, stellen sie sich das mal vor. Sie hat sich zwar gleich vielmals entschuldigt, aber da war es schon heraus. Mein Gott, habe ich mir gedacht, die sonst so fromme Umberti ist ja voller Hass.« Beide schwiegen eine Weile.

»Wollten sie mir das letzte Woche schon erzählen?«, fragte Andretti dann.

»Nein, letztes Mal ging es ja um die Vorfälle am Todestag der Contessa. Die Umberti hat dann ja auch nichts Schlimmes mehr über die Contessa gesagt. Im Gegenteil, kurz vor dem Tod und besonders danach, hat sie sie wieder in den höchsten Tönen gelobt. Aber wie ich schon sagte, ich habe meine Zweifel, ob die Umberti über den Tod der Contessa wirklich so entsetzt war, wie sie getan hat.«

Als Andretti in Richtung der Villa blickte, sah er Luisa Umberti auf der Terrasse stehen. Der alte Gärtner sah sie dann auch.

»Da ist sie ja endlich. Erstaunlich, dass es so lange gedauert hat. Sonst hat sie ihre Augen überall. Vielleicht hat sie uns schon von einem der Fenster aus beobachtet«, grummelte Federico.

»Dann werde ich mich mal wieder an die Arbeit machen. Oder brauchen sie mich noch Commissario?«

»Nein, vielen Dank Signor Bellini. Sie haben mir sehr geholfen. Ich begrüße jetzt Signora Umberti. Aber keine Sorge, ich erzähle ihr nichts von unserer Unterredung. Buona giornata Signore.«

»Buona giornata«, erwiderte Bellini und reichte dem Commissario die Hand. .

Andretti ging zügig Richtung Terrasse, wo die Umberti seit Minuten reglos gewartet hatte.

»Buon giorno Signora Umberti.«, grüßte der Commissario.

»Buon giorno.«, erwiderte die Umberti mit säuerlicher Miene.

»Sie hätten ihren Besuch ruhig anmelden können. Ist das die Art der Polizei, sich einfach auf ein Anwesen zu schleichen?«, fuhr sie fort.

»Ich wollte mich natürlich anmelden. Aber da ich Signor Bellini sah, den ich eigentlich sprechen wollte, bin ich gleich zu ihm in den Garten gegangen«, sagte Andretti.

»Sie haben erstaunliche Fähigkeiten Commissario. Sie können sogar durch Mauern blicken. Denn von vorne war Federico nicht zu sehen. Aber lassen wir das. Kann ich noch etwas für sie tun?«

»Ja, die traurige Angelegenheit mit der Contessa ist noch immer nicht ganz geklärt. Ich weiß, wir haben sie schon dreimal belästigt. Das tut mir Leid. Aber ich muss sie bitten, wenn sie es einrichten können, morgen um 15.30

Uhr auf die Questura zu kommen. Hier lässt sich das jetzt nicht erledigen.«

Die Umberti erstarrte sichtlich und verschränkte die Arme fest vor der Brust. »Es ist allmählich wirklich eine Zumutung!«, sagte sie dann ziemlich heftig. »Eine Zumutung und eine Belästigung. Ich habe ihnen und ihren Leuten schon mehrmals alles gesagt, was ich in dieser Sache weiß. Was wollen sie denn noch von mir?«

»Es tut mir Leid, wie ich schon sagte. Aber sie müssen morgen kommen. Ich versichere ihnen, dass wir sie dann nicht mehr belästigen«, erklärte der Commissario.

»Lästig und unerfreulich, richtig lästig und sehr unerfreulich«, legte die Umberti nach. »Aber es wird sich wohl nicht vermeiden lassen. Also bis morgen.«

Damit drehte sie sich um uns ging rasch ins Haus.

»Grazie, buon giorno«, rief Andretti ihr noch nach, aber sie war schon im Haus verschwunden.

Mit der stimmt was nicht, dachte er. Dann schlenderte er leise pfeifend durch den Garten und zurück zu seinem Fahrzeug.

Ehe er sich auf den Weg nach Turin machte, gab er Longo noch Beschied, dass er die Umberti für morgen 15.30 Uhr einbestellt hatte. Longo war natürlich neugierig. Er solle sich gedulden, sagte Andretti. Die wichtigen Neuigkeiten werde er ihm und Giuliani nach seiner Rückkehr berichten.

Zweiundzwanzigstes Kapitel

De Santis war mit Berger, dem jungen Agostini und seinen Leuten gegen 15 Uhr in der Questura angekommen. Berger war verständlicher Weise ziemlich erschöpft gewesen und hatte darum gebeten, sich verabschieden zu dürfen. De Santis hatte nichts dagegen einzuwenden gehabt. Die Aussage Bergers, bezüglich der heutigen Vorfälle, konnte ohne Umstände auch morgen schriftlich festgehalten werden.

Sein Handy hatte Berger in dem unfreiwillig zurück gelassenen Fahrzeug, dass von einem Carabinieri zurück gebracht worden war, unversehrt vorgefunden. Man hatte ihm angeboten, ihn zum Hotel zu fahren. Berger hatte abgelehnt. Er war froh, ein paar Schritte gehen zu können, außerdem wollt er sich unterwegs einen Caffe' und einen Grappa leisten. Das erste, was er tat, als er auf dem Corso Vinzaglio stand, war allerdings, sich eine Zigarette anzustecken, das zweite war ein Anruf bei Wolfrum.

Wolfrum hatte am Vormittag zunächst ausführlich mit seiner Frau und seinem Kompagnon telefoniert; dann mit ein paar Kunden, unter anderem auch mit der, anfangs erwähnten, sehr wohlhabenden Dame, die so großes Interesse an wertvollen alten Büchern hat. Schließlich hatte er sich zu einem zweiten Besuch des Museo dell'Automobile entschlossen. Vom Hotel dort hin waren es zu Fuß gut fünfzig Minuten, daher gönnte er sich die Bequemlichkeit einer Taxifahrt. Um Berger zu überraschen, wollte er den Rückweg allerdings zu Fuß meistern.

Auch wenn man die mehr als 200 Exponate im Museo dell'Automobile schon einmal gesehen hatte, war für einen Liebhaber alter Dinge und speziell einen Autoliebhaber, auch ein zweiter Besuch lohnend. Die Präsentation ist einzigartig. Als Wolfrum vor einem roten Alfa GTV Baujahr 1969 stand, ging ihm wieder einmal durch den Kopf, wie schön es wäre, wenn er sich neben seinem – relativ – alten BMW ein solches italienisches Schmuckstück leisten würde. Er war mehr denn je entschlossen, sich auf die Suche nach einer solchen Schönheit zu machen.

Im Museum gab es auch ein nettes Cafe, in welchem Wolfrum am frühen Nachmittag eine längere Pause machte. Dort erreichte ihn auch der überraschende Anruf von Contessa Beatrice Antinori.

»Buon giorno Signor Wolfrum, sie erreiche ich wenigstens«, begann Beatrice.

»Ich habe schon zweimal versucht Dottor Berger zu erreichen. Aber der scheint, verschollen zu sein.«

»Verschollen ist er nicht, liebe Contessa. Aber er ist in einer speziellen Aktion unterwegs. Mehr kann ich ihnen im Moment leider nicht sagen.«

»Hoffentlich nichts zu Gefährliches?«, meinte Beatrice, leicht besorgt. »Übrigens, ich hieße Beatrice, wollen wir doch zum Du übergehen. Sie sind beide so sympathische Herren, Kunstliebhaber, sie lieben offenbar unser Land und sprechen unsere Sprache so gut. Das gibt es selten«, fuhr sie ein wenig überschwänglich fort.

»Sehr freundlich von ihnen ... äh, Dir. Ich heiße übrigens Hubert«, erwiderte Wolfrum stolz.

»Ah, H'ubert, H'ubert ist ein bisschen schwierig für eine Italienerin. Darf ich Ubert sagen?«

»Kein Problem, liebe Beatrice. Ubert hört sich aus deinem Munde viel besser an, als Hubert bei einer normalen Münchnerin. Aber was ist denn bitte der Grund deines Anrufs?«

»Ich wollte Euch ein Angebot machen. Mein Schwiegervater sammelte ja nicht nur die teuren, gut erhaltenen Erstausgaben dieser Kriminalromane, sondern auch schöne, ... wie soll ich sagen, günstige Exemplare. Wenn Ihr die Liste, die Euch die Umberti gegeben hat, genau angesehen habt, solltet ihr das schon bemerkt haben.«

»Ja. Ja, wir haben alles genau studiert. Wir haben das schon gesehen. Aber, was meinst du mit Angebot?«, fragte Wolfrum.

»Die Bücher, die ich meine, sind durchaus rar, liegen preislich, das hat mir Davide versichert, aber alle im erschwinglichen Rahmen. Wir können uns in der Villa treffen, morgen oder übermorgen und uns alles ansehen«, erklärte Beatrice.

»Das ist ja superfreundlich von Dir. Vielen, vielen Dank. Natürlich haben wir Interesse. Auch Thomas wird ganz begeistert sein. Sobald er sich gemeldet hat, ich hoffe das wird bald sein, erzähle ich ihm von dieser Überraschung und wir rufen dann sofort zurück. Ciao Beatrice und nochmal vielen Dank«, sagte Wolfrum.

»Nichts zu danken, es ist mir eine Freude, und ihr bekommt die Bücher ja auch nicht geschenkt. Ich hoffe, ich höre heute noch von euch. Ciao Ubert«, erwiderte Beatrice.

Wolfrum dachte an seinen langen Nachhauseweg, und war kurz versucht, ein Taxi zu ordern. Aber das Wetter war gut, seine Stimmung auch und die zwei großen Stücke Kirschtarte lagen ihm schwer im Magen. Also machte er sich auf den Weg. Als er auf Höhe der Piazza Camillo Bozzolo war, klingelte sein Handy. Der erste Blick darauf, verriet, dass Berger ihn anrief.

»Mensch Sherlock, ich warte schon seit ein, zwei Stunden auf Deinen Anruf. Aber wie ich höre, lebst Du noch. Das ist das Wichtigste. Wie ist es denn heute gelaufen?«, fragte Wolfrum.

»Mein Lieber, dass war eine abenteuerliche, ja geradezu hochgefährliche Aktion. Einmal und nie wieder, sag' ich dir. Alles zu erzählen, würde am Telefon viel zu lange dauern. Wo bist du denn?«

»Du wirst es nicht glauben, aber ich bin zu Fuß unterwegs, zurück vom Museo dell' Automobile zum Hotel. Im Moment stehe ich in Nähe der Piazza Camillo Bozzolo«, erklärte Wolfrum.

»Was meinst Du, wie lange Du noch brauchst?«, fragte Berger.

»Schwer zu sagen. Vielleicht noch zwanzig Minuten«

»Pass' auf. Ich stehe noch vor der Questura. Du bleibst, wo Du bist, und ich suche ein Taxi.«

»Tolle Idee. Aber vergiss nicht, dass ich mich tatsächlich bewegen wollte«, sagte Wolfrum.

»Du hast einen Pluspunkt. Und vielleicht ergibt sich ja wieder einmal so eine Gelegenheit«, scherzte Berger.

»Moment«, rief Wolfrum, »ich habe auch eine Überraschung für Dich. Dazu aber später. Bis gleich.«

Die Abholung Wolfrums klappte problemlos. Unterwegs hatte Wolfrum Berger von Beatrices Anruf und Angebot erzählt. Berger war begeistert gewesen und hatte Wolfrum gebeten sich um den Termin für morgen zu kümmern. Er wollte im Hotel erst einmal unter die Dusche gehen und sich neue Sachen anziehen. Also rief Wolfrum Beatrice an und man verabredete sich für 10.30 in der Villa.

Etwas später saßen die beiden in der Hotelbar und Berger erzählte seinem staunenden und immer wieder Fragen stellenden Freund die wilde Geschichte auf der Strada degli Scavi in Castiglione Torinese und Umgebung. Vor dem Abendessen im Hotel telefonierten beide noch ausgiebig mit ihren Leuten zuhause. Bergers Sohn und Vater zeigten sich weniger besorgt als begeistert ob dessen Abenteuer. Susanne Lindner war weniger begeistert, aber sehr froh, dass Thomas so glimpflich davon gekommen war. Für die zwei Freunde wurde es dann noch ein langer Abend, wobei sie ausführlich die Bücherlisten studierten, um für den nächsten Tag gut vorbereitet zu sein.

Ein langer Tag und Abend wurde es auch für De Santis, Costa und Fabri. Kaum, dass sie mit dem jungen Agostini im Vernehmungszimmer saßen, tauchte Avoccato Pasquale Rossi auf und spielte den italienischen Perry Mason. Matteo sagte nichts mehr, Rossi umso mehr. Von Gestapomethoden, Willkür, Freiheitsentzug, Folter, Erpressung, fehlenden Beweisen und Dienstaufsichtsbeschwerden war da die Rede. Es ging hin und her, aber die Beamten behielten die Ruhe, sie kannten Rossi.

Mittlerweile war es 19 Uhr geworden. Freilich wusste De Santis, dass es eng werden würde, solange sie den Gegenstand – Lorenzis Handy, wie sich herausstellen sollte – nicht in Händen hätten. Der Gegenstand war noch nicht gefunden, hatte man ihm wiederholt mitgeteilt. So schnell arbeitete die italienische Polizei denn doch nicht. Der Staatsanwalt hatte entschieden darauf gedrungen, Matteo Agostini über Nacht festzuhalten. In diesem Sinne hatte sich auch der Polizeipräsident geäußert. Man wartete auf den Haftrichter. Gegen 19.30 Uhr erschien auch Papa Agostini der sich erstaunlich gesittet benahm und Rossi das Reden überließ.

Inzwischen war es nach 20 Uhr, es drohte allmählich dunkel zu werden und vom *Lago de Orestilla* war noch immer keine Erfolgsmeldung gekommen. Fabri hatte mehrmals – auch für die »Gäste« – Wasser und Caffé geholt. Es war leise geworden im Vernehmungszimmer. De Santis telefonierte noch einmal mit dem Staatsanwalt und dem Haftrichter. Costa rief Maldini zum wiederholten Male an.

Endlich, um 20.35 Uhr, meldete sich Maldini und teilte mit, dass ein Handy – älteres Modell – geborgen worden war. Und was noch besser war, noch vor Ort hatte man Luigi Lorenzi als Eigentümer dieses Geräts ermitteln können. Wenig später erschienen der Staatsanwalt und der Haftrichter. Letzterer ordnete für Matteo Agostini Untersuchungshaft an. De Santis, Costa und Fabri waren zufrieden, Matteo Agostini war am Boden zerstört, der alte Agostini ebenfalls und Rossi hielt endlich den Mund.

Dreiundzwanzigstes Kapitel

Lorenzi hatte sich an keinem der Tage, die seit seiner »Entführung« vergangen waren, wirklich wohl gefühlt. Seid gestern aber hatte ihn geradezu panische Angst ergriffen. Agostini hatte ihm sicherlich nicht die ganze Wahrheit gesagt und ihn mit seiner ganzen Angst und Unruhe einfach zurück gelassen. Er hatte auch nichts mehr von sich hören lassen.

»Agostini, dieser Blödmann, ist an allem Schuld«, dachte er. Agostini war es auch gewesen, der Lorenzi schlussendlich zu dieser Aktion überredet hatte.

»Wenn es klappt, sind wir aus dem Schneider, wenn wir das Ding nicht bekommen, mogeln wir uns aus der Sache locker raus«, hatte er gesagt. »Die Geschichte ist wasserdicht. Wenn keiner die Nerven verliert, kommen die nie auf uns.« Lorenzi hatte bis zuletzt Bedenken angemeldet.

Sie waren dann so vorgegangen, dass Lorenzi seinen Wagen in der privaten Tiefgarage des Gebäudes, in dem Agostini & Partner ihre Kanzlei hatten, abgestellt hatte. Getarnt mit Sonnenbrille und und Trilby Hut, war er vor dem Gebäude von Eilsa, Agostinis Tochter abgeholt worden und man war dann zu seinem Wochenendhaus nach Baldissero gefahren. Für genügend Proviant hatte er schon am Tag zuvor gesorgt. Elisa, hatte ihm auch ein Prepaid-Handy hinterlassen.

Schon nach zwei, drei Tagen hatten sich seine Bedenken verstärkt. Solange er das Manuskript in Händen gehabt hatte und solange Matteo als Alarias Haupterbe festgestanden hatte, war alles bestens gewesen. Aber als nach Alarias Ableben plötzlich bekannt geworden war, dass nicht Matteo, sondern Stefano die wertvollen Bücher erben würde, war alles durcheinander geraten. Bis zu diesem Zeitpunkt hatte Lorenzi den wahren Wert des Manuskripts vor den Mitgliedern der Familie Antinori noch verschleiern können. Lediglich Agostini war eingeweiht gewesen. Beatrice hatte er noch längere Zeit für unbedarft gehalten. Aber nachdem sie das Manuskript geholt hatte, war Lorenzi zunehmend in Panik geraten.

Noch am Tag zuvor war er kurz vor einem – auch für ihn – lukrativen Abschluss gestanden. Die Verhandlungs- und Verkaufsprokura hatte er da noch gehabt. Was den Wert der Handschrift anbelangte, hatte er in zwei Gesprächen mit Beatrice blank gelogen und von maximal 250.000 Dollar gesprochen.

Lorenzi wusste nicht, was sich bei der Übergabe abgespielt hatte, aber er rechnete fest damit, dass das Originalmanuskript gar nicht angeboten worden war. Wieso auch sollte Beatrice ein sehr wertvolles Manuskript für die Befreiung eines Fremden rausrücken. Agostini als – scheinbare Geisel – zu nehmen, wäre viel vernünftiger gewesen. Lorenzi hatte das auch mehrfach vorgeschlagen Aber Agostini, der feige Kerl, dachte Lorenzi gerade, hatte zig Argumente vorgebracht, um sich drücken zu können.«

Unruhig voller Angst und unentschlossen, lief Lorenzi seit über einer Stunde im Haus umher. Auch der dritte Grappa hatte seine Nerven nicht beruhigen und seine Unruhe dämpfen können. Agostini hatte sich nach wie vor nicht gemeldet, auf Lorenzis Anrufe hatte er nicht reagiert.

Das kann so nicht weitergehen. Ich stelle mich der Polizei. Als erstes aber rufe ich Eisabetta an und lasse mich abholen, dachte Lorenzi. Er trank noch einen vierten Grappa, dann rief er an. Natürlich erlitt seine Elisabetta beinahe einen Nervenzusammenbruch. Nach einigen Erklärungen Lorenzis und einigen Minuten hatte sie sich wieder so weit gefasst, dass sie meinte, die Fahrt nach Baldissero meistern zu können. Die Polizei war nicht mehr im Hause, so dass sie von dieser Seite nicht behindert war. Elisabetta, die kein eigenes Auto besaß, rief ihre Freundin an, die sofort bereit war, ihr zu helfen. Die Geschichte, die Lorenzi erzählt hatte, war so ungeheuerlich, dass Elisabettas Freundin, als sie diese unterwegs zu hören bekam, zunächst alles gar nicht glauben wollte.

In Baldissero angekommen packten die beiden Frauen das angetrunkene Häufchen Elend ins Auto und transportierten es schweigend nachhause. Zuhause gab es starken Caffè und starke Worte. Der jämmerliche, sich nur leise und gelegentlich verteidigende, Lorenzi schrumpfte immer mehr in sich zusammen und sagte schließlich gar nichts mehr.

Elisabetta rief dann Commissario De Santis an, der alles andere als überrascht war. Sie sollten ihn ins Auto packen und unverzüglich auf die Questura bringen, befahl er. Das taten die beiden Damen dann auch und so saß der kümmerliche, kleinlaute Lorenzi um 12.27 Uhr bei De Santis, Costa und Fabri im Vernehmungszimmer. Die Damen warteten draußen.

Lorenzi erzählte alles. Er legte ein umfassendes Geständnis ab, wobei er Agostini aber keineswegs außen vorließ. Auch die Sache mit dem Besuch, scheinbar ehrenwerter Geschäftsleute bei sich zuhause, verschwieg er nicht. Das brachte Costa auf den Gedanken, dass diese »ehrenwerten« Herren im Hause Lorenzi eine GSM Wanze platziert haben könnten. Die Wanze in dem Wagen, den Berger gefahren hatte, war mittlerweile schon entdeckt worden. So klärte sich auch, wieso die Männer in dem schwarzen BMW so gut informiert gewesen waren. Übrigens waren im Großraum Turin, am gestrigen wie am heutigen Tage, zahlreiche schwarze 5er BMW kontrolliert worden. Aber Bergers kalabrische »Freunde« wurden nicht gefasst.

Kaum, dass Lorenzi sein Geständnis unterschrieben hatte, wurden Guido und Elisa Agostini zur Fahndung ausgeschrieben. Elisa wurde noch am selben Tag bei ihrer Freundin in Settimo Torinese verhaftet, Guido am folgenden Tag in seinem Chalet in Sestriere. Guido Agostini wies sofort darauf hin, dass er von Lorenzi zur Teilnahme an dieser »vollkommen idiotischen« Aktion gezwungen worden war. Wenn er sich geweigert hätte mitzumachen, hätte Lorenzi seiner Frau Laura offenbart, dass er – schon wieder – eine außereheliche Affäre habe. Das hätte unweigerlich zur Scheidung geführt.

Niemand hörte ihm zu. Die Beamten, die ihn abführten, unterhielten sich während Agostinis Suada über das gestrige Champions League Spiel Real Madrid Juventus Turin. Juventus hatte mit dem 1:1 in Madrid überraschend das Finale erreicht.

Noch während des Frühstücks hatten sich Berger und Wolfrum wegen eines Flugs am nächsten oder übernächsten Tag informiert. Für den Freitagabend hatten sie dann bei der Air Dolomiti zwei Plätze gebucht.

Gerade als sie das Hotel verlassen wollten, erhielt Berger einen Anruf von De Santis. Dieser bat ihn gegen 16 Uhr auf die Questura zu kommen, damit man seine Aussage aufnehmen könne. Da sie mit Beatrice schon für 10.30 Uhr verabredet waren, würde Berger problemlos um 16 Uhr wieder in Turin sein. Also machten sich Berger und Wolfrum auf dem Weg zur Villa in Tetti Valfre'.

»Ich frage mich noch immer, wer von uns bei Beatrice so einen guten Eindruck hinterlassen hat, dass sie meint, sie müsse uns ein derart freundliches Angebot machen?«, sagte Berger.

»Diese Frage scheint aus deiner Sicht, du eitler Sack, wohl nur rhetorischen Charakter zu haben«, entgegnete Wolfrum.

»Keineswegs, keineswegs«, beschwichtigte Berger. »Die Contessa machte auf mich wahrlich nicht den Eindruck, als habe sie Interesse an jung gebliebenen, sportlichen, aber mittellosen Herren. Reifere, gesetztere Herren in soliden finanziellen Verhältnissen schienen mir eher ihr Fall zu sein. Und immerhin hat sie dir und nicht mir das Du angeboten.«

»Ich denke, wir sollten dieses Geschwätz jetzt lassen und uns gedanklich auf die anstehenden Geschäfte vorbereiten«, knurrte Wolfrum und lachte dann.

Als sie auf den Vorplatz am Haupteingang der Villa fuhren, standen dort, auf der obersten Treppe, Beatrice und

Signora Umberti und unterhielten sich lebhaft. Beatrice winkte den beiden freundlich zu. Signora Umberti schien das Gespräch sehr abrupt zu beenden und ging ins Haus.

Man begrüßte sich herzlich, wobei Beatrice Berger gleich darauf hinwies, dass man vom förmlichen »Sie« abgekommen war und er nun der liebe Thomas sei. Links vom Aufgang, unter einem Laubbaum und zwischen einigen bepflanzten Kübeln, war eine kleine Sitzgruppe postiert. Beatrice zeigte dort hin und sagte: « Ihr seit sicherlich einverstanden, wenn ich euch noch eine Kleinigkeit zu Trinken anbiete. Chiara wird gleich etwas bringen. Natürlich könnt ihr auch Bier, Weißwein, oder Prosecco haben. Aber ich glaube ihr gehört nicht zu denen, die schon am Vormittag regelmäßig Alkohol konsumieren:«

»So ist es, Wasser und Caffé sind uns wesentlich lieber. Und ich werde mir natürlich auch noch eine Zigarette anzünden«, sagte Berger schmunzelnd. Was die Zigarette betraf, so schloss sich Beatrice an.

Noch während der Anfahrt hatte Berger Wolfrum gefragt, ob er befugt sei, Beatrice von den Details der ominösen Entführungsangelegenheit zu berichten. Wolfrum hatte gemeint, er solle damit noch warten. Die Sache sei ja noch keineswegs abgeschlossen. Der Fall wurde dann im Verlauf der ungezwungenen Plauderei auch nicht erwähnt. Nach etwa zwanzig Minuten meinte Beatrice scherzhaft, man solle sich nun ernsthafteren Dingen, nämlich den Büchern, zuwenden.

»Signora Umbert hat in der Bibliothek schon einige Bücher, die euch interessieren könnten, raus gelegt. Aber ihr habt ja auch die Listen.«

»Apropos Signora Umberti,«, fuhr Beatrice fort, »sie hat sich sehr darüber geärgert, dass die Polizei, namentlich dieser Commissario Andretti, sie noch immer belästigt. Aus ihr unerfindlichen Gründen, würde man jetzt sogar ihrem Neffen Riccardo auf die Pelle rücken. Ihre Schwester habe ihr das gestern Abend mitgeteilt. Riccardo sei aber zurzeit auf einem Kongress in Arezzo und somit für die Mailänder Polizei nicht greifbar.«

»Andretti wird schon seine Gründe haben. Schließlich ist die betrübliche Sache mit deiner Tante immer noch nicht geklärt. Oder hast du andere Informationen?«, fragte Wolfrum.

»Nein, nein, geklärt scheint nichts zu sein. Andretti hat mit mir aber auch nicht mehr gesprochen. Ich habe keine Ahnung, wie die Ermittlungen stehen. Lustig ist nur ... ... nein, lustig ist nicht das richtig Wort. Skurril trifft eher zu. Skurril ist, dass ich beim letzten Gespräch mit Andretti den Eindruck hatte, er zähle mich ernsthaft zu den Verdächtigen.«

»Na ja, Andretti ist eben unvoreingenommen und ermittelt ganz im Stile von Hercule Poirot. Jede und jeder ist verdächtig und gerade in den besten Kreise wird ja gerne gemordet«, ulkte Berger.

»Wenn du solche üblen Scherze machst, mein lieber Thomas«, meinte Beatrice und drohte lachend mit dem Zeigefinger, »dann werden sich die Buchpreise gleich verdoppeln.«

»Der Worte sind genug gewechselt, lasst uns nun endlich Taten sehen«, versuchte Wolfrum das Geplänkel zu beenden.

»Genau«, meinte Beatrice, »auf in die Bibliothek«.

Dort lagen auf dem großen Tisch schon einige Bücher. Allesamt Erstausgaben, zum Teil aber schon ein wenig abgegriffen oder ramponiert. Berger war dennoch begeistert. Unter anderem fanden sich Werke von Margery Allingham, Anthony Berkley, S. S. van Dine, Edmund Crispin, Michael Innes, Ellery Queen, Dorothy Sayers und Cornell Woolrich. Auf seiner Liste hatte er eine Sammlung von Dashiell Hammett – »*Complete Hammett detective novels/1943*« – gefunden, die ihn besonders interessierte. Diese Bücher und eine Reihe anderer musste Beatrice aber erst in den Regalen suchen.

Alte Kriminalromane waren zwar nicht Wolfrums Metier, aber angesichts der guten Auswahl seltener Exemplare packte auch ihn das »Jagdfieber«. Eifrig betrachtete, blätterte und suchte er und gab Berger immer wieder Tipps und Hinweise. Beatrice hatte sich beizeiten von Davide Fontana Preise nennen lassen, so dass die drei, von Fall zu Fall, ehrlich und ernsthaft miteinander verhandeln konnten. Berger hatte sich ein Limit von 5000 Euro gesetzt und schon nach einer guten Stunde war absehbar, dass er damit zurecht kommen würde. Es bestand kein Grund zur Eile und noch waren keine Abschlüsse getätigt.

»Ich denke, wir sollten eine Pause machen«, sagte Beatrice. »Chiara hat auf der Terrasse eine Kleinigkeit vorbereitet. Mit den Geschäften werden wir, wenn wir uns ein wenig gestärkt haben, dann sicherlich flott voran kommen.«

»Eine glänzende Idee«, meinte Wolfrum erfreut, der sich – bekanntlich – mit leerem Magen nicht wohl fühlte.

»Mit etwas zum Essen, kann man meinem Freund Hubert immer eine Freude machen. Aber ich freue mich natürlich auch; vor allem auf eine Zigarette zum Caffé«, fügte Berger schmunzelnd hinzu.

»Du und deine blöden Sprüche«, brummte Wolfrum noch, dann gingen alle drei nach unten und auf die großzügige, rückseitige Terrasse.

Diese war von zahlreichen bepflanzten Töpfen und Kübeln gerahmt. Auf der linken Seite befand sich ein großer Tisch mit Marmorplatte, umstellt von acht metallenen Gartenstühlen mit dunkelgelben Sitzpolstern. Auf dem Tisch standen diverse Gläser und Teller, eine Karaffe mit Limonade, zwei große Flaschen Mineralwasser, eine Flasche Prosecco im Weinkühler und zwei Schalen mit Obst. Auf zwei großen dunkelblauen Tellern waren Schnittchen mit den verschiedensten Belägen angerichtet. Das Hausmädchen Chiara wartete noch, um gegebenenfalls weiter Aufträge entgegen zu nehmen.

»Vielen Dank Chiara«, sagte Beatrice, »das ist für den Moment alles. Wenn ich dich brauche, rufe ich dich.«

»Lasst es euch schmecken, den Caffé«, und dabei sah Beatrice zu Berger, »gibt es später.«

Alle drei griffen zu und aßen und für eine Weile wurde nicht gesprochen. Berger war es, der dann fragte: »Ich weiß, es ist neugierig, aber ich frage dennoch mal. Ist das Geschäft mit dem famosen Manuskript nun endlich abgeschlossen?«

Beatrice kaute noch auf einem Bissen und erwiderte dann: »So viel darf ich verraten, dass die Sache in trockenen Tüchern ist. Was wir bekommen haben, behalte ich, das werdet ihr verstehen, natürlich für mich. Es war aber nicht wenig. Was den Käufer betrifft, so wurde diesbezüglich – wie das üblich ist – Stillschweigen vereinbart.«

»Dass ihr vermutlich ein paar Millionen bekommen habt, interessiert mich weniger. Spannender wäre es, zu wissen, wer sich das Ding unter den Nagel gerissen hat«, ließ Berger nicht locker.

»Bedaure lieber Thomas, da kann ich dir nicht helfen. Vielleicht trösten dich ja der Caffé und die Zigarette ein wenig, die du gleich genießen kannst?«, sagte Beatrice lachend und rief Chiara.

»Was geschieht eigentlich mit der Villa und der Bibliothek? Du hattest schon einmal von Umbau gesprochen«, wollte Wolfrum wissen.

»Die Bücher behalten wir, aber die Bibliothek wird verkleinert.«, antwortete Beatrice. »Stefano möchte Büros und Konferenzräume einrichten und sich mit einem Start-up nieder lassen, wie man heute so sagt. Consulting, IT, künstliche Intelligenz, irgend etwas in dieser Richtung. Geld hat er jetzt ja genug.«

»Ja, ja so ist die Menschheit. Da mangelt es ihr noch hinten und vorne an natürlicher Intelligenz und da kommt sie schon mit der künstlichen«, merkte Berger kritisch an.

Nach dem Caffé ging es wieder in die Bibliothek und es wurden Nägel mit Köpfen gemacht. Berger erwarb 18 Exemplare, darunter die *»Complete Hammett detective novels«*. Mit fast 3000 Euro rissen sie schon ein Loch in seinen Geldbeutel, aber Berger war sich sicher, ein gutes Geschäft gemacht zu haben.

Wolfrum erstand, zu Bergers Überraschung, eine recht gut erhaltene Ausgabe von A. Christies *»The secret of Chimneys«* von 1947. Berger konnte natürlich nicht wissen, dass Wolfrum auf diese Weise zu einem schönen Geburtstagsgeschenk für seinen Freund gekommen war. Den jeweils fälligen Beträge sollten die beiden überweisen. Unabhängig davon stellte Beatrice, nicht ganz korrekt, Quittungen von *Lorenzi & Rossi* aus, die ihr Davide gegeben hatte. Dann packte sie die Bücher sorgfältig in einen großen Karton.

»Jetzt nehmen wir unten noch ein klitzekleines Schlückchen von Schwiegervaters bestem Grappa«, schlug Beatrice vor.

Und das taten sie dann auch. Schließlich verabschiedete man sich sehr herzlich, und Beatrice bat die beiden, wenn sie wieder nach Turin oder in die Umgebung kämen, sich unbedingt rechtzeitig bei ihr zu melden. Zuallerletzt drückte sie, mit der Bemerkung: »Für alle Fälle.«, beiden noch ihre Visitenkarte in die Hand. Sie winkte zum Abschied, und die beiden Freunde fuhren frohen Herzens, beinahe hätten sie wieder gesungen, zurück nach Turin.

Vierundzwanzigstes Kapitel

Sie waren zeitig zurück, stellten das Auto in der Hotelgarage ab und machten sich dann zu Fuß auf den Weg zur Questura. De Santis Büro fand Berger mittlerweile problemlos. Er hoffte, dass man ihn nicht allzu lange aufhalten würde. Wolfrum wollte in einer nahe gelegenen Pasticceria auf ihn warten.

Mit: »Aha, wie immer absolut pünktlich«, wurde Berger von De Santis empfangen, in dessen Büro auch Maria Costa saß.

»Lieber Dottor Berger, das mit ihrer schriftlich fixierten Aussage wird vermutlich schnell erledigt sein. Signora Costa hat, da sie den Sachverhalt ja kannte, alles schon mal aufgesetzt. Lesen sie das Protokoll bitte aufmerksam durch. Die notwendigen Änderungen können sie dann gleich zusammen mit Ispettore Costa anbringen. Abschließend müssten sie das Protokoll natürlich noch in zwei Ausfertigungen unterschreiben. Aber ehe sie mit dem Lesen anfangen, habe ich noch eine bemerkenswerte Neuigkeit für sie.«

Dann erzählte De Santis, dem staunenden Berger, ziemlich ausführlich die Geschichte der, von Lorenzi und den Agostinis, getürkten Entführung.

Anschließend sagte Berger dazu: »Für so blöde hätte ich Lorenzi wirklich nicht gehalten. Das ist ja, wie wir in Deutschland sagen, blöder als die Polizei erlaubt.« Alle drei mussten herzhaft lachen. Dann wendete sich Berger dem Protokoll zu, nickte mehrmals beim Lesen und sagte schließlich: »Ein paar Dinge müssten noch geändert werden. Ich wesentlichen ist es aber in Ordnung.«

Costa setzte sich mit Berger vor den Bildschirm und brachte die gewünschten Änderungen an. Das korrigierte Protokoll wurde ausgedruckt und Berger unterschrieb.

»Das Turiner Abenteuer werden sie sicherlich so schnell nicht vergessen Dottore«, meinte De Santis. »Aber zum Glück sind sie ja heil davon gekommen. Wir danken ihnen noch einmal für ihre mutige Unterstützung. Die besten Grüße auch an ihren Freund Signor Wolfrum. Behalten sie uns – trotz allem – bitte in guter Erinnerung und kommen sie gut nachhause. Arivederci Dottore!«

Auch Maria Costa verabschiedete sich ausgesprochen freundlich von Berger und gab ihm sogar noch ein Küsschen auf die Wange, was De Santis lachend mit: »Das ist jetzt aber fast zu viel des Guten«, kommentierte.

Auf dem Weg zur Pasticceria, in der Wolfrum wartete, warf Berger einen Blick auf Beatrices Visitenkarte, die er eher beiläufig aus der Hosentasche gezogen hatte.

»Mich laust der Affe«, dachte er, als er auf der Rückseite, handschriftlich vermerkt, den Namen des großen US-amerikanischen Pharmaunternehmens *Mizer & Tumble* las

»Dottor Berger ist diese Karte zufällig in die Hände gefallen, würde sie vermutlich sagen, wenn die Rede darauf käme«, dachte Berger und lächelte.

In der Pasticceria erzählte er Wolfrum die unglaubliche Geschichte von Lorenzi und Konsorten. Von Beatrices Visitenkarte sagte er zunächst nichts.

»Du wirst es nicht glauben, aber so überraschend finde

ich das gar nicht. Lorenzi kam mir ständig etwas eigenartig vor, und dieser Agostini machte auf mich vom ersten Augenblick an den Eindruck eines absolut halbseidenen Typs. Total dämlich, da hast du natürlich recht, war diese Aktion dennoch. Aber uns kann's egal sein.«

Dann zog Berger Beatrices Visitenkarte aus der Tasche und zeigte auf die Rückseite. Wolfrum machte große Augen und sagte: »Erstaunlich diese Frau, wirklich erstaunlich. Aber was willst du damit anfangen?«

»Ich habe da so eine kleine Idee«, begann Berger.

»Aha, und was für eine kleine Idee hat Hercule Poiroit?«, fragte Wolfrum dazwischen.

»Könnte sein, dass in ein paar Monaten Nachrichten über neue Arzneimittelpatente der Firma *Mizer & Tumble* erscheinen. Patente für Arzneimittel mit enormem Gewinnpotential. Das würde den Aktienkurs gewaltig beflügeln. Wenn du verstehst, was ich meine?«

»Das verstehe ich sehr wohl. Du verfügst über Insider-Wissen. Ganz legal ist das nicht mein Freund. Eiferst du etwa Lorenzi und Agostini nach?«, sagte Wolfrum nur scheinbar ernst.

»Da mache ich mir keine Sorgen. Nur du und Beatrice wissen davon. Beatrice hält sicherlich dicht und dir rate ich das gleiche, du Neidhammel«, konterte Berger lachend.

»Ich werde einen großen Teile meines aktuellen Depots verkaufen, und – ganz gegen meine Gewohnheit – viel auf ein Pferd namens »*Mizer & Tumble*« setzen. Richtig kaputt mache ich damit nichts und wenn ich recht behalte, schießt der Kurs in ein, zwei Jahren durch die Decke.«

»Ich glaube, ich werde mich diesem betrügerischen Investment anschließen«, sagte Wolfrum. »Vielleicht kann ich mir dann endlich so etwas ähnliches wie den tollen Alfa GTV 1750, den ich im Museo dell'Automobile gesehen habe, kaufen.«

Auf dem Nachhauseweg spekulierten sie noch ausgiebig darüber, was man alles mit »überflüssigen« 100 000 Euros machen könnte. Als sie in der Nähe des Hotels waren, machten sie sich auch Gedanken, wo sie wohl zu Abend essen sollten.

»Große Küche brauche ich heute nicht mehr«, meinte Wolfrum. »Der Imbiss bei Beatrice war recht üppig und in der Pasticceria habe ich mir auch noch ein bisschen was gegönnt.«

»Wenn du schon so bescheiden bist, werde ich sicherlich keine Ansprüche stellen. Gehen wir doch in die nette Pizzeria um die Ecke«, schlug Berger vor.

»Alles klar, das machen wir. Vor allem sollten wir nicht vergessen, zuhause anzurufen. Unser Lieben werden sicherlich erleichtert sein, wenn sie hören, dass die beiden Superdetektive endlich heimkommen«, sagte Wolfrum.

Der Abend verlief friedlich und gemütlich und die beiden machten beim Abendessen noch einmal Pläne für den kommenden Tag.

»Wir sollten auf jeden Fall noch bei Antonella und Davide vorbeischauen«, sagte Berger. »Die beiden werden am Boden zerstört sein. Man muss sich ernsthaft fragen, wie es mit Lorenzis Geschäft weitergehen soll. Aber Davide ist gut in seinem Fach und Antonella war schon immer eine große Hilfe. Ich hoffe, die beiden werden es schaffen.«

»Einverstanden, das machen wir morgen als Erstes. Ansonsten sollten wir es ganz gemütlich angehen lassen. Wie wäre es mit einem Besuch Im *Parco La Mandria* ?«, war Wolfrums Vorschlag.

»Mit öffentlichen Verkehrsmitteln kommen wir dort gut hin. Das Wetter bleibt schön, wir können bummeln, plaudern, das Castello besichtigen und ein Caffe gibt es dort auch. Und wenn genügend Zeit bleibt, sehen wir uns noch den *Palazzo Venaria Reale* an. Aber wir machen auf keinen Fall eine stressige Tour.«

»Eine sehr gute Idee«, meinte Berger. »Was mich noch brennend interessieren würde, ist, wie weit Commissario Andretti in der Sache der alten Contessa Alaria gekommen ist.«

»Ich denke, falls diese Angelegenheit wirklich noch geklärt wird, wird uns Beatrice informieren«, erwiderte Wolfrum.

»Sollten wir nichts von ihr hören, werden wir sie einfach mal anrufen. Wir sind jetzt so gut bekannt mit ihr, dass sie uns auch neugierige Fragen nicht verübeln dürfte.«

Fünfundzwanzigstes Kapitel

Es war etwa 9.30 Uhr, Commissario Andretti saß in seinem Büro und sinnierte zum zigsten Male über den Fall der Contessa Alaria de Maupassant. Luisa Umberti war zweifellos zur Hauptverdächtigen geworden. Sie hatte ein Motiv, wie er jetzt wusste und sie hatte die Gelegenheit gehabt, aber Beweise hatte Andretti nicht in der Hand. Streng genommen, hatte er noch nicht einmal Indizien, die für eine Anklage reichen würden. Er hatte einen befreundeten Mailänder Kollegen gebeten, den Neffen der Umberti zu befragen. Viel versprochen hatte er sich davon ohnehin nicht, aber zu allem Übel, war der junge Mann gar nicht greifbar gewesen. Er befand sich für einige Tage auf einem Kongress in Arezzo, wie seine Mutter gesagt hatte.

»Es sieht mit der Lösung des Falles nicht gut aus.«, dachte Andretti. Aber wenn die Umberti am Nachmittag kommt, werde ich sie gewaltig unter Druck setzen. Vielleicht verwickelt sie sich ja in Widersprüche. Vielleicht verliert sie sogar die Nerven.« Dann verließ er sein Büro, ging bei Longo vorbei und lud ihn auf einen Caffè in der üblichen Bar ein.

Berger und Wolfrum hatten Antonella und Davide, der sich wie immer gäzlich unauffällig gab, besucht. Es waren, das konnte nicht verwundern, ein trauriges Treffen und ein trauriger Abschied gewesen. Berger und Wolfrum hatten den beiden nach Kräften Mut zugesprochen und versichert, dass man im Kontakt bleiben werde. Von der Last dieses, man könnte sagen, Kondolenzbesuchs befreit, waren sie dann mit dem Bus Richtung Venaria Reale gefahren und schließlich nahe beim *Castello de La Mandria* angekommen. Sie ließen es, wie besprochen, ganz gemächlich angehen. Ihre erste Station war das Caffé Reale, wo sie sich ein Erdinger Weißbier, welches dort bemerkenswerter Weise angeboten wurde, gönnten. Weißwurst war allerdings nicht zu haben.

Wolfrum hatte sich etwas kundig gemacht und erzählte Berger, dass der Parco La Mandria, mit ca. 3000 Hektar, Europas zweitgrößter umfriedeter Park war. Das Castello, berichtete er weiter, war zuletzt von Vittorio Emanuelle II von Sardinien erweitert worden, und diente seiner Geliebten und späteren morganatischen Ehefrau Rosa Vercellana – »La Bela Rosin« – als Residenz.

»Immer wieder kann man feststellen, dass die Reichen und Mächtigen früher längst nicht so bescheiden waren wie heute«, warf Berger ein. »Weder ein Putin, noch ein Obama, kann sich so etwas leisten. Und die, die vielleicht könnten, wie Bill Gates oder Jeff Bezos, leisten es sich nicht. Natürlich gibt es immer wieder geschmacklose Parvenus, die sich ein Schlösschen gönnen, aber 3000 Hektar Park sind dann bestimmt nicht dabei.«

»Genau, und so schrecklich die alten Zeiten für die kleinen Leute waren, was hätten wir heute an Sehenswürdigkeiten, wenn es die feudalen Zeiten nicht gegeben hätte? .Das sollte auch die besonders linken Weltverbesserer einsehen. Wenn zurzeit in Städten der USA Denkmäler föderierter Generäle und auf britischen Campi jene von

»verbrecherischen Kolonisatoren« abmontiert werden, werden bald vielleicht auch Versailles und der Buckingham Palast eingeebnet«, fügte Wolfrum ironisch an.

»Jetzt übertreibst du aber. Gut, dass uns keiner zuhört. Man könnte Dich geradezu für einen überzeugten Anhänger dieser neuen, rechtslastigen Partei halten. Und das wäre wirklich mehr als peinlich«, beendete Berger dieses Thema.

Wenig später machten sie sich auf einen Spaziergang durch den wunderschönen *Parco La Mandria*. Die aktuellen kriminalistischen Themen standen bei dieser Wanderung ausnahmsweise nicht im Mittelpunkt. Man sprach über Fußball, alte Bücher und alte Autos. Berger schwärmte ausführlich von seinen neu erstandenen Krimis und Wolfrum erklärte seinem Freund welche Oldtimer er sich gerne zulegen würde.

»Mein Traum wäre natürlich, wie du weißt, ein Porsche 356. Aber unter 100.000 ist da nichts, zumindest nichts Solides, zu bekommen. Lancias und Alfas der 60er Jahre oder ein Karman Ghia Cabrio wären aber auch nicht zu verachten«, erklärte Wolfrum. Im weiteren beschrieb er dann – zum wiederholten Male – die Historie, die Vorzüge und die Nachteile der verschiedenen Modelle.

Es war 10.45 Uhr und Signora Umberti hätte längst auf dem Weg nach Turin sein müssen. Das war sie aber nicht. Schon seit einer halben Stunde saß sie reglos am Schreibtisch in ihrem Zimmer. Auf dem Schreibtisch lag ein Briefkuvert. Manchmal schien es, als würde Luisa Umberti Gebete murmeln. Nachdem weitere zehn Minuten verstrichen waren, erhob sich Luisa Umberti und verließ den Raum. Im Hause war zurzeit niemand außer ihr, denn das Hausmädchen Chiara war unterwegs um Einkäufe zu erledigen.

Andretti und Longo saßen in Andrettis Büro und warteten auf die Umberti, die schon überfällig war. Sie wurden allmählich ungeduldig. Nachdem es 11.20 geworden war und von Signora Umberti immer noch nichts zu sehen war, entschloss Andretti sich in der Villa in Tetti Valfre' anzurufen. Dort meldete sich niemand. Andretti und Longo sahen sich ratlos an. Andretti sagte dann: »Wir rufen noch einmal an und warten noch eine halbe Stunde. Wenn sich bis dahin nichts rührt, fahren wir raus zur Villa.«

Berger und Wolfrum waren bis zum Gutshof *Peppinella* gewandert. Östlich von diesem Gutshof, das wussten sie, gab es ein Ristorante namens *Cascina Oslera*. Das war ihr Ziel für die Mittagspause. Sie mussten erst wieder ein Stück zurückgehen, kamen dann an einem kleinen Gewässer, dass sich origineller Weise *Lago Grande* nannte vorbei und gelangten wenig später zur *Cascina Oslera*. Kulinarische Höhepunkte versprachen sie sich nicht. »Aber für ein einfaches Mittagsgericht, samt Wein Wasser und Caffé wird es schon reichen«, sagte Wolfrum.

Die halbe Stunde war verstrichen und ein weiterer Anrufe von Commissario Andretti in Tetti Valfre' waren erfolglos gewesen.

»Wir machen uns auf den Weg. Ich habe das Gefühl, da stimmt was nicht«, sagte Andretti, nahm sein Sakko von der Sessellehne und verließ mit Longo das Büro.

Andretti fuhr flott, aber noch im Rahmen des Erlaubten. Nach weniger als einer halben Stunde parkten sie auf der Straße vor der Villa. Die Einfahrt war verschlossen, also betätigte Longo den Klingelknopf an der rechten Säule. Es dauerte ein wenig, dann erklang aus der Sprechanlage eine jugendliche Frauenstimme: »Ja bitte, wer sind sie? Was möchten sie?«

»Ispettore Longo und Commissario Andretti von der Polizia di stato in Turin. Können wir bitte reinkommen?«

Es ertönte ein Summer und die schmale, schmiedeeiserne Tür neben dem großen Einfahrtstor ließ sich öffnen. Zügig gingen die beiden Beamten Richtung Villa, wo sie auf der obersten Treppe bereits von Chiara und dem alten Gärtner Bellini erwartet wurden. Chiara war blass und blickte ängstlich. Bellini grummelte etwas Unverständliches und zog an seiner Zigarre. Man begrüßte sich kurz, dann fragte Andretti, ob Signora Umberti zu sprechen sei.

»Wir suchen sie schon seit einer halben Stunde«, begann Chiara mit zittriger Stimme. »Ich hatte Einkäufe zu erledigen. Kurz vor 10 Uhr sah ich sie noch. Als ich gegen 11.30 Uhr zurück kam, war sie nicht mehr im Hause.«

Nach einer kurzen Pause fuhr sie fort: »Das hat es noch nie gegeben. Sie sagt mir immer Bescheid, wenn sie weggeht oder wegfährt. Zumindest hinterlässt sie immer eine Nachricht. Ich habe solche Angst, dass etwas Schlimmes passiert ist. Ich habe die Contessa Beatrice schon angerufen. Sie wird bald hier sein.«

Der alte Bellini gab auf Befragen an, dass er Luisa Umberti zuletzt vor 9 Uhr gesehen hatte. Man habe sich nur kurz begrüßt. Ihm sei an der Umberti nichts besonderes aufgefallen. Bellini verabschiedete sich dann und ging gemächlich hinter das Haus.

Chiara sagte dann hastig: »Da fällt mir noch ein. In ihren Zimmer liegt ein Brief. Er ist an ihren Neffen gerichtet. Eigentlich steht nur drauf: »An Riccardo«. Es fehlt auch noch die Briefmarke. Komisch, oder?«

»Das werden wir uns sofort mal ansehen.«, meinte Andretti und betrat das Haus.

»Wo ist denn das Zimmer von Signora Umberti?«, fragte er Chiara.

»In der ersten Etage ganz hinten, auf der anderen Seite der Bibliothek«, antwortete die junge Frau.

Sie gingen nach oben und fanden auf dem Schreibtisch in Luisa Umbertis Zimmer das besagte, zugeklebte Briefkuvert, auf dem »An Riccardo« stand. Andretti nahm das Kuvert in die Hand. Er war unschlüssig. Dann sah er zu Longo. Dieser schüttelte den Kopf. Es galt das Briefgeheimnis und noch gab es keine triftigen Grund das Kuvert zu öffnen. Außerdem verfolgte die junge Frau aufmerksam, was die Beamten taten. Andretti legte den Brief zurück.

»Haben sie das Haus schon gründlich von oben bis unten durchsucht?«, fragte er Chiara, während alle wieder nach unten gingen.

»Ich war in allen Räumen und … und habe auch ständig laut gerufen. Sie müsste mich gehört haben, wenn sie im Haus wäre«, antwortete Chiara. »Sie ist nicht im Haus und im Garten ist sie auch nicht. Aber. Moment … ja, das könnte sein … … sie könnte im Keller sein. Nein, doch nicht, denn dort müsste sie mich, so laut wie ich gerufen habe, auch gehört haben.«

»Wir schauen trotzdem in den Keller«, sagte Andretti entschlossen. »Sie bleiben hier.«

Chiara fuhr zusammen und nahm die rechte Hand vor den Mund. »Oh Gott!«, entfuhr es ihr.

Andretti und Longo stiegen über eine relativ breite Holztreppe, nach unten. Nach einigem Suchen fanden sie Luisa Umberti – im Weinkeller. Sie hatte sich erhängt.

Wenig später traf Beatrice ein, die sich zunächst vor allem um die schluchzende Chiara kümmern musste. Nach und nach kamen dann die örtlich zuständigen Polizeibeamten, der Sanka, der Arzt und die Spurensicherung. Auf der Straße vor dem Anwesen versammelten sich, wie üblich, die Neugierigen mit ihren Smartphones und fotografierten alles, was ihnen über den Weg kam. Viele machten Videos. Wie viel Abwechslung bringt doch das Unglück anderer in das langweilige eigene Dasein!

Nach Absprache mit den örtlichen Kollegen gingen Andretti, Longo und Beatrice in das Zimmer der Verstorbenen und Andretti öffnete das Kuvert. Andretti las langsam vor.

Luisa Umberti hatte geschrieben: »Mein lieber Riccardo, es hat ein schreckliches Ende genommen. Es tut mir so leid. Aber die alte Alaria hat ihr Versprechen nicht gehalten. Zunächst hatte sie mir, wie Du weißt, mindestens 70.000 Euro zugesagt, Der alte Herr hatte mir ja schon 50.000 vermacht. Das hätte Dir den Kauf der schönen Praxis, von der er schon so lange geschwärmt hast, wesentlich erleichtert. Dann hatte es plötzlich geheißen,

Stefano habe so viel Geld verloren, und sie müsse sich alles noch einmal überlegen und 70.000 könne sie keinesfalls hergeben.

Ich war sehr enttäuscht und verärgert, wie Du Dir vorstellen kannst. Allzumal ich mitbekommen hatte, dass die alte Handschrift sehr viel Geld, vielleicht Millionen, einbringen würde.

An jenem Dienstag habe ich wieder einmal mit Alaria gesprochen und sie an ihr Zusage erinnert. Dass sie bald, viel Geld haben werde, sagte ich und, dass sie dann die 70.000 würde leicht entbehren können. Alaria hatte davon aber nichts hören wollen. Ich solle mich nicht in Sachen einmischen, die mich nichts angingen, sagte sie, und ich solle nicht so gierig sein. Schließlich hätte ich ja schon 50.000 erhalten. Und sobald die Bücher verkauft oder versteigert wären, würde ich auch noch etwas bekommen, vielleicht sogar 20.000. Das sei dann doch mehr als genug.

Mehr als genug, hat diese geizige Alte, die wahrscheinlich bald Millionen haben würde, gesagt. Da hat mich der heilige Zorn gepackt und ich habe mit einer Überdosis an Tabletten dafür gesorgt, dass Alaria von ihrem Geld nichts mehr haben würde. Alaria war kein guter Mensch, dennoch habe ich schwere Schuld auf mich geladen, und ich bereue es und hoffe, dass der Herr meiner Seele gnädig sein wird«.

Als Andretti geendet hatte sahen sich alle betreten an und schwiegen. Aber der Fall war gelöst.

Wären Andretti und Longo ganz aufmerksam gewesen, hätten sie beobachten können, dass Beatrice, bei Erwähnung der Tabletten, kurz den Atem angehalten und die rechte Hand vor den Mund genommen hatte. Aber selbst wenn sie es bemerkt hätten, wäre ihnen daran sicherlich nichts verdächtig vorgekommen.

Später an diesem Tag, als Beatrice längst wieder zuhause war, verpackte sie die alten Glimepirid-Tabletten, die sie vor zwei Jahren, nach dem Tod ihrer Mutter, ohne besondere Absicht aus deren Hausapotheke mitgenommen hatte, fest in einer Tüte und »entsorgte« diese dann in einem Abfallkorb im *Giardino Nicola Grosa*.

Nicht, dass sie je ernsthaft daran gedacht hätte, Alaria damit zu vergiften. Aber – kurz – daran gedacht, hatte sie schon, nachdem Stefano mit seinem letzten Aktiengeschäft weit mehr Geld verloren hatte, als alle anderen ahnten. In den Besitz des wertvollen, alten Manuskript zu kommen, das sie nun ja ohnehin hatten, wäre schon eine kleine illegale Aktion wert gewesen, hätte aber niemals einen Mord gerechtfertigt.

Nachdem ihr dies mehrmals durch den Kopf gegangen war, beschloss sie Berger und Wolfrum zu informieren. Diese waren längst in ihr Hotel zurückgekehrt und waren gerade dabei einen Teil ihrer Sachen zu packen. Wolfrum, der den Anruf erhielt, hörte sich die traurige Geschichte ohne Zwischenfragen an.
»Vielen Dank, dass du an uns gedacht hast. Der Anlass hätte freilich ein erfreulicherer sein können. Ja, ja das liebe Geld. Ich hatte mir gleich gedacht, dass es um Geld

geht. Es geht ja immer um Geld – oder Sex. Jetzt aber noch einmal, alles Gute für dich und liebe Grüße, natürlich auch von Thomas. Ciao.«

Wolfrum beendete das Gespräch und erzählte dann Berger vom tragischen Ende der Luisa Umberti.

Am nächsten Tag landeten sie wohlbehalten in München und waren richtig froh, wieder bei ihren Lieben und in ihrer wunderbaren, bayerischen Heimat zu sein. Noch am Flughafen bestellten sie sich – diesmal keinen Averna – sondern ein heimische Weißbier.

»Italien, die Politiker – was überall gilt – mal außen vorgelassen, ist schon super, aber Bayern ist die Vorstufe zu Paradies«, sagte Wolfrum.

»Stimmt«, erwiderte Berger, »mit diesem Spruch hat unser lieber Herr Ministerpräsident sogar mal recht gehabt«.

Epilog

Etwa ein Jahr später las Berger in der *Frankfurter Allgemeinen,* dass das US-amerikanische Pharmaunternehmen *Mizer & Tumble* drei aussichtsreiche Substanzen zum Patent angemeldet hatte. Darunter befinde sich auch ein Aphrodisiakum auf pflanzlicher Basis, welches sich, nach Prüfung an Probanden, als weit verträglicher und wirkungsvoller als Yohimbin erwiesen hatte, hieß es. Große klinische Studien stünden allerdings noch aus.

Die im S&P 500 gelistete Aktie von *Mizer & Tumble* kletterte nach dieser Ankündigung innerhalb von vier Woche um 130%.

Berger kaufte sich in diesem Jahr noch einen neuen BMW 3er Touring und machte mit seiner Susanne im Herbst eine zweiwöchige Sizilienreise. Wolfrum erstand einen Alfa GTV 1750 Baujahr 1972 für stolze 44.450 Euro.